Muerte en la vicaría

Biblioteca Agatha Christie

Biografía

Agatha Christie es conocida en todo el mundo como la Dama del Crimen. Es la autora más publicada de todos los tiempos, tan solo superada por la Biblia y Shakespeare. Sus libros han vendido más de un billón de copias en inglés y otro billón largo en otros idiomas. Escribió un total de ochenta novelas de misterio y colecciones de relatos breves, diecinueve obras de teatro y seis novelas escritas con el pseudónimo de Mary Westmacott.

Probó suerte con la pluma mientras trabajaba en un hospital durante la Primera Guerra Mundial, y debutó con *El misterioso caso de Styles* en 1920, cuyo protagonista es el legendario detective Hércules Poirot, que luego aparecería en treinta y tres libros más. Alcanzó la fama con *El asesinato de Roger Ackroyd* en 1926, y creó a la ingeniosa Miss Marple en *Muerte en la vicaría*, publicado por primera vez en 1930.

Se casó dos veces, una con Archibald Christie, de quien adoptó el apellido con el que es conocida mundialmente como la genial escritora de novelas y cuentos policiales y detectivescos, y luego con el arqueólogo Max Mallowan, al que acompañó en varias expediciones a lugares exóticos del mundo que luego usó como escenarios en sus novelas. En 1961 fue nombrada miembro de la Real Sociedad de Literatura y en 1971 recibió el título de Dama de la Orden del Imperio Británico, un título nobiliario que en aquellos días se concedía con poca frecuencia. Murió en 1976 a la edad de ochenta y cinco años.

Sus misterios encantan a lectores de todas las edades, pues son lo suficientemente simples como para que los más jóvenes los entiendan y disfruten pero a la vez muestran una complejidad que las mentes adultas no consiguen descifrar hasta el final.

www.agathachristie.com

Agatha Christie

Muerte en la vicaría

Traducción: Carlos Paytuví de Sierra

ESPASA

Obra editada en colaboración con Editorial Planeta – España

Título original: *The Murder at the Vicarage*

Traducción: Carlos Paytuví de Sierra

Bajo el sello editorial BOOKET M.R.
Avenida Presidente Masarik núm. 111,
Piso 2, Polanco V Sección, Miguel Hidalgo
C.P. 11560, Ciudad de México
www.planetadelibros.com.mx

Adaptación de portada: Alejandra Ruiz Esparza

Agatha Christie®

Primera edición impresa en España: abril de 2018
ISBN: 978-84-670-5201-5

Primera edición impresa en México en Booket: octubre de 2022
ISBN: 978-607-07-9313-4

Impreso en los talleres de Impresora Tauro, S.A. de C.V.
Av. Año de Juárez 343, Colonia Granjas San Antonio, Iztapalapa
C.P. 09070, Ciudad de México.
Impreso en México - *Printed in Mexico*

Capítulo primero

Es difícil saber exactamente dónde empieza esta historia, pero he elegido cierto miércoles, a la hora de la comida, en la vicaría. La conversación, aunque no relacionada fundamentalmente con el asunto que nos ocupa, presentó uno o dos sugestivos incidentes que influyeron más tarde en los acontecimientos.

Acababa de trinchar unos pedazos de carne de buey, bastante dura por cierto, cuando al volver a sentarme observé, con un espíritu que mal cuadraba a mi hábito, que quien asesinara al coronel Protheroe prestaría un buen servicio a la humanidad.

—Esas palabras pesarán contra usted cuando encuentre al coronel bañado en sangre —repuso enseguida mi joven sobrino Dennis—. Mary declarará, ¿verdad, Mary?, y descubrirá la forma vengativa en que usted blandió el cuchillo de trinchar mientras las pronunciaba.

Mary, que consideraba su servicio en la vicaría sólo como un primer paso hacia objetivos mejores y sueldos más elevados, se limitó a contestar: «¡Y más narices!», y lanzó delante de Dennis un plato rajado, de una forma algo truculenta.

—¿Acaso se ha vuelto muy difícil? —se limitó a preguntar mi esposa con simpatía.

No contesté inmediatamente, pues Mary me ofreció una fuente con verduras cuyo aspecto no resultaba muy apetitoso.

—No, gracias —dije.

Dejó la fuente en la mesa y se retiró.

—Es una lástima que yo sea tan mala ama de casa —comentó mi esposa con un deje de pena en la voz.

Me sentí inclinado a asentir. Mi esposa se llama Griselda,* nombre muy apropiado para la compañera de un pastor. Pero ahí termina la adecuación. Nada tiene de humilde o sumisa.

Siempre he sido de la opinión de que los clérigos han de permanecer solteros. Todavía no comprendo por qué pedí a Griselda que se casara conmigo después de veinticuatro años de conocernos. Uno sólo se debe casar después de una larga reflexión, siendo la coincidencia de gustos e inclinaciones un detalle de suma importancia.

Mi esposa es casi veinte años más joven que yo, ciertamente hermosa, totalmente incapaz de tomarse nada en serio y absolutamente incompetente; se necesita mucha paciencia para convivir con ella. He tratado en vano de darle una formación espiritual. Ahora estoy más convencido que nunca de que el celibato es el estado perfecto para un clérigo. Se lo he insinuado a Griselda repetidas veces, pero mis palabras únicamente la han hecho sonreír.

—Si por lo menos prestaras atención a lo que haces, querida —le dije en una ocasión mirando la fuente de verdura.

—A veces lo hago —repuso—. Sin embargo, creo que las cosas empeoran cuando me ocupo de ellas. Evidentemente, no he nacido para ama de casa. Me parece mejor dejar que Mary se encargue de todo y me resigno a sufrir incomodidades y a ingerir comidas aborrecibles.

—¿No has pensado en tu esposo, querida? —repliqué en tono de reproche. Siguiendo el ejemplo del diablo al ci-

* Nombre de origen germánico cuya etimología indica «docilidad» y «paciencia». *(N. del e.)*

tar las Escrituras para sus propios fines añadí—: «Ella se preocupa de su casa...».

—Imagina qué afortunado eres al no ser entregado a la voracidad de los leones —me interrumpió Griselda precipitadamente—. O quemado en la hoguera. La mala comida, el polvo o las moscas, ¿qué son en comparación? Hablemos del coronel Protheroe. Los primeros cristianos tuvieron la suerte de no tener que soportar a tipos como él.

—Es un viejo bruto y engolado —comentó Dennis—. No es extraño que su primera esposa le abandonara.

—La pobre no pudo hacer nada mejor —dijo mi mujer.

—No te permito que hables así, Griselda —observé secamente.

—Querido —repuso ella con voz cariñosa—, háblame de él. ¿Qué ocurre? ¿Es quizá algo relacionado con el continuo persignarse de Mr. Hawes y esos gestos que hace, tan insistentemente entremezclados con sus palabras?

Hawes es nuestro coadjutor. Hace sólo tres semanas que está con nosotros. Profesa los puntos de vista de la tendencia romana y ayuna los viernes. El coronel Protheroe se opone a toda clase de ritos.

—No, esta vez no, aunque también habló de ello. Todo el embrollo se produjo a causa del dichoso billete de una libra esterlina de Miss Price Ridley.

Miss Price Ridley es una devota miembro de mi congregación. Asistió al primer servicio religioso el día del aniversario de la muerte de su hijo y depositó un billete de una libra en la bandeja de las limosnas. Más tarde, al leer la relación de la colecta, se molestó al ver que el billete mayor era uno de diez chelines. Se me quejó de ello y yo observé, muy razonablemente, que debió de haberse equivocado.

«Ya no somos jóvenes —le dije con tacto— y los años no pasan en vano.»

Me extrañó que mis palabras sólo sirvieran para irritarla más. Dijo que aquello le parecía muy extraño y que le asombraba que yo no compartiese su opinión. Se alejó sin despedirse, y supongo que iría con sus quejas a Protheroe. El coronel es un hombre que se deleita buscándole tres pies al gato y esta vez no dejó de hacerlo. Siento que lo hiciera en miércoles, pues ese día doy clase por la mañana en la escuela parroquial, lo que me causa un agudo nerviosismo y un fuerte cansancio.

—Debe de ser su manera de divertirse —repuso mi esposa con tono de imparcialidad—. Nadie acude a él llamándole «querido vicario», ni borda horribles zapatillas para regalárselas, ni le obsequia con calcetines de lana en Navidad. Tanto su esposa como su hija están de él hasta la coronilla. Supongo que debe de sentirse feliz haciéndose el importante cuando puede.

—Pero no por ello ha de ofender a los demás —argumenté acalorado—. No creo que se diera cuenta de lo que sus palabras implicaban. Quiere repasar todas las cuentas de la iglesia «por si ha habido algún desfalco», según dijo, empleando estas mismas palabras. ¡Desfalco! ¿Cree acaso que yo uso los fondos de la iglesia?

—Nadie sería capaz de pensar eso de ti, querido —contestó Griselda—. Estás tan por encima de toda sospecha que eso mismo te daría una gran oportunidad de hacerlo. Quisiera que te apropiaras de los fondos para las misiones. Odio a los misioneros.

Me disponía a reprocharle esas palabras cuando entró Mary con un budín de arroz parcialmente cocido. Intenté protestar, pero Griselda dijo que los japoneses siempre comen el arroz medio crudo y que probablemente a ello se debe su prodigiosa inteligencia.

—Me atrevo a decir —prosiguió— que si todos los días de la semana comieras un budín como éste, los domingos predicarías unos sermones maravillosos.

—¡Dios no lo quiera! —exclamé, temblando ante la idea de que tal cosa pudiera suceder—. Protheroe vendrá mañana por la tarde y repasaremos las cuentas juntos —seguí diciendo—. Debo preparar mi charla para la Agrupación de Caballeros de la Iglesia de Inglaterra. ¿Qué vas a hacer esta tarde, Griselda?

—Mi deber —repuso—. Mi deber como esposa del vicario. Té y cotilleos a las cuatro y media.

—¿Quiénes vienen?

Griselda los fue contando con los dedos, con cara de inocencia.

—Miss Price Ridley, Miss Wetherby, Miss Hartnell y esa terrible Miss Marple.

—Me gusta Miss Marple —dije—. Por lo menos tiene sentido del humor.

—Es la peor chismosa del pueblo —replicó Griselda—. Sabe siempre todo lo que ocurre, hasta el último detalle, y siempre piensa mal.

Como he dicho, Griselda es mucho más joven que yo. A mi edad uno sabe que lo peor es generalmente verdad.

—No cuentes conmigo —dijo Dennis.

—¡Bestia! —exclamó Griselda.

—Todo lo que quieras, pero los Protheroe me han invitado a jugar al tenis.

—¡Bestia! —exclamó de nuevo Griselda.

Dennis se batió prudentemente en retirada y mi esposa y yo nos dirigimos a mi gabinete.

—No sé de quién hablaremos durante el té —dijo Griselda, sentándose ante mi escritorio—. Del doctor Stone y de Miss Cram, supongo, y quizá también de Miss Lestrange. A propósito, ayer fui a su casa y había salido. Sí, estoy segura de que Miss Lestrange será una buena comidilla para el té. ¡Es tan misteriosa! Se presenta, alquila una casa, apenas sale alguna vez... ¿No te parece? Le hace a uno pensar en las novelas policíacas, ya sabes: *¿Quién era la mujer misteriosa, de hermoso y pálido rostro? ¿Cuál era su pasado? Nadie lo sabía. Había algo ligeramente siniestro en* *ella.* Creo que el doctor Haydock sabe algo, aunque no lo diga.

—Lees demasiadas historias de detectives —observé.

—¿Y tú? —replicó—. El otro día, mientras estabas aquí preparando tu sermón, busqué en todas partes *La mancha en la escalera.* Y cuando entré y te pregunté si habías visto el libro, ¿qué encontré?

Tuve la debilidad de sonrojarme.

—Lo cogí al azar. Una frase me llamó la atención y...

—Ya conozco esas frases —repuso Griselda, hablando de forma afectada—. *Y entonces sucedió algo muy curioso: Griselda se levantó, cruzó la habitación y besó afectuosamente a su esposo.*

Se levantó, vino hacia mí y me dio un beso.

—¿Es algo muy curioso? —pregunté.

—Claro que sí —dijo ella—. ¿Te das cuenta, Len, de que hubiera podido casarme con un ministro, un barón, un rico industrial, tres subalternos y un pillastre de modales encantadores, pero que te preferí a ellos? ¿No te asombró mi elección?

—Ciertamente, sí. Muchas veces me he preguntado por qué lo hiciste.

Griselda rio.

—Me sentí poderosa —murmuró—. Todos ellos pensaban simplemente que yo era maravillosa y, por supuesto, les hubiera sido muy agradable el conquistarme. Pero yo soy todo aquello que más te disgusta y desapruebas, y pese a ello no pudiste resistirte. Mi vanidad se sintió halagada. ¡Es tan agradable ser un pecado secreto y delicioso para alguien! Te hago sufrir con mis inconveniencias y te distraigo constantemente, y sin embargo me adoras con locura. ¿Verdad que me adoras con locura?

—Te amo, por supuesto, querida.

—¡Oh, Len! ¡Me adoras! ¿Te acuerdas de aquel día que me quedé en Londres y te mandé un telegrama que jamás recibiste porque la hermana de la esposa del telegrafista tuvo gemelos y se le olvidó transmitirlo? Te pusiste muy nervioso, telefoneaste a Scotland Yard y armaste un revuelo de padre y muy señor mío.

Hay cosas que a uno no le gusta que le recuerden. Ciertamente, aquel día me comporté como un tonto.

—Si no te importa, querida —dije—, quisiera seguir con la preparación de mi charla.

Griselda lanzó un suspiro de irritación, me alborotó el cabello, lo volvió a alisar y dijo:

—No mereces que te quiera. Realmente, no lo mereces. Tendré un amorío con el artista. Sí, lo tendré. Y piensa en el escándalo que se producirá.

—Ya hay bastantes en este momento —repuse quedamente.

Griselda rio y me dio un beso.

Capítulo 2

Griselda es una mujer muy irritante. Al levantarme de la mesa yo me sentía en magnífica disposición para preparar una impresionante charla para la Agrupación de Caballeros de la Iglesia de Inglaterra. Cuando ella salió del gabinete me sentía inquieto y nervioso.

Precisamente cuando me disponía a empezar el trabajo Lettice Protheroe se dejó caer por mi despacho.

Empleo la expresión «se dejó caer» a propósito. He leído novelas en las cuales la gente joven es descrita como rebosante de energía y *joie de vivre,* la magnífica vitalidad de la juventud. Pero todos los jóvenes a quienes conozco tienen el aire inconfundible de espectros amables.

Lettice tenía un aspecto fantasmal especial aquella tarde. Es una muchacha hermosa, muy alta y rubia. Entró por la cristalera, se quitó con aire ausente la boina amarilla y dijo como sorprendida:

—¡Oh! ¿Es usted?

Hay un sendero que, partiendo de Old Hall, cruza los bosques y sale junto a la verja de nuestro jardín, por lo que la mayor parte de la gente, en lugar de dar la vuelta por la carretera y entrar por la puerta principal, salta la valla y penetra en la casa por la cristalera. No me sorprendió que Lettice hiciera su aparición así, pero sí me chocó algo su actitud.

Se dejó caer en uno de los grandes butacones y se atusó el cabello mirando al techo.

—¿Está Dennis por aquí?

—No le he visto desde después de comer. Tengo entendido que iba a tu casa a jugar al tenis.

—¡Oh! —dijo Lettice—. Espero que no haya ido. No encontrará a nadie.

—Ha dicho que tú le habías invitado.

—Creo que lo hice. Sólo que eso fue el viernes y hoy es martes.

—Miércoles —observé.

—¡Qué terrible! —repuso Lettice—. Eso quiere decir que por tercera vez me he olvidado de ir a comer a casa de alguien.

Afortunadamente, aquello no pareció preocuparla en exceso.

—¿Está Griselda?

—Creo que la encontrarás en el estudio del jardín posando para Lawrence Redding.

—Ha habido un considerable barullo por su culpa —dijo Lettice—. Con papá, ¿sabe usted? Papá es terrible.

—¿Qué ha pasado? —pregunté.

—Papá averiguó que él me estaba retratando. ¿Por qué no puedo ser retratada en traje de baño? ¿Por qué no he de poder hacerme un retrato así?

Lettice hizo una pausa y después prosiguió:

—Es verdaderamente absurdo que papá le haya prohibido volver a casa. Por supuesto, Lawrence y yo nos reímos de ello. Vendré aquí y seguirá pintando mi retrato.

—No, querida —repuse—. No puede ser, puesto que tu padre lo prohíbe y tú tienes la obligación de obedecerle.

—¡Qué pena! —dijo Lettice con un suspiro—. Todo el mundo es la mar de aburrido. Me siento muy cansada de todo. Si tuviera dinero, desaparecería, pero debo quedarme porque no tengo ni un penique. Si papá quisiera portarse decentemente y morirse, todo se arreglaría.

—No debes decir eso, Lettice.

—Pues si no quiere que yo desee su muerte que no sea tan mezquino con el dinero. No me extraña que mamá lo abandonase. Durante años he creído que había muerto. ¿Con qué clase de hombre se fugó? ¿Era alguien simpático?

—Sucedió antes de que tu padre se estableciera aquí.

—Me pregunto qué habrá sido de ella. Supongo que Anne no tardará en tener amoríos con alguien. Anne me odia. Se porta decentemente, pero me odia. Se está haciendo vieja y no le gusta. Son los años que se escapan...

Me pregunté si Lettice estaba intentando quedarse toda la tarde en mi gabinete.

—¿Ha visto usted mis discos? —preguntó.

—No.

—¡Qué pena! Me los he dejado olvidados en alguna parte. He perdido el perro y tampoco sé dónde está mi reloj de pulsera, aunque no importa, porque está estropeado. ¡Tengo tanto sueño! No sé por qué, puesto que me he levantado a las once. La vida es muy aburrida, ¿no cree usted? Tengo que irme. A las tres he de ir a ver la tumba del doctor Stone.

Eché una ojeada al reloj y anuncié que faltaban veinte minutos para las cuatro.

—¿De verdad? ¡Qué terrible! No sé si me habrán esperado o si se habrán ido sin mí. Creo que será mejor que vaya y trate de arreglarlo.

Se levantó y se alejó murmurando por encima del hombro:

—Se lo dirá a Dennis, ¿verdad?

—Sí —repuse mecánicamente, dándome cuenta demasiado tarde de que ignoraba qué debía decir a Dennis, aunque con toda probabilidad sería algo sin importancia.

Me puse a pensar en el doctor Stone, un conocido arqueólogo que desde hacía poco se hospedaba en el Blue Boar y supervisaba la excavación de una tumba situada en la propiedad del coronel Protheroe. Se habían producido varias disputas entre él y el coronel. Me divirtió que se hubiera ofrecido a llevar a Lettice a ver las excavaciones.

Se me ocurrió que Lettice Protheroe era una muchacha bastante atrevida. Me pregunté cómo se llevaría con Miss Cram, la secretaria del arqueólogo. Miss Cram es una mujer de veinticinco años y aspecto agradable, de maneras ruidosas y con un excelente ánimo y vitalidad, y una boca que parece contener un exceso de dientes.

La opinión del pueblo está dividida respecto a ella. Algunas personas creen que no es mejor de lo que debiera ser y otros aseguran que es una mujer de virtud de hierro que se ha propuesto convertirse en Miss Stone a la primera oportunidad. Es completamente distinta de Lettice.

No me costó imaginar que las cosas no debían de marchar bien en Old Hall. El coronel Protheroe contrajo nuevas nupcias unos cinco años atrás. La segunda Mistress Protheroe era una mujer notablemente hermosa en un estilo extraño. Siempre pensé que las relaciones entre ella y su hijastra no eran muy cordiales.

Volví a ser interrumpido. Esta vez se trataba de mi coadjutor Hawes. Quería conocer los detalles de mi conversación con Protheroe. Le dije que el coronel deploraba sus «inclinaciones romanas», pero que el verdadero motivo de su visita era otro. Aproveché la oportunidad para decirle que debía someterse completamente a mis disposiciones. Recibió mis observaciones bastante bien.

Cuando se marchó sentí algunos remordimientos por no apreciarle más. Esos irracionales aprecios y desprecios que uno siente por la gente no son propios de un buen cristiano.

Observé que las manecillas del reloj de mi escritorio señalaban las cinco menos cuarto, clara indicación de que eran las cuatro y media, y me dirigí al salón con un suspiro.

Cuatro miembros de mi parroquia se encontraban allí, con sendas tazas de té en la mano. Griselda estaba sentada detrás de la mesita, tratando de parecer natural, pero, por el contrario, no podía ofrecer mayor contraste con su pretendido estado de ánimo.

Saludé a las invitadas y tomé asiento entre Miss Marple y Miss Wetherby.

Miss Marple es una mujer de avanzada edad y cabello blanco, de maneras muy agradables. Miss Wetherby es la más peligrosa de ambas.

—Estábamos hablando del doctor Stone y Miss Cram —dijo Griselda con voz melosa.

«A Miss Cram le importa un pepino», hubiese dicho Dennis. Estuve tentado de repetir aquellas palabras, pero por suerte me contuve.

—Ninguna muchacha decente lo haría —observó secamente Miss Wetherby, apretando los labios con desaprobación.

—¿Qué es lo que no haría? —pregunté.

—Ser secretaria de un hombre soltero —repuso Miss Wetherby, horrorizada.

—¡Oh, querida! —exclamó Miss Marple—. Yo creo que los casados son peores. Acuérdate de la pobre Mollie Carter.

—Los hombres casados y separados de sus esposas, naturalmente —apostilló Miss Wetherby.

—E incluso algunos que viven con sus esposas —murmuró Miss Marple—. Recuerdo que...

Interrumpí tan desagradables reminiscencias.

—Pero en estos días una muchacha puede trabajar de la misma forma que lo hacen los hombres —dije.

—¿Y venir al campo y alojarse en el mismo hotel que el jefe? —observó Miss Price Ridley con voz severa.

—Y todos los dormitorios están en el mismo piso —susurró Miss Wetherby a Miss Marple.

Cambiaron miradas de inteligencia.

Miss Hartnell, mujer alegre y muy temida por los pobres, observó con voz fuerte:

—Ese pobre hombre morderá el anzuelo sin darse cuenta. Es tan inocente como un niño recién nacido.

Es curioso observar las frases que empleamos. Ninguna de las señoras allí presentes hubiera soñado en hablarle a un verdadero niño hasta que estuviese ya en la cama, visiblemente dormido.

—Es desagradable —prosiguió Miss Hartnell con su habitual falta de tacto—. Ese hombre debe de tener por lo menos veinticinco años más que ella.

Tres voces femeninas se alzaron de inmediato haciendo observaciones fuera de lugar acerca del paseo de los muchachos del coro, el desagradable incidente en la última reunión de madres de familia y las corrientes de aire en la iglesia. Miss Marple guiñó un ojo a Griselda.

—¿No creen ustedes —dijo mi esposa— que es posible que Miss Cram sólo piense en su trabajo y no vea en el doctor Stone sino a su jefe?

Se produjo un silencio. Se veía claramente que ninguna de las cuatro señoras estaba de acuerdo con aquellas palabras. Miss Marple quebró el silencio, golpeando amistosamente a Griselda en el brazo.

—Es usted muy joven, querida —comentó—. La juventud es muy inocente.

Griselda se indignó y dijo que no era inocente.

—Desde luego —observó Miss Marple, sin hacer caso de la protesta—, usted siempre piensa lo mejor de las personas.

—¿Cree usted de verdad que ella quiere casarse con ese hombre calvo y aburrido?

—Tengo entendido que goza de muy buena posición —repuso Miss Marple—. Aunque temo que su carácter sea algo violento. Hace pocos días tuvo un disgusto bastante serio con el coronel Protheroe.

Todas prestaron una enorme atención.

—El coronel Protheroe le dijo que era un ignorante.

—Es absurdo y muy propio del coronel —dijo Miss Price Ridley.

—Es ciertamente propio del coronel Protheroe, pero no sé si será realmente absurdo —observó Miss Marple—. Recuerden a aquella mujer que vino diciendo que pertenecía a la Beneficencia y que después de recoger bastante dinero desapareció sin que jamás hayamos vuelto a saber de ella ni de su beneficencia. Siempre nos hemos sentido inclinadas a confiar en las personas y a creer que en verdad son lo que dicen ser.

Jamás me hubiera atrevido a pensar en Miss Marple como en una persona confiada.

—Creo que ha sucedido algo con ese joven artista, Mr. Redding, ¿no es verdad? —preguntó Miss Wetherby.

Miss Marple asintió.

—El coronel Protheroe le echó de su casa. Parece que estaba pintando a Lettice en traje de baño.

—Siempre pensé que había algo entre ellos —aseguró Miss Price Ridley—. Ese muchacho no deja de rondar por allí. Lástima que ella no tenga madre. Las madrastras no se preocupan como las propias madres.

—Me atrevo a decir que Miss Protheroe hace cuanto puede —dijo Miss Hartnell.

—Las muchachas son tan astutas... —deploró Miss Price Ridley.

—Es muy romántico, ¿verdad? —dijo Miss Wetherby—. Él es un joven muy guapo.

—Pero disoluto —repuso Miss Hartnell—. Tiene que serlo. ¡Un artista! ¡París! ¡Modelos!

—No es muy propio retratarla en traje de baño —observó Miss Price Ridley.

—También a mí me está retratando —dijo Griselda.

—Pero no en traje de baño, querida —repuso Miss Marple.

—Pudiera ser algo peor —dijo Griselda con solemnidad.

—¡Pícara! —exclamó Miss Hartnell, bromeando.

Todas parecieron ligeramente sorprendidas.

—¿Le ha hablado Lettice de lo sucedido? —me preguntó Miss Marple.

—¿A mí?

—Sí. La he visto pasar por el jardín y entrar por la cristalera del gabinete.

Miss Marple siempre lo ve todo. Cuidar del jardín es un buen pretexto tras el que ampararse, y también la costumbre de observar a los pájaros con unos prismáticos.

—Sí, algo de ello ha comentado —admití.

—Mr. Flawes parecía preocupado —dijo Miss Marple—. Espero que no haya estado trabajando demasiado.

—¡Oh! —exclamó Miss Wetherby, excitada—. Se me había olvidado por completo. Tengo algunas noticias que comunicarles: he visto al doctor Haydock salir de casa de Miss Lestrange.

Se miraron unas a otras.

—Quizá está enferma —dijo Miss Price Ridley.

—Debe de tratarse de una enfermedad súbita —repuso Miss Hartnell—, pues la he visto paseando por el jardín a las tres de la tarde y parecía gozar de perfecta salud.

—Acaso ella y el doctor Haydock sean viejos amigos —observó Miss Price Ridley—. Nunca dice nada sobre eso.

—Es curioso que jamás lo haya mencionado —dijo Miss Wetherby.

—En realidad... —empezó a decir Griselda en voz baja y misteriosa, antes de callarse súbitamente.

Todas se inclinaron hacia ella.

—Yo sé la verdad —prosiguió Griselda en tono afectado—. Su esposo era misionero. Es una historia terrible. Se lo comieron. Tal como suena: se lo comieron. Ella fue obligada a convertirse en la esposa del jefe de los caníbales. El doctor Haydock formaba parte de la expedición que la rescató.

Por un momento el ambiente fue tan tenso que hubiera podido cortarse con un cuchillo, pero Miss Marple habló con una sonrisa que dulcificaba su reproche.

—¡Pícara! —dijo dándole unos golpecitos de desaprobación en el brazo—. No debe usted decir esas cosas. La gente puede creerlas. Y eso algunas veces produce complicaciones.

El humor parlanchín de las señoras se enfrió. Dos de ellas se levantaron para marcharse.

—Me pregunto si realmente habrá algo entre el joven Lawrence Redding y Lettice Protheroe —observó Miss Wetherby—. Ciertamente lo parece. ¿Qué cree usted, Miss Marple?

—No lo creo. No con Lettice. Acaso con otra persona.

—Pero el coronel Protheroe debe de haber pensado...

—Siempre me ha parecido un hombre más bien estúpido —repuso Miss Marple—. Es de la clase de hombres a quienes se les mete una idea equivocada en la cabeza y se aferran a ella. ¿Recuerdan ustedes a Joe Brucknell, que fue propietario del Blue Boar? Se habló mucho de que el joven Bailey tenía amoríos con su hija, cuando en realidad era con su desvergonzada esposa.

Miraba directamente a Griselda al hablar y yo me sentí invadido por la ira.

—¿No cree usted, Miss Marple —dije—, que somos dados a soltar demasiado nuestra lengua? La caridad jamás piensa mal. La murmuración puede causar daños irreparables.

—Querido vicario —repuso Miss Marple—, ha recorrido usted muy poco mundo. Me temo que al observar la naturaleza humana tanto tiempo como yo uno llega a esperar muy poco de ella. Cierto es que la murmuración puede ser algo equívoco y malo, pero a menudo no está reñida con la verdad, ¿no cree usted?

Estas palabras dieron en el blanco.

Capítulo 3

—Gata desagradable —murmuró Griselda apenas se hubo cerrado la puerta.

Hizo una mueca en dirección al camino que habían tomado las visitantes, me miró y rio.

—¿Sospechas realmente, Len, que tengo un amorío con Lawrence Redding?

—Claro que no, querida.

—Pero has pensado que Miss Marple lo estaba insinuando y te has lanzado galantemente en mi defensa, como... como un tigre irritado.

Por un momento me sentí intranquilo. Un clérigo de la Iglesia de Inglaterra no debería ponerse jamás en una situación que pudiese ser descrita como propia de un tigre irritado. Confiaba en que Griselda exagerase.

—Sentí que no podía dejar pasar la ocasión sin protestar —dije—. Pero quisiera que fueses más cuidadosa con tus palabras.

—¿Te refieres a la historia de los caníbales? —preguntó—. ¿O ha sido quizá la sugerencia de que Lawrence me pintaba desnuda? Si supiera que poso llevando una gran capa con un cuello de pieles que no deja al descubierto el menor pedazo de piel. En realidad es algo maravillosamente puro. Lawrence jamás intenta hacerme el amor. No sé por qué será.

—Seguramente, como eres una mujer casada...

—No te hagas el tonto, Len. Sabes muy bien que una mujer joven y guapa, con un marido bastante mayor que ella, es un regalo caído del cielo para un hombre joven. Debe de haber alguna otra razón. No dejo de ser atractiva...

—No querrás que te haga el amor, ¿verdad?

—N-n-no —dijo Griselda, con mayor vacilación de la que creí necesaria.

—Si está enamorado de Lettice Protheroe...

—Miss Marple no ha parecido creer que lo estuviera.

—Puede estar equivocada.

—Jamás se equivoca. Esa gata vieja siempre tiene razón. —Griselda permaneció en silencio un momento y luego se volvió hacia mí, mirándome de reojo—. Me crees, ¿verdad? Quiero decir, que no hay nada entre Lawrence y yo.

—Mi querida Griselda —repuse sorprendido—, desde luego que te creo.

Mi esposa vino hacia mí y me besó.

—Me gustaría que no fueras tan fácil de engañar, Len. Estás siempre dispuesto a creer cuanto te digan.

—Es natural que así sea. Pero, querida, te ruego que tengas cuidado con lo que hablas. Esas mujeres tienen muy poco sentido del humor y se lo toman todo en serio.

—Necesitan cierta inmoralidad en sus vidas —repuso Griselda—. Entonces no estarían tan ocupadas buscándola en la vida de los demás.

Tras estas palabras salió de la habitación. Miré el reloj y me apresuré con algunas visitas que hubiera debido hacer antes.

El servicio vespertino del miércoles estaba muy poco concurrido, como de costumbre, pero cuando salí a la iglesia, después de quitarme los ornamentos en la sacristía, vi a una señora contemplando uno de los magníficos vitrales del templo. Se volvió cuando me acercaba y vi que era Miss Lestrange. Ambos parecimos vacilar un instante.

—Espero que le guste nuestra pequeña iglesia —dije.

—Estaba admirando ese hermoso vitral.

Su voz era agradable y grave, pero muy clara y de pronunciación precisa.

—Siento no haber asistido ayer al té de su esposa —añadió.

Hablamos durante unos minutos más. Era, evidentemente, una mujer culta, que conocía bien la historia de la iglesia y de su arquitectura. Salimos y caminamos juntos por la carretera, pues uno de los caminos que conducen a la vicaría pasa por delante de su casa. Cuando llegamos a la verja dijo placenteramente:

—¿No quiere usted entrar y darme su opinión de lo que he hecho?

Acepté la invitación. Aquella casa —Little Gates— había pertenecido anteriormente a un coronel angloindio. No pude menos que sentirme aliviado cuando observé la desaparición de las mesas de latón y los ídolos birmanos. Miss Lestrange la había amueblado con un gusto exquisito y transmitía una sensación de armonía y tranquilidad.

Sin embargo, me preguntaba qué había llevado a Miss Lestrange a St. Mary Mead. Se veía claramente que era una mujer de mundo, lo que hacía aún más extraño que hubiera venido a enterrarse en un pueblo como el nuestro.

Tuve la primera oportunidad de observarla de cerca bajo la brillante luz de su salita.

Era una mujer muy alta. Su cabello era dorado, con un ligero tinte rojizo, y sus cejas y pestañas oscuras. Si, como pensé, iba maquillada, lo estaba de tal modo que parecía natural. Había en su cara algo que recordaba a la Esfinge, y poseía los ojos más curiosos que jamás había visto; eran casi dorados.

Su ropa era elegante y tenía la facilidad de movimientos propia de una mujer bien educada, sin embargo, había en ella algo incongruente y extraño. Uno sentía que era un misterio. Se me ocurrió la palabra que Griselda había usado: *siniestra*. Era absurdo, por supuesto, pero ¿y si no fuese tan absurdo...? Un pensamiento pasó por mi cabeza: «Esta mujer no se detendría ante nada».

Nuestra conversación versó sobre temas completamente normales: cuadros, libros, iglesias antiguas... Sin embargo, tuve la impresión de que había algo más, algo de naturaleza muy distinta, que Miss Lestrange quería decirme.

La sorprendí una o dos veces mirándome con vacilación, como si fuera incapaz de decidirse. Observé que su conversación giraba sobre temas completamente impersonales; no dijo si estaba casada ni habló de amigos o parientes.

Pero sus ojos parecían decir: «¿Debo hablar? Quiero hacerlo. ¿No puede usted ayudarme?».

Comprendí poco después que deseaba que la dejara sola. Me levanté y me despedí. Cuando salía de la habitación, volví la cabeza y la vi mirándome con expresión dudosa y vacilante. Un impulso me hizo volver atrás.

—Si puedo hacer algo por usted...

—Es muy amable —repuso ella, vacilando.

Ambos permanecimos en silencio.

—Es muy difícil —dijo finalmente—. No, no creo que nadie pueda ayudarme. Pero muchas gracias por su ofrecimiento.

Salí intrigado de aquella casa. En St. Mary Mead no estamos acostumbrados a los misterios. Tanto es así que cuando crucé la puerta del jardín alguien se abalanzó sobre mí. Miss Hartnell lo hace todo impetuosamente.

—¡Le he visto! —exclamó—. ¡Me siento tan excitada! Ahora podrá usted contárnoslo todo.

—¿Todo?

—Sí. Acerca de esa misteriosa señora. ¿Es viuda o casada?

—Realmente no lo sé. No me lo ha dicho.

—¡Qué raro! Es extraño que no haya mencionado algo casualmente. Parece como si tuviera alguna razón para no hablar, ¿no lo cree usted así?

—En realidad, creo que no.

—Como la querida Miss Marple dice, es usted muy poco mundano, querido vicario. ¿Hace tiempo que ella conoce al doctor Haydock?

—No lo ha mencionado y, por lo tanto, lo ignoro.

—Entonces, ¿de qué han hablado ustedes?

—De pintura, música, libros...

Miss Hartnell, cuyos únicos temas de conversación son los puramente personales, pareció no creerme. Aprovechando su momentánea vacilación sobre la forma en que proseguiría el interrogatorio, le deseé buenas noches y me alejé caminando rápidamente.

Visité una casa en el pueblo y regresé a la vicaría por la puerta de la verja, pasando al hacerlo por el punto de peligro que constituía el jardín de Miss Marple. Sin embargo, pensé que las noticias de mi visita a la casa de Miss Lestrange no habían podido llegar aún hasta allí y me sentí razonablemente seguro.

Al cerrar el portillo se me ocurrió ir hasta el cobertizo del jardín que el joven Lawrence Redding utilizaba como estudio para ver los progresos hechos en el retrato de Griselda.

Adjunto un plano, que resultará útil en vista de lo que más tarde sucedió, en el que solamente constan los detalles necesarios.

Ignoraba que hubiera alguien en el estudio. No oí voces que me indicaran lo contrario y supongo que la hierba amortiguó el ruido de mis pisadas.

Abrí la puerta y me detuve asombrado en el umbral. Había dos personas en el estudio y los brazos del hombre rodeaban a la mujer, mientras la besaba apasionadamente.

Eran el artista, Lawrence Redding, y Mistress Protheroe. Volví sobre mis pasos precipitadamente y me refugié en mi gabinete. Tomé asiento en una silla, saqué la pipa y me quedé pensando. Aquel descubrimiento era una gran

PLANO A

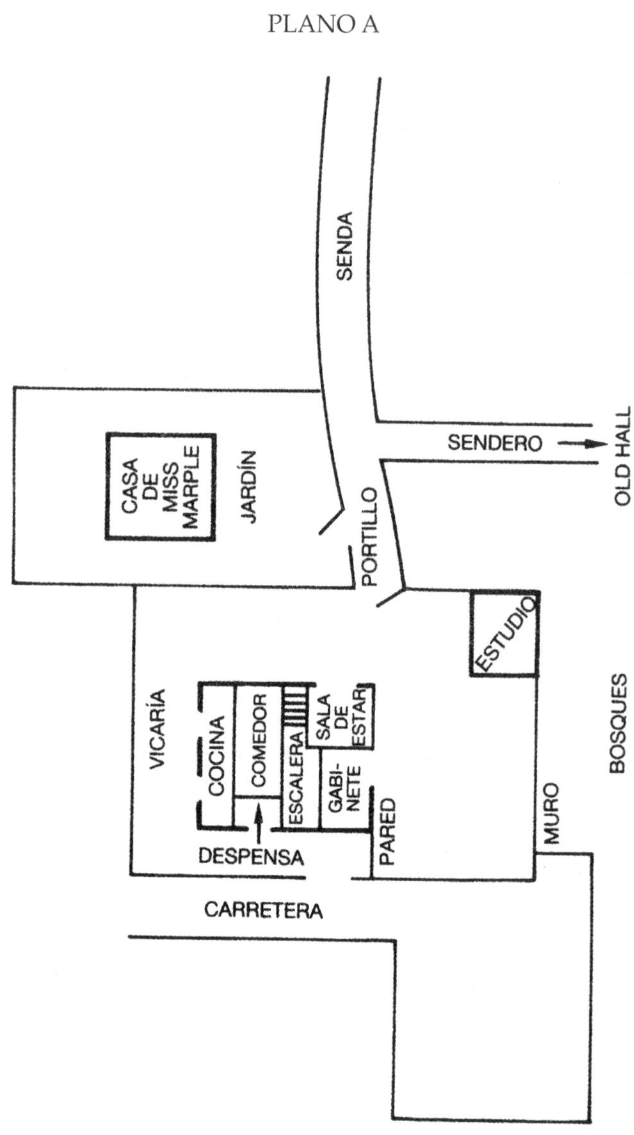
SENDA
SENDERO
OLD HALL
CASA DE MISS MARPLE
JARDÍN
PORTILLO
ESTUDIO
BOSQUES
VICARÍA
COCINA
COMEDOR
ESCALERA
SALA DE ESTAR
GABI-NETE
PARED
MURO
DESPENSA
CARRETERA

sorpresa para mí, especialmente tras la conversación con Lettice aquella tarde, cuando había tenido la impresión de que había algo entre ella y el joven. Además, estaba convencido de que también ella lo creía así. Tuve la seguridad de que ignoraba los sentimientos del artista hacia su madrastra.

Era un asunto muy desagradable. Rendí a regañadientes un tributo a Miss Marple. Ella no se había dejado engañar y evidentemente sospechaba de la verdadera naturaleza de las cosas. Interpreté mal su mirada a Griselda.

Jamás se me hubiera ocurrido mezclar a Mistress Protheroe en algo parecido. Era una mujer de quien uno no sería nunca capaz de sospechar.

En este punto de mis meditaciones me encontraba cuando un golpecito en los cristales de la cristalera me sobresaltó: Mistress Protheroe estaba de pie junto a ella. Abrí y entró sin esperar a que la invitara a hacerlo. Cruzó rápidamente el gabinete y se dejó caer en el sofá.

Me pareció como si jamás la hubiera visto. La mujer dueña de sus sentimientos que yo conocía había dejado de existir y en su lugar se encontraba una criatura desesperada, de respiración afanosa. Pero por primera vez me di cuenta de que Anne era hermosa.

Tenía el cabello castaño y la tez pálida, y ojos grises y profundos. Era como si una estatua hubiese cobrado vida súbitamente. No pude menos que parpadear ante la transformación.

—He pensado que sería mejor venir —dijo—. ¿Ha visto..., ha visto usted...?

Asentí.

—Nos amamos —agregó quedamente.

No pudo evitar que una sonrisa le asomara a los labios. Era la sonrisa de una mujer que observa algo bello y maravilloso.

Permanecí callado.

—Supongo que usted pensará que no está bien —sugirió.

—¿Cuál cree usted que puede ser mi opinión, Mistress Protheroe?

—Claro... Comprendo.

Hablé tratando de que mi voz fuera lo más suave posible.

—Usted es una mujer casada.

Me interrumpió.

—¡Oh, ya lo sé, ya lo sé! ¿Cree usted que no lo he pensado mil veces? No soy mala; no lo soy. Las cosas no son como... como usted cree.

—Me gusta oírselo decir —afirmé gravemente.

—¿Se lo dirá a mi esposo? —preguntó con temor en la voz.

—Parece existir la absurda idea de que un clérigo no puede portarse como un caballero —repuse con sequedad.

Me miró agradecida.

—¡Soy tan desgraciada! ¡Soy tan terriblemente desgraciada! No puedo seguir así, no puedo. Y no sé qué hacer. —Su voz tenía un tono algo histérico—. Usted no sabe cómo es mi vida. He sido desgraciada con Lucius desde el principio. Ninguna mujer puede ser feliz con él. Quisiera verle muerto... Es horrible pero cierto. Estoy desesperada.

Se sobresaltó y miró hacia la cristalera.

—¿Qué ha sido eso? Me parece haber oído a alguien. Quizá sea Lawrence.

La cristalera no estaba cerrada, como yo creía. Salí y paseé la mirada por el jardín, pero no vi a nadie. Sin embargo, estaba casi convencido de haber oído también algo.

Cuando volví a entrar en la habitación, Mistress Protheroe estaba inclinada hacia delante, con la cabeza agachada. Era el vivo retrato de la desesperación.

—No sé qué hacer —repitió—. No sé qué hacer.

Me senté a su lado y le dije aquello que mi deber me obligaba a decir, tratando de hacerlo con la convicción necesaria, consciente, mientras hablaba, de que aquella misma mañana había expresado mi opinión de que el mundo sería mejor si el coronel Protheroe no se encontrara en él.

Le supliqué a Mistress Protheroe que no obrara impulsivamente. Abandonar su hogar y a su esposo era un paso de extrema gravedad.

No creo que la convenciera. He vivido lo suficiente para saber que es virtualmente imposible obligar a razonar a una persona enamorada, aunque creo que mis palabras le dieron cierto consuelo.

Cuando se levantó para marcharse, me dio las gracias y me prometió pensar en lo que le había dicho.

Sin embargo, cuando se marchó, me sentí muy inquieto. Me reproché no haber conocido mejor a Anne Protheroe. Tenía la impresión de que era una mujer muy desesperada, incapaz de contenerse una vez sus sentimientos habían sido liberados. Y estaba desesperada, salvaje y locamente enamorada de Lawrence Redding, un hombre mucho más joven que ella.

Capítulo 4

Había olvidado completamente que Lawrence Redding estaba invitado a cenar con nosotros. Me quedé muy sorprendido cuando Griselda entró en el gabinete y me avisó de que sólo faltaban dos minutos para sentarnos a la mesa.

—Espero que todo esté bien —dijo mientras yo subía las escaleras—. He meditado acerca de lo que me has dicho durante la comida y he pensado en algunas cosas muy agradables para la cena.

Puedo decir de paso que nuestra cena sobrepasó ampliamente la afirmación de Griselda de que las cosas iban mucho peor cuando se ocupaba de ellas. El menú era de concepción ambiciosa y Mary pareció haberse propuesto dejar algunos platos crudos y otros excesivamente cocidos. Ni siquiera pudimos gozar de unas ostras encargadas por Griselda, pues en toda la casa no se encontró nada con que abrirlas, impedimento que descubrimos en el momento de sentarnos a la mesa.

Llegué a dudar de que Lawrence Redding apareciera, no le sería difícil encontrar una excusa para justificar su ausencia.

Sin embargo, llegó puntual, y los cuatro nos dirigimos al comedor.

Lawrence Redding posee una personalidad innegablemente activa. Debe de tener unos treinta años. Su cabello es oscuro, pero sus ojos son de un azul que asombra por su brillo. Es de esa clase de hombres que lo hacen todo bien. Conoce muchos juegos, tira magníficamente, es un buen actor aficionado y sabe contar con gracia una historia. Creo que por sus venas corre sangre irlandesa. Es la imagen ideal que uno tiene de un artista. En mi opinión, es un pintor inteligente, aunque mis conocimientos artísticos son limitados.

Habría sido natural que esa noche en particular pareciera algo distraído, pero se comportó admirablemente, y no creo que Griselda o Dennis notaran algo raro en él. Posiblemente ni yo mismo me habría dado cuenta de no haber conocido el caso con anterioridad.

Griselda y Dennis estaban muy alegres y contaron diversas anécdotas acerca del doctor Stone y de Miss Cram, que eran la comidilla local. Súbitamente me di cuenta, apenado, de que la edad de Dennis está más cercana a la de Griselda que la mía. Se dirige a nosotros de forma distinta: yo soy el tío Len, pero ella es simplemente Griselda. Mistress Protheroe me debía de haber perturbado, porque por lo general no hago esas reflexiones sin provecho. Ese pensamiento me entristeció algo.

Griselda y Dennis fueron demasiado lejos con sus historias, aunque no tuve ánimos para intervenir y poner orden. Siempre me ha parecido desagradable que la mera presencia de un clérigo pueda hacer comportarse a las personas de una forma poco natural.

Lawrence tomó parte animadamente en la conversación. Sin embargo, me di cuenta de que sus ojos se dirigían a mí en varias ocasiones, y no me sorprendió cuando, después de cenar, se las compuso para llevarme a mi gabinete.

Sus maneras cambiaron tan pronto estuvimos a solas. Su rostro se ensombreció. Parecía casi anonadado.

—Ha descubierto usted nuestro secreto, señor —dijo—. ¿Qué piensa hacer?

Pude hablar con mayor claridad a Redding que a Mistress Protheroe, y lo hice. Encajó muy bien mis palabras.

—Desde luego —dijo cuando hube terminado—, es natural que diga tales cosas. Usted es sacerdote. Mis palabras no encierran sentido ofensivo alguno. En realidad, creo que probablemente tiene usted razón. Pero lo que existe entre Anne y yo es distinto a todo lo demás.

Repuse que la gente venía afirmando tal cosa desde el amanecer de los tiempos, y una sonrisa apareció en sus labios.

—¿Quiere usted decir que todos creen que su caso es único? Quizá sea así, pero hay algo distinto que debe usted creer.

Me aseguró que hasta aquel momento «nada malo había sucedido». Afirmó que Anne era la mujer más fiel y leal que jamás había conocido. Sin embargo, ignoraba lo que podría suceder.

—Si se tratara de una novela —añadió tristemente—, el viejo moriría y todos seríamos felices.

Le reproché sus palabras.

—No quiero decir que vaya a clavarle un cuchillo en la espalda, aunque si alguien lo hiciera estaría dispuesto a agradecérselo fervientemente. Nadie en el mundo que sea sincero puede hablar bien de él. Me extraña que la primera Mistress Protheroe no lo matase. La conocí hace algunos años y me pareció una de esas mujeres peligrosas que jamás pierden la calma. Él anda siempre metiendo las narices donde no le importa, buscándose continuos líos, es peor que el diablo, y con un carácter terrible. No puede usted imaginarse cuánto debe soportar Anne. Si yo tuviera dinero me la llevaría inmediatamente.

Entonces le hablé con vehemencia. Le supliqué que se alejara de St. Mary Mead. Permaneciendo en el pueblo sólo contribuiría a hacer a Mistress Protheroe aún más desgraciada. La gente hablaría y las murmuraciones llegarían a oídos del coronel Protheroe. La única persona que sufriría por ello sería Mistress Protheroe.

Lawrence protestó.

—Usted es el único que está enterado de todo esto.

—Mi querido amigo, usted no conoce el instinto detectivesco de la gente del pueblo. En St. Mary Mead todo el mundo está al corriente de los más íntimos asuntos de su prójimo. No existe en Inglaterra detective alguno tan sagaz como una solterona de edad indefinida, sin nada que hacer durante todo el día.

Admitió que esto era verdad, pero que todos creían que estaba enamorado de Lettice.

—¿No se le ha ocurrido que la propia Lettice también puede pensarlo?

Pareció bastante sorprendido ante esta idea. Afirmó que Lettice no se preocupaba en lo más mínimo de él, y que no estaba enamorado de ella.

—Es una muchacha extraña —dijo—. Parece estar siempre ensimismada, aunque creo que lo que realmente ocurre es que es muy práctica. Creo que su vaguedad no es sino una pose. Lettice sabe muy bien lo que hace. Hay en ella algo extrañamente vengativo. Es curioso que odie a Anne. Sencillamente, la aborrece, a pesar de que Anne se ha portado como un perfecto ángel con ella.

Por supuesto, no acepté implícitamente sus palabras. Para un hombre enamorado, la mujer de sus sueños es siempre un ángel. Aunque, por lo que yo había podido observar, Anne siempre se había portado bondadosa y cariñosamente con su hijastra. Aquella misma tarde, el tono amargo de las palabras de Lettice me había sorprendido.

Tuvimos que cambiar de tema, pues en aquel momento Griselda y Dennis entraron en el gabinete, diciendo que no era justo que mantuviera recluido a Lawrence como si fuera un viejo.

—¡Cómo me gustaría que sucediera algo! —exclamó Griselda dejándose caer en el sofá—. Un asesinato, un robo por lo menos.

—No creo que haya por aquí mucho que robar —dijo Lawrence, intentando adoptar un tono ligero como el de Griselda—, a menos que robemos la dentadura postiza de Miss Hartnell.

—Hace un ruido verdaderamente desagradable —admitió Griselda—. Está usted equivocado al decir que no hay nada que valga la pena robar. En Old Hall hay una maravillosa colección de plata antigua y una taza de Carlos II. Creo que vale muchos miles de libras esterlinas.

—El viejo probablemente dispararía con su antiguo revólver de reglamento contra quien intentara llevársela —intervino Dennis—. Seguro que le divertiría.

—Primero entraríamos armados y lo pondríamos manos arriba —dijo Griselda—. ¿Quién tiene una pistola?

—Yo tengo una Mauser —repuso Lawrence.

—¡Qué excitante! —exclamó ella—. ¿De dónde lo ha sacado?

—Es un recuerdo de guerra —contestó Lawrence.

—Hoy el viejo Protheroe estaba mostrando la plata a Stone —afirmó Dennis—. El viejo Stone hacía como si realmente se sintiera muy interesado.

—Creí que se habían disgustado por lo de la tumba —murmuró Griselda.

—Ya han hecho las paces —afirmó Dennis—. No comprendo por qué la gente debe enfadarse por una tumba.

—Ese Stone me intriga —observó Lawrence—. Creo que debe de ser muy despistado. En algunos momentos, cualquiera juraría que no sabe nada de su profesión.

—Eso es el amor —dijo Dennis—, «Gladys Cram, dulzura, es usted un sol. Sus dientes blancos me encantan. Vuele hacia mí y hágame feliz. Y en la posada, en una noche tranquila...».

—Basta ya, Dennis —le interrumpí.

—Debo irme ya —dijo Lawrence Redding—. Muchas gracias por esta agradable velada, Miss Clement.

Griselda y Dennis le acompañaron hasta la puerta. Dennis regresó solo al gabinete, algo le había contrariado. Paseaba por la habitación con el ceño fruncido dando puntapiés a los muebles.

Nuestro mobiliario está en bastante mal estado y es difícil causarle daño adicional, pero me sentí inclinado a protestar.

—Lo siento —dijo Dennis.

Permaneció en silencio durante un instante.

—¡La murmuración es muy desagradable! —exclamó con lentitud.

Me sentí sorprendido. Dennis no acostumbraba a adoptar tal actitud.

—¿Qué sucede? —pregunté.

—No sé si debería decírselo.

Mi asombro aumentaba por momentos.

—Es muy desagradable —repitió— ir por ahí diciendo cosas. Pero ni siquiera las dicen, sólo las insinúan. No, maldita sea (¡oh, perdón!), no se lo diré. Es demasiado desagradable.

Lo miré fijamente, aunque no insistí. No es propio de Dennis tomarse las cosas a pecho.

Entonces entró Griselda.

—Miss Wetherby acaba de llamar por teléfono —dijo—. Miss Lestrange ha salido a las ocho y cuarto y aún no ha vuelto a su casa. Nadie sabe adónde ha ido.

—¿Por qué deberían saberlo?

—No ha ido a casa del doctor Haydock. Miss Wetherby lo sabe porque ha telefoneado a Miss Hartnell, cuya casa está junto a la del doctor y que ciertamente la hubiera visto.

—Constituye para mí un misterio indescifrable saber cuándo come la gente en este pueblo —dije—. Debe de hacerlo de pie junto a la ventana, para no dejar de observar lo que sucede en la calle ni un solo minuto.

—Y eso no es todo —prosiguió Griselda, divertida—. Han hecho averiguaciones acerca del Blue Boar: el doctor Stone y Miss Cram ocupan habitaciones vecinas, pero —agitó la mano con el dedo índice extendido—, ¡no hay puerta de comunicación entre ambas!

—Eso debe de haber supuesto una sorpresa muy desagradable para algunas personas.

Griselda estalló en una carcajada.

El jueves empezó mal: dos de las señoras de mi parroquia decidieron pelearse a causa de los adornos de la iglesia. Fui llamado para poner paz entre ellas. Se trataba de dos señoras de mediana edad, y ambas temblaban de ira. De no haber sido algo tan doloroso, se habría tratado de un interesante fenómeno físico.

Después tuve que regañar a dos de nuestros monaguillos por su persistencia en chupar caramelos durante los servicios religiosos, y tuve la impresión de que no me ocupaba de ello en la forma debida.

Más tarde, nuestro organista, que es muy sensible, se sintió ofendido por algo y hubo que calmarle.

Cuatro de mis pobres feligreses se rebelaron abiertamente contra Miss Hartnell, que, ciega de ira, vino a contármelo.

Me dirigía a casa cuando encontré al coronel Protheroe. Estaba de un magnífico humor, pues, como magistrado, acababa de condenar a penas de cárcel a tres cazadores furtivos.

—¡Hay que ser estricto! —exclamó casi a gritos. Era ligeramente sordo y levantaba la voz como suele hacerlo la gente que sufre tal defecto—. Firmeza es lo que se necesita hoy. Me dicen que ese pillo de Archer, que salió en libertad ayer, jura que se vengará de mí. Los hombres amenazados viven mucho tiempo, dice el refrán. La próxima vez que le sorprenda cazando mis faisanes le enseñaré cuánto me preocupa su venganza. ¡Se procede hoy con demasiada lasitud! Creo que la gente debe asumir las consecuencias de sus actos. Siempre se me pide que tenga lástima de las esposas e hijos de los acusados. ¡Es una tontería! ¿Por qué debe un hombre escapar a las consecuencias de lo que ha hecho simplemente por el hecho de estar casado y tener hijos? Quien infringe la ley, sea médico, abogado, clérigo, cazador furtivo o un borracho haragán, debe ser castigado por ello. Estoy seguro de que usted es de mi misma opinión, ¿no es verdad?

—Olvida usted que existe algo más sublime —repuse—: la piedad.

—Yo soy un hombre justo —replicó—. Nadie puede negarlo.

No contesté.

—¿Por qué no responde usted? Me gustaría saber lo que piensa —dijo.

Vacilé un instante, pero finalmente decidí hablar.

—Estaba pensando que, si no procedo siempre con justicia, cuando llegue mi hora sentiré no poder alegar en mi favor, porque entonces seré medido con la misma vara.

—¡Bah! Necesitamos un poco más de cristiandad militante. Creo haber cumplido siempre con mi deber. Bien, no hablemos más de ello. Esta tarde pasaré por la vicaría. Iré a las seis y cuarto en lugar de las seis, si no le importa. Debo ver a alguien en el pueblo.

—A esa hora me viene perfecto.

Agitó el bastón y siguió su camino. Al dar la vuelta, vi a Hawes. Me pareció que aquella mañana presentaba un aspecto enfermizo. Tenía la intención de regañarle suavemente por varias cosas pequeñas, aunque al ver su cara pensé que aquel hombre estaba verdaderamente enfermo.

Se lo dije, pero él lo negó, si bien es cierto que no con mucha vehemencia. Finalmente admitió que no se encontraba muy bien y pareció aceptar mi consejo de que se metiera en la cama.

Comí rápidamente y salí para hacer algunas visitas. Griselda había ido a Londres en el tren económico de los miércoles.

Regresé alrededor de las cuatro menos cuarto con la intención de hacer el borrador de mi sermón para el próximo domingo, pero Mary me dijo que Redding me estaba esperando en el gabinete.

Paseaba agitadamente arriba y abajo de la habitación, con aspecto preocupado. Estaba pálido y parecía deshecho.

Se volvió cuando entré.

—He pensado en lo que usted me dijo anoche, señor. No he podido dormir a causa de ello. Tiene usted razón: debo cortar por lo sano y alejarme de aquí.

—Mi querido muchacho... —repuse.

—Estaba usted en lo cierto en cuanto a Anne. Sólo la haré más desgraciada quedándome. Es... es demasiado buena. Comprendo que debo marcharme.

—Creo que ha tomado usted la mejor decisión —repuse—. No ignoro que es doloroso, pero es lo mejor que puede hacer.

Vi que pensaba que mis palabras eran muy fáciles de decir para quien no tuviera que sufrir las consecuencias de su acto.

—¿Querrá usted cuidar de Anne? Necesita un amigo.

—Tenga la seguridad de que haré por ella cuanto pueda.

—Gracias, señor. —Me estrechó la mano—. Es usted una buena persona. Esta tarde me despediré de ella y después seguramente prepararé mi equipaje para partir mañana. De nada servirá prolongar la agonía. Muchas gracias por haberme permitido utilizar el cobertizo como estudio. Siento no haber podido acabar el retrato de Miss Clement.

—No se preocupe por ello, amigo mío. Buena suerte y que Dios le bendiga.

Cuando hubo salido, traté de dedicarme a mi sermón, pero no podía dejar de pensar en Lawrence y Anne Protheroe.

Tomé una taza de un té bastante desagradable, frío y negro, y a las cinco y media sonó el teléfono. Se me informó de que Mr. Abbot, de Lower Farm, se estaba muriendo y se me pidió que acudiera a su lado sin demora.

Inmediatamente llamé a Old Hall, pues Lower Farm se hallaba casi a tres kilómetros de distancia y no me sería posible estar de regreso a las seis y cuarto. Jamás he podido aprender a montar en bicicleta.

Me contestaron que el coronel Protheroe acababa de salir en el coche y me marché tras decirle a Mary que salía a causa de una llamada y que estaría de regreso a las seis y media.

Capítulo 5

Eran cerca de las siete cuando me acercaba de regreso a la puerta de la verja de la vicaría. Antes de llegar, ésta se abrió y Lawrence Redding salió. Se detuvo en seco al verme y su aspecto me llamó la atención. Parecía a punto de volverse loco. Sus ojos miraban de una manera extraña, estaba terriblemente pálido y todo su cuerpo temblaba.

Por un instante pensé que debía de haber estado bebiendo, pero deseché la idea.

—¡Hola! —dije—. ¿Venía usted a verme? Siento haber tenido que salir. Acompáñeme. Debo ver a Protheroe para tratar acerca de algunas cuentas, pero creo que no dedicaremos mucho tiempo a ello.

—Protheroe —dijo, echándose a reír—. ¿Protheroe? ¿Debe ver a Protheroe? ¡Ya lo verá! ¡Oh, Dios mío!

Le miré asombrado, e instintivamente alargué una mano hacia él. Se echó a un lado.

—¡No! —casi gritó—. Debo alejarme de aquí para pensar. Debo pensar. Debo pensar.

Echó a correr y de pronto lo perdí de vista en la carretera que conduce al pueblo. No pude evitar volver a pensar que había bebido.

Meneé la cabeza y me dirigí a la vicaría. La puerta delantera está siempre abierta, pero a pesar de ello pulsé el timbre. Mary apareció secándose las manos en el delantal.

—Por fin ha regresado usted —observó.

—¿Ha venido el coronel Protheroe? —pregunté.

—Espera en el gabinete. Ha llegado a las seis y cuarto.

—¿Ha estado aquí también Mr. Redding?

—Ha venido hace unos minutos y ha preguntado por usted. Le he dicho que no tardaría en regresar y que el coronel Protheroe estaba aguardando en el gabinete. Entonces ha dicho que también le esperaría. Debe de estar en el despacho.

—No, no está —dije—. Acabo de encontrarle en la calle.

—No le he oído salir. Entonces no habrá esperado más de dos minutos. La señora no ha regresado de la ciudad.

Asentí con aire ausente. Mary volvió a la cocina y yo me dirigí al gabinete y abrí la puerta.

Después de la penumbra del pasillo, el sol de la tarde que entraba por la cristalera me hizo parpadear. Di uno o dos pasos por la habitación y me detuve repentinamente.

Durante un instante me fue imposible comprender el significado de lo que vieron mis ojos.

El coronel Protheroe yacía de bruces sobre mi escritorio, en una postura antinatural. Sobre el tablero había un charco de sangre que goteaba con un horrible sonido.

Con un esfuerzo sobrehumano crucé la habitación. Su piel estaba fría. La mano que levanté cayó pesada al soltarla. Estaba muerto, con un balazo atravesándole la cabeza.

Abrí la puerta y llamé a Mary. Le ordené que corriera lo más deprisa posible a buscar al doctor Haydock, que vive en la esquina de la calle, y que le dijera que había ocurrido un accidente.

Regresé al gabinete, cerré la puerta y aguardé la llegada del médico.

Afortunadamente, Mary le encontró en casa. Haydock es una buena persona, alto y fuerte, y de facciones nobles.

Enarcó las cejas cuando señalé en silencio a través de la habitación, pero, como un verdadero médico, no dio muestra alguna de emoción. Se inclinó sobre el cadáver y lo examinó rápidamente. Después se irguió y me miró.

—¿Qué? —pregunté.

—Está muerto. Murió hace una media hora.

—¿Suicidio?

—No. Además, si se hubiera dado muerte a sí mismo, ¿dónde está el arma?

Tenía razón. No había rastro del arma homicida.

—Será mejor que no toquemos nada —dijo Haydock—. Voy a avisar a la policía.

Alzó el teléfono. Explicó el caso con el menor número posible de palabras, colgó y vino hasta el sitio en que yo estaba sentado.

—Es un asunto que, a decir verdad, tiene muy mala pinta. ¿Cómo lo ha encontrado?

Se lo expliqué.

—Tiene muy mala pinta —repitió.

—¿Es... es un asesinato? —pregunté débilmente.

—Así parece. Quiero decir, ¿qué otra cosa puede ser? Es muy extraño. Me pregunto quién podía estar lo bastante resentido con él para matarle. Naturalmente sé que no gozaba de mucha popularidad, pero eso no suele ser razón que explique un asesinato.

—Hay otra cosa curiosa —observé—. Esta tarde me han llamado por teléfono para que acudiera junto a un feligrés moribundo. Cuando he llegado a su casa se han sorprendido de verme. El supuesto enfermo goza de magnífica salud y su esposa ha negado en redondo haberme llamado.

Haydock frunció el ceño.

—Es, efectivamente, muy curioso. Ha sido una manera sencilla de quitarle de en medio. ¿Dónde se encuentra su esposa?

—Ha ido esta mañana a Londres.

—¿Y la doncella?

—Está en la cocina, al otro extremo de la casa.

—Desde donde, probablemente, no puede oír lo que sucede aquí. Tiene muy mala pinta —insistió—. ¿Quién sabía que Protheroe vendría a su casa esta tarde?

—Habló de ello esta mañana en plena calle, en el pueblo, y, como de costumbre, lo hizo a gritos.

—Con lo cual todo el mundo se enteró. De todos modos, se hubiera sabido. ¿Conoce a alguien que estuviese resentido con él?

El rostro desencajado de Lawrence Redding me vino a la mente. El ruido de unos pasos que se acercaban por el pasillo me evitó contestar.

—La policía —dijo mi amigo, poniéndose en pie.

Nuestras fuerzas policiales estaban representadas por el agente Hurst, de aspecto importante aunque ligeramente desconcertado.

—Buenas tardes, caballeros —saludó—. El inspector llegará dentro de un momento. Entretanto, seguiré sus instrucciones. Tengo entendido que el coronel Protheroe ha sido encontrado muerto en la vicaría.

Hizo una pausa y miró con fría sospecha, que traté de contrarrestar con un aire de inocente.

—No deben tocar absolutamente nada hasta que llegue el inspector —dijo, dirigiéndose hacia el escritorio con toda premura.

Para conveniencia de mis lectores, adjunto un plano del gabinete.

El agente sacó una libreta de apuntes, humedeció la mina del lápiz y nos miró con aire expectante.

Repetí mi historia acerca de la forma en que había encontrado al muerto. Cuando lo hubo anotado, lo que le llevó bastante tiempo, se volvió hacia el doctor.

—¿Cuál ha sido, en su opinión, la causa de la muerte, doctor Haydock?

—Un disparo que le ha atravesado la cabeza, hecho a corta distancia.

—¿Y el arma?

PLANO B

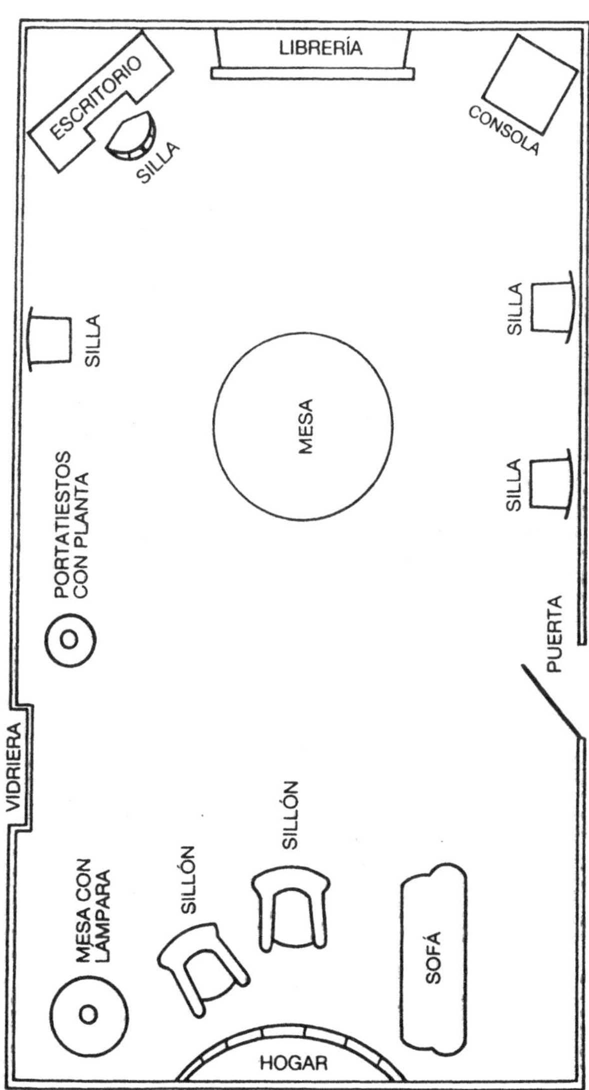
LIBRERÍA
ESCRITORIO
SILLA
CONSOLA
SILLA
SILLA
MESA
SILLA
PORTATIESTOS CON PLANTA
PUERTA
VIDRIERA
SILLÓN
SILLÓN
MESA CON LÁMPARA
SOFÁ
HOGAR

—No puedo hablar de ella con seguridad hasta que extraigamos la bala, pero me atrevo a decir que se trata de una pistola de calibre pequeño, posiblemente una Mauser del 25.

Me sobresalté, recordando la conversación de la noche anterior y la declaración de Lawrence Redding. El agente de policía desvió hacia mí su fría mirada.

—¿Ha dicho usted algo, señor?

Negué con la cabeza. Las sospechas que yo pudiera albergar no eran más que simples suposiciones y, por tanto, debía guardarlas para mí.

—¿Cuándo, según su opinión, ha ocurrido el crimen?

El doctor vaciló antes de contestar.

—Lleva muerto poco más de media hora, según me parece.

Desde luego, no mucho más tiempo.

Hurst se volvió hacia mí.

—¿Ha oído algo la cocinera?

—Creo que no —repuse—, pero será mejor que se lo pregunte usted a ella.

En aquel momento llegó el inspector Slack, procedente de Much Benham, a tres kilómetros de St. Mary Mead.

Cuanto puedo decir acerca del inspector Slack es que jamás hombre alguno trató tan firmemente de contradecir su apellido.* Es un hombre cetrino, nervioso y enérgico, con ojos oscuros que todo lo examinan. Sus modales son rudos y extremadamente molestos.

Contestó a nuestro saludo con una ligera inclinación de cabeza, tomó la libreta de apuntes de su subordinado, intercambió con él algunas palabras en voz baja y después se acercó al cadáver.

—Supongo que lo habrán revuelto todo —dijo.

* *Slack*: flojo, tardo, lento. *(N. del t.)*

—No he tocado nada —contestó Haydock.

—Lo mismo le digo —afirmé.

El inspector examinó detenidamente los objetos que había en el escritorio y el charco de sangre.

—¡Ah! —dijo con tono triunfal—. He aquí lo que necesitamos. El reloj ha rodado cuando él ha caído. Sabemos cuándo se ha cometido el crimen. Las seis y veintidós minutos. ¿A qué hora dice usted que ha ocurrido la muerte, doctor?

—He dicho una media hora, pero...

El inspector consultó su propio reloj.

—Las siete y cinco. Hace unos diez minutos que me ha llegado la noticia, a las siete menos cinco. El cuerpo ha sido hallado alrededor de las siete menos cuarto. Tengo entendido que le han llamado enseguida. Digamos que ha examinado el cadáver a las siete menos diez. ¡Magnífico! Esto nos da la hora exacta casi al segundo.

—No puedo garantizar con total certeza la hora precisa —dijo Haydock—. Mi opinión no es sino aproximada.

—Pero es suficiente, señor, es suficiente.

Traté de decir algo.

—Acerca del reloj...

—Excúseme, señor, pero ya le preguntaré lo que quiera saber. No disponemos de mucho tiempo. Necesito silencio absoluto.

—Sí, pero me gustaría decirle...

—Silencio absoluto —repitió el inspector, mirándome ferozmente.

Enmudecí.

—¿Para qué se habrá sentado aquí? —gruñó—. ¿Acaso quería escribir una nota? ¡Vaya!, ¿qué es esto que hay sobre la mesa?

Levantó la mano, en la que sostenía triunfalmente una hoja de papel. Estaba tan satisfecho de su hallazgo que nos permitió acercarnos a él y examinarlo.

Era un papel de carta con el membrete de la vicaría y en el encabezamiento estaba escrito: «6.20».

«Querido Clement —empezaba—. Siento no poder esperar más tiempo, pero debo...» A estas palabras seguía un rasguño producido por la pluma.

—Está claro como el día —dijo alegremente el inspector Slack—. Se sienta a escribir esta nota, el asesino entra por la cristalera y dispara contra él mientras lo está haciendo. ¿Qué más podemos desear?

—Me gustaría decirle... —empecé.

—Tenga la bondad de alejarse un poco, señor. Debo ver si hay huellas de pisadas.

Se agachó y, apoyándose en manos y rodillas, se dirigió hacia la cristalera abierta.

—Creo que debería usted saber... —dije obstinadamente.

El inspector se levantó y me replicó con firmeza:

—Hablaremos más tarde. Les agradecería, caballeros, que salieran de la habitación.

Obedecimos sumisamente.

Parecían haber transcurrido ya varias horas, pero en realidad no eran más que las siete y cuarto.

—Bien —dijo Haydock—. Ésta es la situación: cuando ese borrico orgulloso quiera verme, mándemelo a casa. Adiós.

—La señora ha regresado —anunció Mary, haciendo una breve aparición. Sus ojos demostraban claramente su nerviosismo—. Ha llegado hace unos quince minutos.

Encontré a Griselda en la sala de estar. Parecía asustada y emocionada al mismo tiempo.

Le conté lo sucedido y ella me escuchó con atención.

—En el encabezamiento de la carta pone las seis y veinte —terminé diciendo—. Y el reloj señala las seis veintidós.

—Pero ¿no le has dicho que ese reloj adelanta un cuarto de hora?

—No —contesté—. No he tenido oportunidad de hacerlo. No me ha dejado hablar.

Griselda estaba francamente asombrada.

—Pero, Len —observó—, eso hace que el caso resulte extraordinario. Cuando el reloj señalaba las seis y veinte eran en realidad las seis y cinco, y a esa hora no creo que el coronel Protheroe hubiera llegado siquiera.

Capítulo 6

Estuvimos considerando lo del reloj durante algún tiempo, aunque no pudimos poner nada en claro. Griselda dijo que debería hacer otro esfuerzo más para contárselo al inspector Slack, pero yo no me sentía muy dispuesto a ello.

El inspector se había mostrado terrible e innecesariamente desconsiderado. Yo esperaba el momento en que pudiera comunicárselo, desconcertándole. Entonces, con suave tono de reproche, le diría: «Si me hubiera usted escuchado, inspector Slack... Esperaba que por lo menos me avisase antes de marcharse, pero con sorpresa supimos por Mary que se había ido después de cerrar la puerta del gabinete y ordenar que nadie entrara en la habitación».

Griselda sugirió que ella debería ir a Old Hall.

—Anne Protheroe estará muy apesadumbrada. Quizá pueda hacer algo por ella —dijo.

Aprobé sinceramente la idea y partió hacia allá con instrucciones de telefonearme si creía que mi presencia podía servir de consuelo para las señoras.

Seguidamente llamé por teléfono a los profesores de la escuela dominical, que debían venir a la vicaría a las siete y media para dar su clase semanal de preparación. Creí que, en aquellas circunstancias, sería mejor aplazar la clase.

Dennis fue la primera persona que apareció en escena después de terminar su partido de tenis. El hecho de que se hubiera cometido un asesinato en la vicaría parecía producirle gran satisfacción.

—Es curioso vivir en el lugar en que se ha cometido un crimen —exclamó—. Siempre he deseado encontrarme en una situación así. ¿Por qué ha cerrado el gabinete la policía? ¿No podríamos abrirlo con otra llave?

Me negué rotundamente a ni siquiera intentarlo y Dennis tuvo que desistir, aunque de mala gana. Después de sonsacarme cuanto pudo salió al jardín en busca de huellas, diciendo alegremente que era una suerte que el muerto fuese el viejo Protheroe, a quien nadie quería.

Su alegría me irritó, aunque pensé que quizá yo era demasiado severo con el muchacho. A su edad, una historia policíaca es lo mejor que existe en el mundo, y si en lugar de historia se trata de realidad, con un cadáver en la propia casa, no es de extrañar que Dennis se sintiera en el séptimo cielo. La muerte tiene poca importancia para un chico de dieciséis años.

Griselda regresó al cabo de una hora. Había visto a Anne Protheroe después de que el detective le hubiera dado la noticia.

Al enterarse de que Mistress Protheroe había visto por última vez a su marido en el pueblo alrededor de las seis menos cuarto y de que no podía facilitarle ningún dato de interés, el inspector salió de Old Hall, diciendo que al día siguiente volvería para mantener una conversación más larga.

—Ha sido bastante decente, a su manera —admitió Griselda a regañadientes.

—¿Cómo ha recibido Mistress Protheroe la noticia?

—Muy tranquila. Ha conservado su calma acostumbrada.

—No puedo imaginar a Anne Protheroe presa de un ataque de histeria —dije.

—Naturalmente, ha sido un golpe terrible. No ha sido difícil darse cuenta de ello. Me ha dado las gracias por mi visita y me ha dicho que aprecia mucho mis buenos deseos, pero que no hay nada que yo pueda hacer.

—¿Y Lettice?

—Estaba jugando al tenis y no había regresado a casa todavía.

Se produjo un breve silencio.

—¿Sabes, Len?, estaba demasiado tranquila, la verdad es que su actitud era muy extraña —dijo Griselda.

—La noticia ha sido muy repentina —sugerí.

—Sí, supongo que sí; sin embargo... —Griselda frunció el ceño, perpleja—. No creo que haya sido eso. No parecía tan apesadumbrada como... aterrorizada.

—¿Aterrorizada?

—Sí. Trataba de ocultarlo, pero en sus ojos había una mirada vigilante. Me pregunto si tendrá alguna idea acerca de la identidad del asesino. Ha preguntado varias veces si había algún sospechoso.

—¿Lo ha preguntado? —dije pensativamente.

—Sí. Desde luego, Anne posee un maravilloso autodominio, pero no ha sido difícil ver que estaba terriblemente trastornada, más de lo que me habría imaginado: al fin y al cabo, no me parece que estuviera muy enamorada de su esposo. Más bien creo que le detestaba.

—En ocasiones la muerte altera los sentimientos de las personas —observé.

—Sí, supongo que sí.

Dennis entró, satisfecho de sí mismo por haber encontrado la huella de un pie en uno de los macizos de flores. Estaba seguro de que la policía no lo había descubierto y que era la clave del misterio.

Pasé una noche agitada. Dennis entró y salió de la casa varias veces antes del desayuno, «para estudiar los últimos acontecimientos», según dijo.

Sin embargo, no fue él sino Mary quien trajo la noticia sensacional de la mañana.

Nos acabábamos de sentar a la mesa para desayunar cuando entró en el comedor con las mejillas sonrosadas y los ojos brillantes, y se dirigió a nosotros con su acostumbrada falta de ceremonia.

—¿Qué les parece? El panadero me lo acaba de contar: han detenido al joven Mr. Redding.

—¿Lawrence arrestado? —exclamó Griselda—. Es imposible. Debe de tratarse de un absurdo error.

—No es ningún error —repuso Mary con exultante satisfacción—. El propio Mr. Redding fue a la policía a entregarse. Fue anoche, a última hora. Entró, arrojó la pistola encima de la mesa y dijo: «Yo lo maté». Así, tal como suena.

Nos miró asintiendo vigorosamente y se retiró, satisfecha de la sensación que su noticia había causado. Griselda y yo nos miramos.

—No es verdad —dijo ella—. ¡No puede ser! Tú tampoco crees que lo sea, Len, ¿no es así? —preguntó asombradísima ante mi silencio—. Es muy difícil creerlo.

Me fue complicado contestarle. Permanecí callado, con múltiples pensamientos pasándome por la mente.

—Debe de estar loco —prosiguió Griselda—. Absolutamente loco. Quizá estaban examinando la pistola juntos y se disparó.

—No creo que sucediera así.

—Pero debe de tratarse de un accidente ya que no existe ni la sombra de un motivo. ¿Qué razón podía tener Lawrence para matar al coronel Protheroe?

Pude haber dado cumplida respuesta a esa pregunta, pero mi intención era no descubrir a Anne Protheroe mientras me fuera posible guardar silencio. Quizá existiera aún la posibilidad de que su nombre no se viera mezclado en el crimen.

—Recuerda que lo encontré al otro lado de la verja y que parecía loco.

—Sí, pero... ¡Es imposible!

—No olvides el reloj —proseguí—. Esto lo explicaría. Lawrence debió de retrasarlo a las seis y veinte con la intención de prepararse una coartada. Observa cómo el inspector Slack cayó en la trampa.

—Estás equivocado, Len. Lawrence sabía que el reloj estaba adelantado. «Para que el vicario no se retrase», solía decir. Lawrence jamás hubiera cometido el error de ponerlo a las seis y veintidós. Más bien hubiese adelantado las manecillas, quizá a las siete menos cuarto.

—Acaso ignoraba la hora en que Protheroe llegó, o se le olvidó que el reloj adelantaba.

Griselda no se mostró de acuerdo.

—No; cuando se comete un asesinato, estas cosas no se olvidan.

—Tú no lo sabes, querida —repuse—: jamás has cometido uno.

Antes de que Griselda pudiera contestar, una sombra cayó sobre la mesa del desayuno y una voz muy suave dijo:

—Espero no molestarles. Les ruego me perdonen, pero en estas circunstancias, estas tristes circunstancias...

Era nuestra vecina, Miss Marple. Después de asegurarle que su presencia nos complacía en extremo, entró y le acerqué una silla. Parecía ligeramente sonrojada y muy excitada.

—Es terrible, ¿verdad? ¡Pobre coronel Protheroe! No era una persona muy agradable, ni muy popular, pero ello no hace menos penosas las circunstancias. Creo que fue asesinado en la vicaría. ¡Qué terrible!

Le aseguré que, efectivamente, así había ocurrido.

—¿Nuestro querido vicario no estaba aquí cuando sucedió? —preguntó Miss Marple a Griselda.

Le expliqué con toda claridad dónde me encontraba entonces.

—¿Y Mr. Dennis? —preguntó Miss Marple mirando a su alrededor.

—Dennis se cree un detective aficionado —repuso Griselda—. Está muy excitado por haber encontrado la huella de un pie en uno de los macizos de flores y supongo que habrá ido a dar parte de ello a la policía.

—Y seguramente cree que sabe quién ha cometido el crimen —sugirió Miss Marple—. Supongo que todos pensamos que conocemos al criminal.

—¿Quiere usted decir que su identidad salta a la vista? —dijo Griselda.

—¡Oh, no, querida! Por el contrario, me parece que las cosas son realmente muy distintas. Por eso es tan importante poseer pruebas. Por ejemplo, yo estoy completamente convencida de que sé quién lo hizo, pero debo admitir que no tengo ni la sombra de una prueba. En estas circunstancias, una tiene que ser muy cuidadosa. Me he propuesto serlo en extremo con el inspector Slack. Mandó decir que vendría a verme esta mañana, pero hace poco ha telefoneado diciendo que no será necesario molestarme.

—Debe de ser debido al arresto —dije.

—¿El arresto? —Miss Marple se inclinó hacia mí con las mejillas arreboladas de excitación—. Ignoraba que se hubiera practicado una detención.

Sucede en tan contadas ocasiones que Miss Marple esté menos informada que uno que yo había dado por descontado que conocía los últimos sucesos al dedillo.

—Sí, han detenido a Lawrence Redding.

Miss Marple pareció muy sorprendida.

—¿Lawrence Redding? —preguntó, incrédula—. Yo hubiera pensado...

Griselda la interrumpió con vehemencia.

—Ni siquiera ahora puedo creerlo, a pesar de que haya confesado.

—¿Confesado? —dijo Miss Marple—. ¿Dice usted que ha confesado? ¡Oh, querida!, he estado divagando, sí, divagando...

—No puedo menos que creer que la muerte se debió a un accidente —insistió Griselda—. ¿No lo crees tú así, Len? Quiero decir que su entrega espontánea a la policía sugiere algo por el estilo.

Miss Marple se inclinó hacia delante.

—¿Dice usted que se ha entregado espontáneamente?

—Sí.

—¡Oh! —suspiró Miss Marple—. Estoy tan contenta, tan contenta.

La miré sorprendido.

— Debía de remorderle la conciencia —dije.

—¿Remorderle? —Miss Marple parecía estar muy sorprendida—. Pero, querido vicario, no irá usted a creer que es culpable, ¿verdad?

Me tocó el turno de sorprenderme.

—Puesto que ha confesado...

—Exacto. Ello prueba precisamente que no tuvo nada que ver con el asesinato.

—No lo comprendo —repuse—. No comprendo la razón de acusarse de un asesinato que no ha cometido. ¿Por qué habría de hacerlo? ¿Qué motivo le ha impulsado?

—Hay uno, desde luego —comentó Miss Marple—. Siempre hay un motivo, ¿verdad? Los jóvenes de hoy son muy impulsivos y siempre están dispuestos a creer lo peor...

Se volvió hacia Griselda.

—¿No está de acuerdo conmigo, querida?

—No lo sé —repuso mi esposa—. Es difícil saber exactamente qué pensar. No comprendo qué razón ha podido tener Lawrence para portarse como un perfecto idiota.

—Si hubieran visto ustedes su cara anoche... —empecé a decir.

—Cuéntenoslo —pidió Miss Marple.

Describí mi llegada a casa. Miss Marple escuchó con reconcentrada atención.

—Ya sé que a menudo soy bastante tonta y que no comprendo las cosas muy claramente, pero no acierto a explicarme su punto de vista —dijo cuando hube terminado mi relato—. Me parece que cuando un hombre decide quitarle la vida a alguien no se lamenta después de su crimen. Sería una acción premeditada y cometida a sangre fría, y aunque el asesino se encontrara algo nervioso y posiblemente cometiera algún pequeño error, no creo que estuviera presa de un estado de excitación como el descrito por usted. Es algo difícil ponerse en el lugar del asesino, pero no puedo imaginarme a mí misma en tal estado.

—Desconocemos las circunstancias —alegué—. Quizá hubo una discusión y el disparo se hizo en un momento de excitación, y Lawrence se arrepintió después. Esto es lo que me gustaría pensar que sucedió.

—Ya lo sé, querido Mr. Clement; pero hay muchas maneras de ver las cosas, a pesar de lo cual uno debe atenerse a la realidad, ¿no es así? Y no me parece que los hechos justifiquen su interpretación. Su cocinera afirmó claramente que Mr. Redding permaneció sólo un par de minutos en la casa, lo que no es suficiente tiempo para una discusión como la que usted sugiere. Además, tengo entendido que el coronel murió cuando estaba escribiendo, de un tiro que le dispararon en la cabeza, por la espalda. Por lo menos, esto es lo que mi sirvienta me ha dicho a grandes rasgos.

—Así es —afirmó Griselda—. Parece que estaba escribiendo una nota en la que decía que no podía esperar más tiempo. En dicha nota ponía que eran las seis y veinte y el reloj de sobremesa aparecía volcado y se había parado a las seis y veintidós, y esto es precisamente lo que nos extraña a Len y a mí.

Y seguidamente le explicó nuestra costumbre de tener aquel reloj adelantado un cuarto de hora.

—Es muy curioso —murmuró Miss Marple—, pero la nota me parece más curiosa aún. Quiero decir...

Calló y miró a su alrededor: Lettice Protheroe se hallaba junto a la cristalera.

—Buenos días —dijo al entrar, acompañando sus palabras con una inclinación de cabeza.

Se dejó caer en un sillón.

—Han detenido a Lawrence —añadió, hablando con más soltura que de costumbre.

—Sí —repuso Griselda—. Nos ha sorprendido mucho.

—Jamás creí que alguien fuera capaz de matar a mi padre —siguió diciendo Lettice. Claramente se veía que estaba orgullosa de no dejar traslucir su pena o emoción—. Estoy segura de que muchas personas deseaban su muerte, y hubo momentos en que yo misma le hubiera quitado la vida.

—¿Quiere usted tomar algo, Lettice? —preguntó Griselda.

—No, gracias. Sólo he venido a ver si me había dejado mi boina aquí, mi boina amarilla. Creo que el otro día debí de dejarla en el gabinete.

—En ese caso aún estará aquí —repuso Griselda—. Mary nunca limpia nada.

—Iré a verlo —replicó Lettice, levantándose—. Siento causarles esta molestia, pero creo que he perdido ya todas mis boinas y sombreros.

—Temo que no podrá usted entrar en el gabinete —dije—. El inspector Slack ha cerrado la habitación.

—¡Qué lástima! ¿No se puede entrar por la cristalera?

—No. Está cerrada por dentro. De todos modos, supongo que una boina amarilla no le servirá de mucho en estos momentos.

—¿Se refiere usted al luto? No me lo pondré. Creo que es una costumbre arcaica. Es una pena lo de Lawrence, una verdadera pena.

Se puso en pie, frunciendo el ceño distraídamente.

—Supongo que habrá sido a causa de mi retrato en traje de baño. Pero es muy estúpido...

Griselda abrió la boca con intención de hablar, pero por algún extraño motivo volvió a cerrarla.

Los labios de Lettice se entreabrieron en una extraña sonrisa.

—Creo que regresaré a casa para contarle a Anne que Lawrence ha sido detenido.

Salió por la cristalera. Griselda se volvió hacia Miss Marple.

—¿Por qué me ha pisado usted?

La vieja solterona estaba sonriendo.

—Creí que iba a decir algo, querida. A veces es mejor que las cosas sucedan por sí mismas. No creo que esa niña sea en realidad de mente tan vaga como parece. Tiene una idea definida en la cabeza y desde luego está obrando en consecuencia.

Mary golpeó la puerta del comedor y entró.

—¿Qué sucede? —preguntó Griselda—. Recuerde que no debe usted golpear las puertas. Se lo he dicho ya en otras ocasiones.

—He pensado que quizá estuvieran ocupados —repuso Mary—. Ha llegado el coronel Melchett. Quiere ver al señor.

El coronel Melchett es el jefe de policía del condado. Me puse en pie enseguida.

—He pensado que no le gustaría que le hiciesen esperar en la entrada y le he hecho pasar directamente al salón —prosiguió Mary—. ¿Retiro el servicio?

—Todavía no —repuso Griselda—. Ya la avisaré.

Se volvió hacia Miss Marple y yo salí del comedor.

Capítulo 7

El coronel Melchett es un hombre pequeño y delgado que acostumbra a resoplar súbita e inesperadamente. Su cabello es rojizo y sus ojos azules son vivos y brillantes.

—Buenos días, vicario —dijo—. Feo asunto, ¿verdad? Pobre Protheroe. No es que fuera amigo mío, por cierto. Creo que nadie lo apreciaba. Su muerte le habrá causado a usted muchos inconvenientes, supongo. Espero que su esposa se lo haya tomado con calma.

Repuse que Griselda no estaba más excitada de lo normal.

—Mejor. Es muy desagradable que sucedan cosas así en casa de uno. Debo admitir que el joven Redding me ha sorprendido haciendo tal cosa. No se ha preocupado por los sentimientos de los demás.

Me invadió un loco deseo de reír, pero, evidentemente, el coronel Melchett no veía nada extraño en la idea de que un asesino debiera tener en cuenta los sentimientos de la gente.

—Admito que me sorprendí cuando me informaron de que fue a la comisaría a entregarse —prosiguió el coronel Melchett, dejándose caer en una silla.

—¿Cómo ocurrió exactamente?

—Anoche, alrededor de las diez, se presentó, tiró la pistola encima de la mesa y dijo: «Yo le maté». Así, tal como suena.

—¿Qué motivos alegó?

—Muy pocos. Se le previno, naturalmente, de que sus

palabras podrían ser empleadas contra él, pero se limitó a reír. Dijo que había venido a verle a usted y que encontró a Protheroe. Discutieron y le mató. Se niega a manifestar el motivo de la querella. Oiga, Clement, entre nosotros, ¿sabe usted algo de ello? He oído rumores de que se le había prohibido la entrada en Old Hall. ¿Por qué? ¿Sedujo quizá a la hija? Queremos evitar mezclarla en la investigación en la medida de lo posible. ¿Fue ése el motivo?

—No —repuse—. Créame, fue algo completamente distinto, pero en estos momentos no puedo decirle nada más.

Asintió y se levantó.

—Prefiero que sea así. La gente habla mucho. Hay demasiadas mujeres en esta parte del mundo. Debo irme. He de ver a Haydock. Ha salido a visitar a un enfermo, pero ya debe de haber vuelto. No me importa decirle que me apena lo de Redding. Siempre le creí un buen muchacho. Quizá los abogados encuentren una buena base para su defensa. Ahora debo irme. ¿Quiere acompañarme?

Dije que sí y salimos juntos.

La casa de Haydock está al lado de la mía. Su criada dijo que el doctor acababa de regresar y nos hizo pasar al comedor, donde Haydock se disponía a engullir un plato de huevos con jamón.

Me saludó con una amable inclinación de cabeza.

—Siento no haber estado en casa antes —dijo—. Se trataba de un caso grave. He permanecido levantado la mayor parte de la noche a causa del asesinato. He extraído la bala.

Puso una cajita encima de la mesa. Melchett la examinó.

—¿Calibre veinticinco?

Haydock asintió.

—Reservaré los detalles técnicos para la investigación —dijo—. Todo cuanto necesita saber por ahora es que la muerte fue instantánea. ¡Estúpido muchacho! ¿Por qué lo haría? A propósito, es extraño que nadie oyera el disparo. Me sorprende de veras.

—Sí —repuso Melchett—. También me sorprende a mí.

—La ventana de la cocina da al otro lado de la casa —dije—. Con la puerta del estudio cerrada, y cerradas también las de la despensa y la cocina, no me extraña que nadie lo oyera. La cocinera estaba sola en casa.

—De todas formas, es raro —insistió Melchett—. Me pregunto si la vieja Miss Marple lo oiría: la ventana del gabinete estaba abierta.

—Quizá sí —dijo Haydock.

—No lo creo —afirmé—. Hace un rato ha estado en la vicaría y no ha hablado de ello. Y en caso contrario no hubiera dejado de mencionarlo.

—Puede que oyera el disparo pero no le diese importancia. Pudo pensar que era producido por el escape de un coche.

Me llamó la atención que Haydock estuviera tan jovial y de buen humor aquella mañana. Tenía el aspecto de una persona que trata de reprimir un no acostumbrado buen humor.

—¿No han pensado ustedes en un silenciador? —añadió—. Eso solucionaría el asunto. Nadie hubiera podido oír el disparo.

Melchett negó con la cabeza.

—Slack no encontró ninguno. Se lo preguntó a Redding, pero éste pareció no saber de qué le hablaban y negó rotundamente haber empleado uno. Supongo que podemos creer sus palabras.

—Sí, claro que sí.

—¡Condenado muchacho! —exclamó el coronel Melchett—. Lo siento, Clement, pero realmente lo hizo. No puedo imaginármelo como un asesino.

—¿Algún motivo? —preguntó Haydock, tras apurar la taza de café y echando hacia atrás la silla.

—Dijo que discutieron, se excitó y disparó contra él.

—Puede que quiera que se le acuse de homicidio y no

de asesinato —observó el médico, meneando la cabeza—. No hubo ninguna discusión.

—No creo que tuvieran tiempo de discutir —dije, recordando las palabras de Miss Marple—. Acercarse a él cautelosamente, disparar, poner el reloj a las seis y veintidós y salir le debió de tomar todo el tiempo que estuvo en la casa. Jamás olvidaré su cara cuando le vi junto a la verja, ni la forma en que me dijo: «¿Debe ver a Protheroe? ¡Ya le verá!». Eso hubiera debido hacerme sospechar lo que unos momentos antes había sucedido en el gabinete.

Haydock me miró.

—¿Qué cree que pasó? ¿Cuándo cree que le mató Redding?

—Unos minutos antes de llegar yo a la casa.

—Imposible, totalmente imposible. Hacía mucho más tiempo que había muerto.

—Pero usted dijo que media hora era solamente un cálculo aproximado —dijo el coronel Melchett.

—Media hora, treinta y cinco minutos, veinticinco, acaso, pero no menos. De lo contrario, el cuerpo hubiera estado aún caliente cuando yo llegué.

Nos miramos asombrados. La cara de Haydock cambió de color, de repente se volvió gris y viejo. Me pregunté a qué se debería.

—Pero, amigo Haydock —repuso el coronel—, Redding admite haberle asesinado a las siete menos cuarto.

Haydock se puso en pie.

—¡Le digo que es imposible! —exclamó—. Si Redding afirma que mató a Protheroe a las siete menos cuarto, miente. Soy médico y sé lo que digo. La sangre había empezado a coagularse.

—Si Redding miente... —empezó a decir Melchett.

Calló y meneó la cabeza dubitativamente.

—Será mejor que vayamos a la comisaría y le interroguemos —dijo.

Capítulo 8

Caminábamos en silencio hacia la comisaría. Haydock acortó el paso y me dijo en voz baja:

—No me gusta el aspecto que toman las cosas. No me gusta. Hay algo que no comprendemos.

Parecía preocupado de verdad.

El inspector Slack estaba en la comisaría y pocos minutos después nos encontramos cara a cara con Redding.

Estaba pálido y agotado, pero tranquilo, maravillosamente tranquilo, dadas las circunstancias. Melchett resopló.

—Mire, Redding —dijo—, tengo entendido que ha hecho usted una declaración al inspector Slack. Dice que fue a la vicaría aproximadamente a las siete menos cuarto, encontró allí a Protheroe, discutió con él, lo mató y salió de la casa.

—Sí.

—Voy a hacerle algunas preguntas. Ya ha sido advertido de que no está obligado a contestar. Su abogado ha...

Lawrence le interrumpió:

—No tengo nada que ocultar. Yo maté a Protheroe.

—Sí —dijo Melchett, resoplando—. ¿Cómo es que tenía la pistola?

—La llevaba en el bolsillo.

—¿También cuando fue a la vicaría?

—Sí.

—¿Por qué?

—Siempre la llevaba.

Había vuelto a vacilar antes de contestar y tuve la certeza de que no decía la verdad.

—¿Por qué retrasó usted el reloj?

—¿El reloj?

Pareció asombrado.

—Sí. Las manecillas señalaban las seis y veintidós.

Una expresión de temor surgió en su cara.

—¡Oh, sí! Ah... Sí, yo... yo lo retrasé.

Haydock habló súbitamente:

—¿Dónde disparó contra el coronel Protheroe?

—En el gabinete de la vicaría.

—Me refiero a qué parte del cuerpo.

—¡Oh! A la cabeza, creo. Sí, a la cabeza.

—¿No está usted seguro?

—No veo la necesidad de que me hagan estas preguntas, puesto que saben muy bien dónde le di.

Sus palabras sonaban falsas. Se produjo cierta conmoción en la comisaría. Un agente trajo una nota.

—Es para el vicario. Urgente.

La abrí y la leí:

Por favor, por favor, venga a mi lado. No sé qué hacer. Es algo terrible. Debo hablarle. Venga enseguida, por compasión, y traiga a quien quiera con usted.

ANNE PROTHEROE

Me volví significativamente hacia Melchett. Me comprendió. Al salir juntos, miré a Lawrence Redding brevemente. Sus ojos estaban clavados en el papel que yo tenía en la mano. Pocas veces he visto una mirada tan llena de angustia y desesperación.

Recordé a Anne Protheroe sentada en el sofá del gabinete diciendo: «Estoy desesperada». Entonces comprendí la posible razón de la heroica autoacusación de Redding.

Melchett habló con Slack.

—¿Ha averiguado usted los movimientos de Redding durante el día? Parece que existen motivos para creer que mató a Protheroe antes de lo que dice. Ocúpese de ello.

Se volvió hacia mí y, sin mediar palabra, le entregué la nota de Anne Protheroe. La leyó y frunció los labios, asombrado. Después me miró interrogativamente.

—¿Es esto lo que insinuaba esta mañana?

—Sí. No estaba seguro entonces de si era mi deber hablar. Ahora lo estoy.

Le conté lo que vi aquella noche en el estudio.

El coronel habló unos momentos con el inspector y después nos dirigimos hacia Old Hall. El doctor Haydock vino con nosotros, lo que nos sorprendió.

Un muy correcto mayordomo abrió la puerta.

—Buenos días —dijo Melchett—. Haga el favor de decir a la doncella de Mistress Protheroe que avise a su señora de que deseamos verla y vuelva después aquí para contestar algunas preguntas.

El mayordomo se retiró rápidamente y no tardó en regresar diciendo que había cumplido lo ordenado.

—Vamos a hablar de lo sucedido ayer —dijo el coronel Melchett—. ¿Comió su señor en casa?

—Sí, señor.

—¿Tenía el humor de costumbre?

—No observé ningún cambio en él, señor.

—¿Qué sucedió después?

—Una vez terminada la comida, Mistress Protheroe se retiró a sus habitaciones y el coronel se dirigió a su gabinete. Miss Lettice se fue a jugar un partido de tenis en el coche de dos plazas. El coronel y la señora tomaron el té a las cuatro y media, en el salón. Pidieron el coche para las cinco y media, para ir al pueblo. Inmediatamente después de marcharse ellos, Mr. Clement —se inclinó hacia mí— llamó y le dije que acababan de salir.

—¿Recuerda con seguridad cuándo estuvo aquí por última vez Mr. Redding?

—El martes por la tarde, señor.

—¿Es cierto que hubo una discusión entre él y el coronel?

—Creo que sí, señor. El coronel me ordenó que Mr. Redding no debía volver a ser admitido en la casa.

—¿Oyó usted las palabras que se cruzaron entre ellos? —preguntó Melchett abruptamente.

—El coronel Protheroe hablaba siempre en voz muy alta, señor, especialmente cuando estaba irritado, y no pude menos que oír algunas palabras.

—¿Las suficientes para saber la causa de la disputa?

—Me pareció comprender, señor, que era debida a un retrato que Mr. Redding estaba pintando; un retrato de Miss Lettice.

Melchett gruñó:

—¿Vio a Mr. Redding cuando se retiró?

—Sí, señor. Le acompañé hasta la puerta.

—¿Parecía enfadado?

—No, señor. Si se me permite decirlo, más bien parecía divertido.

—¡Ah! ¿Estuvo aquí ayer?

—No, señor.

—¿Vino alguien ayer?

—No, señor.

—¿Y anteayer?

—Mr. Dennis Clement estuvo aquí por la tarde, y también el doctor Stone. Al anochecer vino una señora.

—¿Una señora? —Melchett estaba visiblemente sorprendido—. ¿Quién era?

El mayordomo no recordaba su nombre. Era una dama que no había visto con anterioridad. Sí, le dio su nombre, y cuando él le comunicó que la familia estaba cenando dijo que esperaría. Entonces la hizo pasar al salón.

Preguntó por el coronel Protheroe, no por Mistress Protheroe. Anunció la visita al coronel y éste se dirigió al salón apresuradamente apenas acabó de cenar.

¿Cuánto tiempo había permanecido esa señora en la casa? Creía que quizá una media hora. El propio coronel la había acompañado hasta la puerta. ¡Ah, sí! Ya recordaba su nombre: la señora dijo ser Miss Lestrange.

Fue una sorpresa.

—Es curioso —dijo Melchett—, muy curioso.

No hablamos más de ello entonces, pues Mistress Protheroe mandó recado de que nos recibiría en breve.

Anne estaba en cama. Su cara era del color de la cera y los ojos le brillaban. Su rostro estaba contraído de una manera que me llamó la atención, mostrando una firme determinación.

—Gracias por venir tan deprisa —dijo, dirigiéndose a mí—. Veo que ha comprendido lo que quise decir al indicarle que podía traer con usted a quien quisiera.

Hizo una pausa.

—Es mejor ir directamente al grano, ¿no es verdad? —Sonrió extrañamente—. Supongo que es usted la persona a quien debo decírselo, coronel Melchett: yo maté a mi marido..., se lo aseguro.

—Mi querida Mistress Protheroe... —reprochó Melchett con gentileza.

—¡Oh, es cierto! Supongo que lo he dicho muy abruptamente, pero no acostumbro a excitarme por nada. Le he odiado durante mucho tiempo y ayer no pude contenerme y le maté.

Se reclinó en la almohada y cerró los ojos.

—Esto es todo. Supongo que me detendrá y me llevará a la cárcel. Me levantaré tan pronto como pueda. Por el momento me siento bastante enferma.

—¿Sabe usted, Mistress Protheroe, que Mr. Lawrence Redding se ha acusado a sí mismo de haber cometido el asesinato?

Anne abrió los ojos y asintió.

—Lo sé. Está muy enamorado de mí. Su gesto es muy noble, pero no por ello menos tonto.

—¿Sabía él que fue usted quien cometió el crimen?

—Sí.

—¿Cómo lo supo?

Anne Protheroe vaciló.

—¿Se lo dijo usted?

Siguió vacilando. Por fin pareció decidirse.

—Sí, se lo dije...

Encogió los hombros con un movimiento de irritación.

—¿Pueden irse ahora? Ya se lo he dicho: no quiero seguir hablando de ello.

—¿De dónde sacó usted la pistola, Mistress Protheroe?

—¿La pistola? ¡Oh! Era de mi marido. La encontré en el cajón de su tocador.

—Comprendo. ¿La llevó consigo a la vicaría?

—Sí. Sabía que estaría allí...

—¿A qué hora fue?

—Debió de ser después de las seis; las seis y cuarto o las seis y veinte.

—¿Cogió usted la pistola pensando en matar a su esposo?

—No. Yo... yo la quería para mí misma.

—Comprendo. Pero ¿fue usted a la vicaría?

—Sí. Me acerqué a la cristalera. No se oía a nadie. Miré. Vi a mi marido. Algo se apoderó de mí y disparé.

—¿Y después?

—¿Después? ¡Oh! Después me fui.

—¿A decirle a Mr. Redding lo que acababa de hacer?

Volví a observar la vacilación de su voz antes de hablar.

—Sí.

—¿La vio alguien entrar o salir de la vicaría?

—No. ¡Oh, sí! La vieja Miss Marple. Hablé con ella unos momentos. Estaba en su jardín.

Se agitó inquieta en la almohada.

—¿No es bastante ya? Se lo he dicho todo. ¿Por qué siguen molestándome?

El doctor Haydock le tomó el pulso.

—Permaneceré a su lado —nos dijo en un susurro— mientras toman las disposiciones necesarias. Podría cometer algún acto desesperado.

Melchett asintió. Salimos de la habitación y bajamos la escalera. Vi a un hombre delgado y de aspecto cadavérico salir de la habitación contigua e impulsivamente volví a subir la escalera.

—¿Es usted el ayuda de cámara del coronel Protheroe?

El hombre pareció sorprendido.

—Sí, señor.

—¿Sabe usted si su difunto señor tenía una pistola en alguna parte?

—No, señor.

—¿No podría haber tenido una en el cajón de su tocador? Haga memoria.

—Estoy completamente seguro de que no tenía ninguna, señor. De lo contrario ya la hubiera visto.

Bajé nuevamente la escalera.

Mistress Protheroe había mentido acerca de la pistola. ¿Por qué?

Capítulo 9

Después de dejar un mensaje en la comisaría, el jefe de policía anunció su intención de visitar a Miss Marple.

—Es mejor que venga usted conmigo, vicario —dijo—. No quiero poner nerviosa a una de sus devotas feligresas. Su presencia lo evitará.

Sonreí. A pesar de su frágil aspecto, Miss Marple es capaz de contender con cualquier agente o jefe de policía, sin ayuda de nadie.

—¿Cómo es Miss Marple? —preguntó el coronel al pulsar el timbre—. ¿Puede creerse lo que diga o debemos dudar de ello?

Medité un momento.

—Creo que puede hacérsele caso —dije con cautela—. Es decir, cuando hable de lo que ella haya visto. Después, cuando se refiera a lo que piensa... Eso es ya otro asunto. Tiene una gran imaginación y sistemáticamente piensa mal de todo el mundo.

—El tipo clásico de solterona —dijo Melchett, soltando una carcajada—. Las conozco sobradamente después de haber asistido tantas veces a sus tés.

Una criada abrió la puerta y nos acompañó a un reducido salón.

—Demasiados muebles —observó el coronel Melchett, mirando a su alrededor—. Algunos de ellos son muy buenos. El cuarto de una dama.

En aquel instante se abrió la puerta y Miss Marple hizo su aparición.

—Siento mucho tener que molestarla, Miss Marple —dijo el coronel después de que yo lo presentara, adoptando unas absurdas maneras militares que creía atraían a las ancianas—. No tengo más remedio que cumplir con mi deber.

—Desde luego, desde luego —repuso Miss Marple—. Comprendo perfectamente. ¿No quieren ustedes sentarse? ¿Puedo ofrecerles una copita de licor de cerezas? Lo hago yo misma con una receta que me dejó mi abuela.

—Muchísimas gracias, Miss Marple. Es usted muy amable, pero no acostumbro a tomar nada antes de comer. Ahora quisiera hablarle de ese desgraciado asunto, muy desgraciado, por cierto. Estoy seguro de que todos lo condenamos. Parece que, debido a la situación de su casa y de su jardín, quizá pueda usted decirnos algo de lo sucedido ayer por la tarde.

—En realidad, ayer estuve en el jardín desde las cinco de la tarde, y, naturalmente, desde allí es imposible dejar de ver lo que sucede en la casa vecina.

—Creo, Miss Marple, que Mistress Protheroe pasó por aquí ayer por la tarde.

—Sí, señor. Hablé con ella y admiró mis rosas.

—¿Puede usted decirnos a qué hora fue?

—Creo que era un minuto o dos después de las seis y cuarto. Sí, eso es. El reloj de la iglesia acababa de dar las seis y cuarto.

—¿Qué sucedió después?

—Mistress Protheroe dijo que iba a buscar a su esposo para regresar los dos juntos a su casa. Vino por el sendero y se dirigió a la vicaría por la puerta trasera, cruzando el jardín.

—¿Por el sendero?

—Sí. Véalo usted mismo.

Llena de energía, Miss Marple salió con nosotros y señaló el sendero que atravesaba el fondo de su jardín.

—El camino que hay al otro lado, con el portillo, conduce a Old Hall —explicó—. Lo hubieran tomado para regresar a su casa. Mistress Protheroe vino del pueblo.

—Muy bien —dijo el coronel Melchett—. ¿Dice usted que a continuación fue a la vicaría?

—Sí. La vi doblar la esquina de la casa. Supongo que el coronel no debía de encontrarse todavía allí, pues regresó de inmediato y se dirigió al estudio, aquel edificio del fondo. El vicario permitía a Mr. Redding utilizarlo como estudio.

—Comprendo. ¿Oyó usted un tiro, Miss Marple?

—No en ese momento —repuso Miss Marple.

—¿Lo oyó usted en otro momento?

—Sí. Parecía haber sido disparado en los bosques. Unos cinco o diez minutos más tarde. Creo que fue en los bosques. No pudo haber sido..., seguramente no fue...

Se detuvo, llena de excitación.

—Sí, sí, ya llegaremos a eso después —dijo Melchett—. Haga el favor de seguir con su relato. ¿Fue Mistress Protheroe al estudio?

—Sí, entró y esperó. Algo después llegó Mr. Redding, que venía del pueblo. Llegó a la vicaría, miró a su alrededor...

—Y la vio a usted, Miss Marple.

—No, no me vio —repuso Miss Marple, sonrojándose ligeramente—, porque en aquel mismo instante yo me estaba inclinando para arreglar mis flores. Entró en el jardín y se dirigió directamente al estudio.

—¿Se acercó a la casa?

—No, señor. Fue al estudio y Mistress Protheroe salió a recibirle a la puerta y después entraron los dos.

El silencio de Miss Marple estaba lleno de elocuencia.

—Quizá posaba para él —sugerí.

—Puede ser —dijo Miss Marple.

—¿A qué hora salieron?

PLANO C

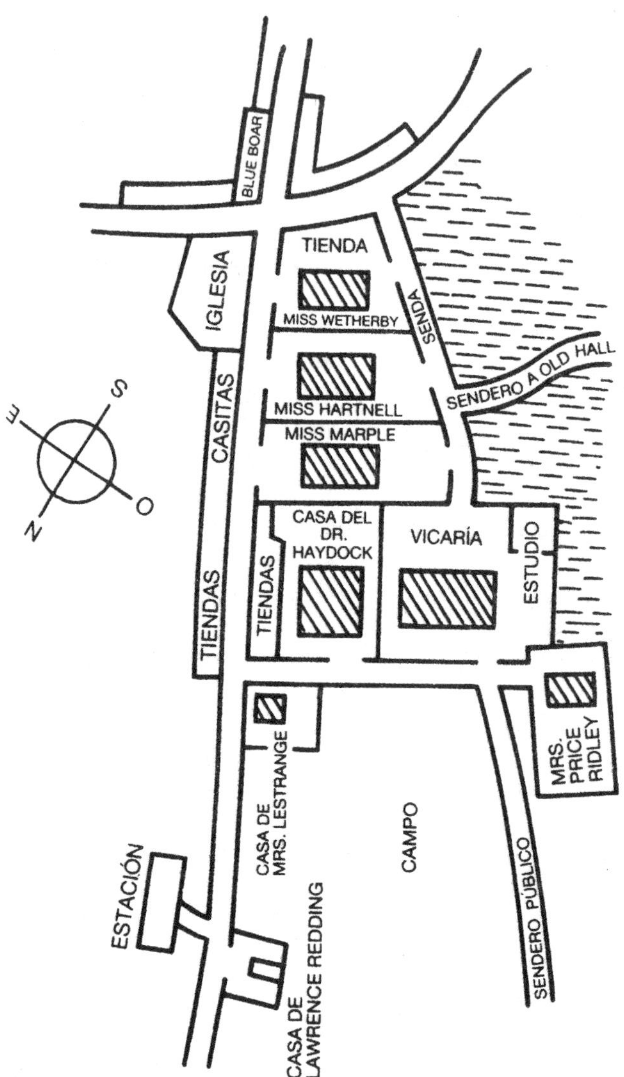

BLUE BOAR
TIENDA
IGLESIA
MISS WETHERBY
SENDA
SENDERO A OLD HALL
CASITAS
MISS HARTNELL
MISS MARPLE
S
E
O
N
CASA DEL DR. HAYDOCK
VICARÍA
ESTUDIO
TIENDAS
TIENDAS
CASA DE MRS. LESTRANGE
MRS. PRICE RIDLEY
CAMPO
ESTACIÓN
SENDERO PÚBLICO
CASA DE LAWRENCE REDDING

—Unos minutos después.

—¿Qué hora sería entonces?

—El reloj de la iglesia acababa de dar la media. Cruzaron la puerta del jardín y se dirigieron hacia el sendero, y en aquel momento el doctor Stone, que llegaba por el camino de Old Hall, se unió a ellos. Se dirigieron juntos al pueblo. Al fin del sendero se les juntó alguien que creo era Miss Cram. Supongo que debió de ser ella, pues sus faldas eran muy cortas.

—Debe de poseer una vista magnífica, Miss Marple, si puede ver claramente a tal distancia.

—Estaba observando un pájaro —repuso Miss Marple—. Creo que era un reyezuelo de cresta dorada. Lo estaba contemplando con los prismáticos y así fue como casualmente vi a Miss Cram, si como creo se trataba de esa señorita, unirse a ellos.

—Puesto que es usted tan buena observadora, Miss Marple —prosiguió el coronel Melchett—, ¿puede decirme qué expresión tenían Mistress Protheroe y Mr. Redding cuando pasaron por el sendero?

—Sonreían y hablaban —contestó Miss Marple—. Parecían muy felices de estar juntos, si comprende usted lo que quiero decir.

—¿No tenían aspecto disgustado o molesto?

—¡Oh, no! ¡Todo lo contrario!

—Muy raro —gruñó el coronel—. Hay algo extremadamente raro en este dichoso asunto.

Las palabras que Miss Marple pronunció a continuación, plácidamente, nos dejaron en suspenso.

—¿Se ha acusado ahora Mistress Protheroe de haber cometido el asesinato?

—¿Cómo se le ha ocurrido tal cosa, Miss Marple? —preguntó el coronel Melchett, asombrado.

—Me parece posible que ello sucediera —repuso—. Creo que también la querida Lettice lo pensaba. Es una muchacha muy inteligente, aunque temo que no sea siempre muy escrupulosa. ¡Conque Anne Protheroe dice que mató a su esposo! Bien, bien. No creo que sea verdad, aunque uno nunca puede fiarse demasiado de la gente, ¿verdad, coronel? Por lo menos, esto he averiguado por mí misma. ¿Cuándo dice ella que lo asesinó?

—A las seis y veintidós, después de hablar con usted.

Miss Marple meneó la cabeza lentamente y con lástima. Creo que deploraba que dos hombres hechos y derechos como nosotros fuéramos lo bastante tontos como para creer aquella historia. Así es como nos sentimos.

—¿Con qué lo mató?

—Con una pistola.

—¿De dónde la sacó?

—La llevaba consigo.

—Esto no es cierto —repuso firmemente Miss Marple—. Puedo jurarlo. No tenía ese arma consigo.

—Usted pudo no haberla visto.

—Claro que la hubiera visto.

—Puede que la llevara en el bolso.

—No llevaba bolso.

—Pudo haberla escondido entre su ropa.

Miss Marple le miró con pena y burla.

—Mi querido coronel Melchett, ya sabe usted cómo son las jóvenes de hoy. No se avergüenzan de mostrarse sin el menor tapujo como las hizo el Creador. No llevaba ni un pañuelo escondido en la parte superior de las medias.

Melchett era tozudo.

—Debe usted admitir que todo encaja —dijo—. La hora, el reloj derribado que señalaba las seis y veintidós...

Miss Marple se volvió hacia mí.

—¿No le ha hablado usted todavía del reloj?

—¿Qué sucede con él, Clement?

Se lo conté, y expresó su disgusto.

—¿Por qué no se lo dijo a Slack anoche?

—Porque no me dejó hablar.

—Debió usted haber insistido.

—Quizá sí —repuse—. El inspector Slack le trata a usted de modo muy distinto que a mí. No pude insistir.

—Es extraordinario —dijo Melchett—. Si alguien más decide acusarse de este asesinato, haré que me encierren en un manicomio.

—Si me permite sugerir... —murmuró entre dientes Miss Marple.

—¿Sí...?

—Diga usted a Mr. Redding lo que Mistress Protheroe ha hecho y explíquele que usted realmente no cree que ella sea culpable. Después, vea a Mistress Protheroe y dígale que Mr. Redding es inocente. Entonces seguramente ambos le contarán la verdad, aunque supongo que saben muy poco de ella.

—Lo que sugiere está muy bien, pero ellos son las dos únicas personas que tenían un motivo para asesinar a Protheroe.

—Yo no diría eso, coronel Melchett —repuso Miss Marple.

—¡Cómo! ¿Puede usted pensar en alguien más?

—¡Oh, sí, claro que sí! —contestó, y empezó a contar con los dedos—. Uno, dos, tres, cuatro, cinco, seis... Sí, y quizá un séptimo posible. Puedo pensar por lo menos en siete personas que podrían ver con satisfacción la muerte del coronel Protheroe.

Melchett la miró asombrado.

—¿Siete personas? ¿En St. Mary Mead?

Miss Marple asintió vivamente.

—No voy a dar ningún nombre —repuso—. No estaría bien que lo hiciera. Pero hay mucha maldad en el mundo. Un soldado digno y honorable como usted no sabe tales cosas, coronel Melchett.

Creí que al jefe de policía le iba a dar un ataque de apoplejía.

Capítulo 10

Sus observaciones sobre Miss Marple cuando salimos de la casa no eran precisamente elogiosas.

—Estoy convencido de que esa solterona chismosa cree que sabe todo cuanto vale la pena saber. Y a lo mejor no ha salido nunca de este pueblo. Es una presuntuosa. ¿Qué puede saber ella de la vida?

Dije que aunque seguramente Miss Marple no sabía nada de la Vida, con V mayúscula, estaba al corriente de cuanto sucedía en St. Mary Mead.

Melchett lo admitió a regañadientes. Era un testigo muy importante, sobre todo para Mistress Protheroe.

—Supongo que debemos creer cuanto ha dicho.

—Si Miss Marple asegura que no llevaba ninguna pistola, esté usted seguro de que así es —repuse—. Si hubiera existido la menor posibilidad de que la hubiese llevado encima, Miss Marple lo habría descubierto.

—Es cierto. Vamos ahora a echar un vistazo al estudio.

El llamado estudio era un barracón con una claraboya. No había ventanas y la puerta era el único medio de entrada o salida. Después de examinarlo, Melchett anunció su intención de visitar la vicaría acompañado del inspector.

—Ahora voy a la comisaría.

Cuando entré por la puerta principal, un murmullo de voces llegó hasta mí. Abrí la puerta de la sala de estar.

Miss Gladys Cram se hallaba sentada en el sofá, junto a Griselda, hablando animadamente. Sus piernas, enfundadas en brillantes medias rosadas, estaban cruzadas y tuve oportunidad de ver el color de sus ligas.

—Buenos días, Mr. Clement —dijo Miss Cram—. ¿No le parece terrible lo sucedido al coronel? ¡Pobre señor!

—Hola, Len —dijo Griselda—. Miss Cram —observó mi esposa— ha venido para ofrecerse bondadosamente a ayudarnos con las muchachas exploradoras. El domingo pasado pedimos ayudantes en la iglesia, ¿recuerdas?

Sí, lo recordaba, y estaba convencido además, al igual que Griselda, de que a Miss Cram jamás se le hubiera ocurrido la idea de ofrecernos su ayuda de no haber tenido lugar aquel horrible suceso en la vicaría.

—Estaba diciendo a Miss Clement —prosiguió Miss Cram— que se me paralizó el corazón cuando oí la noticia. «¿Un asesinato?», me dije. ¿Y en un pueblo tan tranquilo como éste? Y después, cuando me enteré de que se trataba del coronel Protheroe, no podía creerlo. No parecía hombre para ser asesinado.

Ignoro cuáles son los requisitos necesarios para que le asesinen a uno. Nunca se me ha ocurrido pensar que los asesinados pertenezcan a determinado grupo social, pero ella, indudablemente, tenía alguna idea en su rubia cabecita.

—Y por ello Miss Cram vino a visitarnos, para enterarse de lo sucedido —dijo Griselda.

Temí que estas francas palabras de mi esposa pudieran ofender a aquella señorita, pero ella echó la cabeza hacia atrás y estalló en una fuerte carcajada, mostrando al mismo tiempo todos sus dientes.

—Es usted muy perspicaz, Miss Clement —dijo—. ¿No le parece natural que una quiera saber detalladamente lo sucedido en un caso así? Además, no duden que deseo sinceramente ayudarlos con las muchachas exploradoras.

Lo sucedido es muy excitante. Estaba deseando que sucediera algo que rompiese la monotonía diaria. No crean ustedes que mi trabajo es pesado. Por el contrario, es un empleo muy bueno y bien retribuido, y el doctor Stone es todo un caballero. Pero una desea cierta diversión después de las horas de trabajo, y exceptuándola a usted, Miss Clement, en este pueblo sólo se puede hablar con señoras chismosas.

—Está Lettice Protheroe —observé.

Gladys Cram meneó la cabeza.

—Se halla demasiado por encima de mí. Cree que el condado le pertenece y no se rebajaría a relacionarse con una muchacha que debe trabajar para ganarse la vida. Sin embargo, le he oído hablar de la posibilidad de trabajar ella misma. Me gustaría saber quién se arriesgaría a darle un empleo. No duraría en él más de una semana, a menos que se dedicara a modelo, donde no tendría que hacer otra cosa que lucir vestidos.

—Creo que sería una magnífica modelo —observó Griselda—. Tiene un cuerpo muy bonito. ¿Cuándo ha hablado de buscar un empleo?

Miss Cram pareció momentáneamente sorprendida, pero se recobró con rapidez.

—No lo recuerdo con exactitud —repuso—, pero ciertamente lo ha dicho. Creo que no debe de ser muy feliz en su casa. Yo no aguantaría a una madrastra ni cinco minutos.

—Pero usted es una muchacha animosa e independiente —dijo Griselda.

La miré con sospecha. Miss Cram se sintió halagada.

—Así soy yo, me lo dijo un quiromántico. Por las buenas, capaz de cualquier cosa, pero a la fuerza... Le dije muy claro al doctor Stone que quería tener mis horas libres regularmente. Esos científicos creen que una no es sino una máquina, y la mitad del tiempo ni siquiera se fijan en nosotras.

—¿Encuentra usted agradable trabajar con el doctor Stone? Debe de ser un empleo fascinante, si siente algún interés por la arqueología.

—Conozco muy poco de ella, claro —admitió la muchacha—. Aunque me parece algo abusivo extraer los cadáveres de gente que ha estado muerta y enterrada durante cientos de años. El doctor Stone está tan interesado en ello que la mitad de los días se los pasaría sin comer si yo no me preocupara de que lo hiciera.

—¿Está en la tumba esta mañana? —preguntó Griselda.

Miss Cram meneó la cabeza.

—No se encuentra muy bien —explicó—. No trabaja hoy. Esto significa día libre para la pequeña Gladys.

—Lo siento —dije.

—¡No! No es nada importante. No habrá una segunda muerte. Pero, dígame, Mr. Clement, creo que ha estado usted con la policía toda la mañana. ¿Qué piensan ellos?

—Todavía existen algunas dudas —repuse lentamente.

—¡Ah! —exclamó Miss Cram—. Entonces no creen que el asesino sea Mr. Lawrence Redding. Es tan guapo, ¿verdad? Parece un galán de cine. Sonríe muy amablemente cuando da los buenos días. Me resistía a creerle culpable cuando me dijeron que la policía le había detenido. Pero como la policía rural tiene fama de ser muy estúpida...

—En este caso no cabe echarle la culpa a ella —observé—: Mr. Redding se acusó a sí mismo.

—¿Cómo? —La joven estaba verdaderamente asombrada—. ¡Pobre muchacho! Si yo cometiera un asesinato, puede usted estar seguro de que no me entregaría por las buenas. Creía que Lawrence Redding era más inteligente. ¡Entregarse sin más ni más! ¿Por qué mató a Protheroe? ¿Lo ha confesado? ¿Fue simplemente una pelea?

—No es del todo seguro que le matara él —dije.

—Pero si él mismo lo confiesa... será que lo sabe, Mr. Clement.

—Claro que lo sabe —respondí—, pero la policía no parece muy dispuesta a creer en sus palabras.

—Pero ¿por qué ha de acusarse del asesinato si no lo ha cometido?

No tenía la menor intención de ilustrar a Miss Cram a este respecto.

—Creo que en todos los crímenes importantes la policía acostumbra a recibir muchas cartas de gente que se acusa a sí misma del hecho —repuse evasivamente.

—¡Deben de estar locos! —observó Miss Cram, entre asombrada y burlona—. Yo nunca haría algo así —añadió.

—Estoy seguro de que no lo haría —afirmé.

—Bien. —Suspiró—. Supongo que debo irme. —Se levantó—. La noticia de que Mr. Redding se ha autoinculpado del crimen asombrará al doctor Stone.

—¿Está interesado en el caso? —preguntó Griselda.

Miss Cram frunció el ceño, perpleja.

—Es un individuo muy raro. Una nunca puede saber cómo va a reaccionar. Está sumergido en el pasado.

Se despidió reiteradamente y partió.

—No parece mala chica —comentó Griselda cuando la puerta se hubo cerrado—. Es terriblemente vulgar, pero al mismo tiempo tiene buen carácter y es alegre. Me pregunto qué ha sido lo que realmente la ha traído aquí.

—La curiosidad.

—Sí, supongo que sí. Cuéntame lo sucedido, Len. Estoy muriéndome de ganas de saberlo.

Me senté y relaté fielmente todos los sucesos de la mañana. Griselda interrumpía de vez en cuando mis palabras con pequeñas exclamaciones de sorpresa e interés.

—¡Conque se trataba de Anne! —exclamó—. Yo creía que estaba enamorado de Lettice. ¡Qué ciegos hemos sido todos! Eso debió de ser lo que Miss Marple insinuó ayer. ¿No te parece?

—Sí —respondí, evitando mirarla.

Entró Mary.

—Hay un par de señores. Dicen que son periodistas. ¿Quiere verlos?

—No —repuse—. La verdad es que no. Dígales que vayan a ver al inspector Slack, en la comisaría.

Mary asintió.

—Cuando se haya librado de ellos vuelva —añadí—. Quiero preguntarle algo.

Tardó unos cuantos minutos en regresar.

—Me ha costado conseguir que se marchasen —dijo—. Insistían en hablar con usted. Jamás he visto gente tan terca.

—Supongo que volverán a insistir —repuse—. Vamos a ver, Mary, ¿está usted segura de no haber oído el disparo ayer por la tarde?

—¿El disparo? No, claro que no. Si lo hubiera oído, habría ido a ver qué sucedía.

—Sí, pero... —Recordé la declaración de Miss Marple acerca de un disparo «en el bosque». Cambié la forma de la pregunta—. ¿Oyó algún otro tiro, en el bosque, por ejemplo?

—¡Oh, eso! —Hizo una pausa—. Sí, me parece que sí. No varios, sino uno sólo. Sonó bastante raro.

—Exacto —dije—. ¿A qué hora?

—¿La hora?

—Sí, la hora.

—No lo sé. Después del té, pero no sé exactamente cuándo.

—¿No puede dar una contestación más concreta?

—No. Tengo trabajo y no puedo pasarme el día mirando relojes, aunque tampoco serviría de nada, porque el despertador atrasa tres cuartos de hora al día. Con tanto ponerlo en hora, no sé qué hora es.

Quizá sea ésta la razón de que nuestras comidas no se sirvan nunca a tiempo. Algunas veces se atrasan y otras están listas inesperadamente.

—¿Fue mucho antes de que viniera Mr. Redding?

—No mucho. Quizá diez minutos o un cuarto de hora, pero no más.

Asentí satisfecho.

—¿Es eso todo? —preguntó Mary—. Porque tengo la carne en el horno y el budín debe de estar hirviendo.

—Puede usted retirarse, Mary.

Salió de la habitación y me volví hacia Griselda.

—¿Sería muy difícil enseñar a Mary a decir «señor» y «señora»?

—Se lo he dicho muchas veces. Parece olvidarlo. Recuerda que es una muchacha rústica.

—Sí, lo sé perfectamente, pero el rusticismo puede corregirse. Además, creo que se le debería enseñar a cocinar mejor.

—No estoy de acuerdo contigo —repuso Griselda—. Sabes muy bien que no podemos pagar a una buena cocinera. Si le enseñamos se irá a otra parte, donde le pagarán mejor salario, pero mientras no sepa guisar y sus modales sean tan bruscos podemos estar seguros de que nadie intentará quitárnosla.

Observé que el sistema que mi esposa empleaba para dirigir la casa no carecía de fundamento, como había pensado. Su razonamiento era muy lógico. Sin embargo, era discutible el asunto de tener una cocinera que no supiera guisar y que lanzara los platos rudamente delante de uno, con la misma sequedad con que hacía las observaciones que le placían.

—Además —prosiguió Griselda—, debes perdonarle sus modales, más toscos que de costumbre. No puedes esperar que sienta la muerte del coronel Protheroe después de que él encarcelara a su novio.

—¿Encarceló a su novio?

—Sí, por cazador furtivo. Mary ha estado saliendo con Archer durante estos dos últimos años.

—Lo ignoraba.

—Len, querido, nunca sabes nada.

—Es raro que todo el mundo diga que el disparo sonó en el bosque —añadí.

—No debería parecerte tan extraño —repuso Griselda—. Estamos tan acostumbrados a oír tiros en el bosque que cuando se oye alguno siempre se supone que ha sido disparado allí. Quizá fuera más ruidoso que de costumbre. Naturalmente, si alguien se encontrara en la habitación de al lado sabría el lugar exacto en que fue hecho, pero no creo que sea posible hacerlo desde la cocina, porque su ventana está al otro lado de la casa.

La puerta se abrió de nuevo.

—El coronel Melchett ha vuelto —dijo Mary—. Viene con ese inspector de policía y dicen que haga usted el favor de reunirse con ellos en el gabinete.

Capítulo 11

Comprendí inmediatamente que el coronel Melchett y el inspector Slack no estaban de acuerdo; Melchett estaba sonrojado y parecía molesto, y el inspector tenía aspecto sombrío.

—Siento decir que el inspector Slack no está de acuerdo en que el joven Redding es inocente —dijo Melchett.

—¿Por qué ha de confesarse culpable si no lo es? —preguntó Slack escépticamente.

—Recuerde, Slack, que también Mistress Protheroe se ha acusado a sí misma del asesinato.

—Es distinto: es mujer, y las mujeres son capaces de portarse de la manera más extraña. No digo que ella no lo haya hecho, sino que se enteró de que él había sido acusado del crimen e inventó una historia. Estoy muy acostumbrado a estas cosas. Se asombrarían si supiesen la de reacciones absurdas de que es capaz una mujer. Pero Redding es distinto: tiene la cabeza bien aposentada; y, si afirma que lo hizo, yo no tengo la menor duda de que dice la verdad. El asesinato fue cometido con su pistola, es imposible negar este hecho. Gracias a la actitud de Mistress Protheroe hemos llegado a conocer el motivo del crimen. Éste era antes nuestro punto débil, pero ahora que lo sabemos las cosas están claras como la luz del día.

—¿Cree usted que pudo haberle asesinado antes? ¿Acaso a las seis y media, por ejemplo?

—No pudo haberlo hecho.

—¿Ha comprobado usted sus movimientos?

El inspector asintió.

—A las seis y media estaba en el pueblo, cerca del Blue Boar. De allí vino en esta dirección por el sendero, donde dice usted que la vecina de la casa de al lado le vio, y acudió a la cita con Mistress Protheroe en el estudio. Salieron juntos poco después de las seis y media, y tomaron el camino del pueblo; entonces se les unió el doctor Stone, que corrobora este punto. He hablado con él. Permanecieron unos minutos hablando junto al edificio de correos y entonces Mistress Protheroe fue a casa de Miss Hartnell para pedirle prestada una revista de jardinería. También he comprobado esto hablando con Miss Hartnell. Mistress Protheroe permaneció en su casa con ella hasta las siete, hora en que comentó lo tarde que era y dijo que debía volver a su casa.

—¿Cuál era su actitud?

—Normal y agradable, según dice Miss Hartnell. Parecía de buen humor. Miss Hartnell está segura de que nada la preocupaba.

—Bien, prosiga.

—Redding fue al Blue Boar con el doctor Stone y tomaron una copa juntos. Salió de allí a las siete menos veinte y caminó rápidamente por la calle del pueblo y por la carretera que conduce a la vicaría. Mucha gente lo vio.

—¿No tomó el sendero esta vez?

—No. Fue a la puerta delantera, preguntó por el vicario, se enteró de que el coronel Protheroe estaba allí, entró y le mató, tal como dice que lo hizo. Ésta es la verdad y no debemos seguir hurgando en este asunto.

Melchett meneó la cabeza.

—No olvide usted lo que dijo el médico. Protheroe fue asesinado antes de las seis y media.

—¡Oh, los médicos! —El inspector Slack hablaba despectivamente—. Cualquiera cree en ellos. Le operan a uno de las amígdalas y luego dicen que lo sienten, pero que se trataba de una apendicitis. ¡Médicos!

—No es cuestión de diagnósticos. El doctor Haydock está completamente seguro de lo que dice. No se puede ir contra la evidencia médica, Slack.

—A la que voy a añadir algo por si merece ser tenido en cuenta —dije entonces, recordando un accidente olvidado—. Toqué el cadáver y estaba frío. Puedo jurarlo.

—¿Ve usted, Slack? —dijo Melchett.

El inspector cedió de buen grado.

—Siendo así... Lástima. Era un buen crimen y, por decirlo así, Mr. Redding estaba deseando que le colgaran por él.

—Esto, en sí mismo, no me parece natural —observó el coronel Melchett.

—Ya sabe usted que no todos tenemos los mismos gustos —dijo el inspector—. Muchos hombres han quedado algo trastornados después de la guerra. Bueno, tendremos que volver a empezar. —Se volvió hacia mí—. No alcanzo a comprender por qué me dejó usted en la ignorancia acerca del reloj, señor. Estaba obstruyendo usted el esclarecimiento de los hechos.

Me sentí irritado.

—Traté de decírselo en tres ocasiones distintas —repuse—, pero en cada una de ellas se negó a escucharme.

—Esto es sólo una excusa, señor. Me lo habría dicho si hubiera tenido intención de hacerlo. El reloj y la nota parecen encajar perfectamente. Ahora, según ustedes, el reloj no marcaba la hora verdadera. Jamás he visto algo parecido. ¿Qué motivo puede haber para tener un reloj adelantado un cuarto de hora?

—Se supone que eso ayuda a ser puntual.

El inspector se burló.

—No creo que necesitemos hablar de ello ahora, inspector —dijo el coronel Melchett con tacto—. Debemos averiguar la verdad de boca de Mistress Protheroe y del joven

Redding. He llamado a Haydock y le he encargado que traiga a Mistress Protheroe aquí. Quizá sería preferible que hiciéramos venir primero a Redding.

—Llamaré a la comisaría —dijo el inspector, descolgando el teléfono—. Tenemos que aclarar conceptos. Y ahora —se dirigió a nosotros— empecemos a trabajar en esta habitación.

Me miró significativamente.

—Quizá será mejor que salga —observé.

El inspector abrió la puerta.

—Vuelva cuando llegue el joven Redding —dijo el coronel Melchett—. Es usted amigo suyo y quizá pueda influir para que nos cuente la verdad.

Encontré a Miss Marple y a mi esposa reunidas.

—Hemos estado discutiendo toda clase de posibilidades —dijo Griselda—. Quisiera que solucionara usted el caso, Miss Marple, como cuando desaparecieron los camarones de Miss Wetherby; y todo porque el hecho le recordó algo muy distinto acerca de un saco de carbón.

—Se está usted burlando, querida —repuso Miss Marple—, pero, después de todo, es un sistema muy bueno para llegar a la verdad de las cosas. Es lo que la gente llama intuición. La intuición es como leer una palabra sin tener que deletrearla. Los niños no pueden hacerlo porque tienen muy poca experiencia, pero una persona mayor conoce la palabra porque la ha visto muchas veces anteriormente. ¿Comprende usted lo que quiero decir, vicario?

—Sí —repuse con lentitud—. Creo que sí. Si una cosa le recuerda otra, probablemente sea de la misma naturaleza.

—Exactamente.

—¿Qué le recuerda el asesinato del coronel Protheroe?

Miss Marple suspiró.

—Ésa es precisamente la dificultad. ¡Me vienen tantas cosas a la cabeza! Por ejemplo, el caso del mayor Hargraves, capillero y persona muy respetada. Sin embargo, tenía una amante, una antigua doncella. Y cinco niños, realmente cinco. Fue un disgusto terrible para su esposa e hija.

Traté de imaginarme al coronel Protheroe en el papel de pecador secreto, pero fracasé.

—Hubo también el caso de la lavandera —prosiguió Miss Marple—. El broche de ópalo de Miss Hartnell quedó prendido en una blusa fruncida que se mandó a la lavandera. La mujer que lo cogió no lo quería para ella, ni era tampoco una ladrona. Simplemente lo escondió en casa de otra mujer y dijo a la policía que la había visto cogerlo. Lo hizo por despecho, sólo por despecho. Es un motivo asombroso. Había un hombre de por medio, por supuesto. Siempre hay uno.

Esta vez no encontré similitud alguna, ni siquiera remota.

—Y el caso de la hija del pobre Elwell —siguió diciendo Miss Marple—. Era una muchacha muy hermosa. Trató de asfixiar a su hermanito. Y también lo del dinero para la excursión de los muchachos del coro sustraído por el organista, antes de que viniera usted, querido vicario. Su esposa había contraído muchas deudas. Sí. Este caso hace pensar en muchas cosas, quizá demasiadas. Es muy difícil llegar a la verdad.

—Me gustaría que me dijera quiénes son sus siete sospechosos —dije.

—¿Los siete sospechosos?

—Dijo usted que podía pensar en siete personas a quienes la muerte del coronel Protheroe podría complacer.

—¡Ah, sí! Lo recuerdo.

—¿Era verdad?

—Claro que sí, pero no debo mencionar nombres. Estoy segura de que puede usted imaginar quiénes son con mucha facilidad.

—Pues no puedo. Está Lettice Protheroe, supongo, puesto que probablemente heredará de su padre. Pero es absurdo pensar en ella en este sentido. Fuera de Lettice, no puedo imaginar a nadie más.

—¿Y usted, querida? —dijo Miss Marple, volviéndose hacia Griselda.

Me sorprendió que Griselda se sonrojara. Algo muy parecido a las lágrimas asomó a sus ojos. Cerró los puños con fuerza.

—¡Oh! —exclamó indignada—. La gente es odiosa, odiosa. ¡Dicen cosas tan horribles...!

La miré con curiosidad. No es propio de Griselda excitarse de esa manera. Observó mi mirada y trató de sonreír.

—No me mires como si fuera un bicho raro, Len —exclamó—. No debemos alejarnos del punto principal. Me niego a creer que Lawrence o Anne tengan algo que ver en el asesinato y, naturalmente, Lettice está fuera de cuestión. Debe de haber alguna pista que pueda ayudarnos a llegar a la verdad.

—Está la nota, desde luego —observó Miss Marple—. Recuerde que esta mañana he dicho que me llamaba la atención y que me parecía muy extraña.

—Parece fijar la hora de la muerte con gran exactitud —dije—. Y, sin embargo, ¿es posible? Mistress Protheroe se habría alejado del gabinete y quizá no hubiese tenido tiempo de llegar al estudio. Sólo puedo explicármelo pensando que consultó su propio reloj y que éste estaba atrasado. Me parece una buena solución.

—Tengo otra idea —observó Griselda—. Supón, Len, que el reloj hubiera sido atrasado antes... No, eso nos lleva al mismo punto. ¡Qué tonta soy!

—No había sido tocado cuando yo salí —contesté—. Recuerdo haberlo comparado con el mío. Sin embargo, no tiene nada que ver con el caso.

—¿Qué cree usted, Miss Marple? —preguntó Griselda.

La solterona meneó la cabeza.

—Querida, debo admitir que no lo había considerado

desde este punto de vista. Lo que más me llama la atención es el contenido de la carta.

—No comprendo por qué —dije—. El coronel Protheroe, simplemente, escribió que no podía esperar más tiempo.

—¿A las seis y veinte? —repuso Miss Marple—. Su cocinera, Mary, ya le había dicho que usted no regresaría antes de las seis y media, y él pareció dispuesto a esperar hasta esa hora. Sin embargo, a las seis y veinte se sienta a escribir que no puede esperar más tiempo.

Miré a la vieja solterona, sintiendo gran respeto por su ágil imaginación. Había observado lo que nosotros dejamos de ver. Era algo muy extraño, muy extraño...

—Si por lo menos la carta no indicase la hora...

Miss Marple meneó la cabeza.

—Exactamente —dijo—. ¡Si no indicase la hora!

Traté de ver con los ojos de la imaginación aquella hoja de papel y los inseguros rasgos y, en el encabezamiento, netamente escrita, la hora: 6.20. Los números se diferenciaban del resto de la carta.

—Supongamos que no figurase la hora —dije—. Supongamos que hacia las seis y media el coronel Protheroe se impacientara y se sentara a escribir que no podía esperar más tiempo, y que mientras estaba ocupado en eso alguien entrara por la cristalera.

—O por la otra puerta —sugirió Griselda.

—Recuerde que el coronel Protheroe era bastante sordo —observó Miss Marple.

—Sí, es cierto. No lo hubiera oído. No importa por dónde viniera; el asesino se dirigió hacia él por la espalda y disparó. Entonces vio la nota y el reloj y se le ocurrió la idea. Escribió «6.20» en el encabezamiento de la carta y atrasó el reloj a las seis y veintidós. Fue una idea inteligente que le daba lo que debió de considerar una perfecta coartada.

—Y nosotros debemos encontrar —dijo Griselda— a alguien que tenga una coartada perfecta para las seis y veinte, pero no para las... Oh, no es fácil decir para qué hora.

—Podemos fijarla dentro de ciertos límites —repuse—. Haydock da las seis y media como la hora base. Quizá pudiéramos alargar hasta las seis y treinta y cinco por las razones antedichas. Parece claro que Protheroe no debió de impacientarse antes de las seis y media. Creo que podemos asegurar que ello fue así.

—Entonces el disparo que yo oí... Sí, supongo que es posible. Y no le di importancia. Ahora que lo pienso, me parece que sonó de manera distinta de los disparos que estamos acostumbrados a oír. Sí, había una diferencia.

—¿Más fuerte? —sugerí.

No, Miss Marple no creía que hubiese sido más fuerte. En realidad encontraba difícil decir en qué se diferenciaba, pero insistía en que era distinto.

Creía que se estaba persuadiendo a sí misma de eso más que recordándolo realmente, pero acababa de dar un punto de partida tan interesante y nuevo que sentí enorme respeto por ella.

Se levantó murmurando que debía volver a su casa; se había dejado vencer por la tentación de venir a discutir el caso con Griselda. La acompañé hasta la verja y cuando regresé encontré a mi esposa sumida en sus pensamientos.

—¿Estás pensando en la nota? —murmuré.

—No.

Se estremeció y agitó los hombros con impaciencia.

—He estado meditando, Len. Alguien debe de odiar mucho a Anne Protheroe.

—¿Odiar?

—Sí. ¿No lo ves? No hay pruebas de ninguna clase contra Lawrence; si hay alguna evidencia en su contra puede considerarse accidental. Se le ocurrió venir aquí. Si no hubiese venido, nadie le habría relacionado con el crimen. Pero el caso de Anne es distinto. Supón que alguien supiese que ella estuvo aquí exactamente a las seis y veinte. El reloj y el encabezamiento de la carta la señalan a ella. No creo que el reloj fuera puesto a esa hora solamente para establecer una coartada, sino con intención directa de mezclarla a ella en el asesinato. De no haber sido por la afirmación de Miss Marple, que aseguró que no llevaba pistola alguna y observó que sólo tardó un breve instante en dirigirse al estudio... Sí, si no hubiese sido por esto... —Se estremeció otra vez—. Creo que alguien odia mucho a Anne Protheroe, Len, y no me gusta.

Capítulo 12

Me llamaron al gabinete cuando llegó Lawrence Redding. Parecía deshecho y se me antojó sospechoso. El coronel Melchett le saludó con palabras bastante cordiales.

—Queremos hacerle algunas preguntas aquí, en el lugar del asesinato —dijo.

Lawrence habló, ligeramente burlón.

—¿Reconstrucción del crimen? ¿No es una idea de origen francés?

—Mi querido muchacho —observó el coronel Melchett—, no adopte este tono al dirigirse a nosotros. ¿Se da usted cuenta de que alguien más se ha confesado también responsable del crimen que usted pretende haber cometido?

El efecto que esas palabras causaron en Lawrence fue doloroso e inmediato.

—¿Al-alguien más? —tartamudeó—. ¿Quién?

—Mistress Protheroe —repuso el coronel Melchett, mirándole atentamente.

—Es absurdo. Ella no lo hizo. No pudo hacerlo. Es imposible.

Melchett le interrumpió.

—No creímos su confesión, aunque puede parecer extraño. Tampoco creemos la suya. El doctor Haydock afirma que el asesinato no pudo haberse cometido a la hora que usted dice que lo llevó a cabo.

—¿Eso dice el doctor Haydock?

—Sí, y ello le libra a usted de toda sospecha, le guste o no. Ahora queremos que nos ayude, que nos diga exactamente qué ocurrió.

Lawrence vacilaba.

—¿No me engaña usted respecto a Mistress Protheroe? ¿Es realmente cierto que no sospechan de ella?

—Le doy mi palabra de honor —repuso Melchett.

Lawrence suspiró profundamente.

—He sido un tonto —dijo—. ¡Cómo pude haber sospechado de ella un solo instante...!

—Cuéntenos la verdad —sugirió el jefe de policía.

—No hay mucho que decir. Yo... yo vi a Mistress Protheroe aquella tarde...

Hizo una pausa.

—Ya lo sabemos —dijo Melchett—. Quizá usted crea que sus sentimientos por Mistress Protheroe y los de ella hacia usted constituían un secreto entre ambos, pero en realidad eran conocidos y comentados. De todas formas, ahora se hubieran descubierto.

—Muy bien, pues. Creo que tiene usted razón. Había prometido al vicario —me miró— que me marcharía del pueblo enseguida. Aquella tarde me encontré con Mistress Protheroe en el estudio a las seis y cuarto. Le dije lo que había decidido. También ella creyó que era lo mejor que podíamos hacer. Nos... nos despedimos.

»Salimos casi inmediatamente del estudio. El doctor Stone se unió a nosotros. Anne actuó con total naturalidad. Yo no pude hacerlo. Me fui con Stone al Blue Board y tomé un trago. Entonces decidí ir a casa, pero cuando llegué a la esquina de esta calle cambié de idea y vine a ver al vicario. Sentía necesidad de hablar con alguien para desahogarme.

»La criada me dijo que el vicario estaba ausente, pero que no tardaría en regresar, y que el coronel Protheroe estaba en el gabinete, esperándole. No quise volver sobre mis pasos para no parecer que intentaba evitarle. Dije a la criada que esperaría también y entré en el gabinete.

Hizo una pausa.

—¿Qué más? —preguntó el coronel Melchett.

—Protheroe estaba sentado en el escritorio, tal como lo encontraron ustedes. Fui hasta él. Estaba muerto. Entonces vi la pistola en el suelo, junto a él. La recogí y vi enseguida que era mi pistola.

»Eso me sobresaltó. ¡Mi pistola! Y entonces, sin detenerme a pensar, llegué a una conclusión. Anne debía de haberla cogido en alguna ocasión, seguramente con intención de utilizarla contra sí misma, pues no podía seguir soportando el trato que le daba su marido. Quizá aquel día la llevaba consigo. Cuando nos separamos en el pueblo debía de haber regresado aquí y... Tuve que estar loco para pensar algo así, pero esto es lo que me ocurrió. Me guardé la pistola en el bolsillo y salí. Encontré al vicario junto a la verja y de repente sentí enormes deseos de reír. Recuerdo haber gritado algo absurdo y observado cómo su cara cambiaba. Estaba completamente fuera de mí. Caminé hasta que no pude soportarlo más. Si Anne había cometido ese horrible crimen, yo era responsable, por lo menos moralmente. Entonces me presenté ante la policía.

Se produjo una pausa cuando dejó de hablar. Después el coronel intervino con voz seca.

—Quisiera hacerle una o dos preguntas. Primero: ¿tocó usted o movió el cadáver de alguna forma?

—No, no lo toqué. Se podía ver que estaba muerto sin necesidad de hacerlo.

—¿Observó usted una nota sobre la carpeta, medio oculta por su cuerpo?

—No.

—¿Tocó usted el reloj?

—No. Me parece recordar un reloj derribado encima de la mesa, pero no lo toqué.

—Y en cuanto a su pistola, ¿cuándo la vio por última vez?

Lawrence Redding se quedó pensativo.

—Es difícil decirlo con exactitud.

—¿Dónde la guardaba?

—¡Oh! Mezclada con varias cosas en la sala de mi casa, en uno de los estantes de la librería.

—¿No la guardaba cuidadosamente?

—En realidad, no me preocupaba de ella. Siempre estaba allí.

—Entonces, ¿cualquier persona que haya ido a la casa puede haberla cogido?

—Sí.

—¿Y no recuerda cuándo la vio usted por última vez?

Lawrence frunció el ceño, tratando de recordar.

—Estoy casi seguro de que fue anteayer. Recuerdo haberla apartado para coger una pipa vieja. Creo que fue anteayer, pero pudo ser muy bien el día anterior.

—¿Quién ha estado últimamente en su casa?

—Mucha gente. Siempre viene alguien. Anteayer se reunieron allí varias personas a la hora del té: Lettice Protheroe, Dennis y sus amigos. Además, de vez en cuando, viene alguna de esas solteronas.

—¿Cierra usted su casa cuando sale?

—No. ¿Por qué? No tengo nada que valga la pena ser robado. Además, aquí nadie cierra la puerta de su casa.

—¿Quién se encarga del cuidado de su casa?

—La vieja Miss Archer viene cada mañana para hacer la limpieza.

—¿Cree usted que ella podría recordar cuándo vio la pistola por última vez?

—No lo sé. Quizá sí. Pero me parece que la limpieza a fondo no es su fuerte.

—Es decir, cualquier persona pudo haber cogido la pistola.

—Sí, creo que sí.

La puerta se abrió dando paso al doctor Haydock, que acompañaba a Anne Protheroe.

Anne se detuvo al ver a Lawrence y éste intentó dirigirse hacia ella.

—Perdóname, Anne —dijo—. Es abominable que haya pensado algo así de ti.

—Yo... —Titubeó y miró implorante al coronel Melchett—. ¿Es verdad lo que me ha dicho el doctor Haydock?

—¿Que Mr. Redding está libre de sospechas? Sí. ¿Quiere usted contarnos ahora su historia, Mistress Protheroe?

Sonrió avergonzada.

—Supongo que se formarán muy mala opinión de mí.

—Digamos que ha sido usted bastante... tonta. Pero ya ha acabado. Ahora quiero que me cuente toda la verdad, Mistress Protheroe, sin omitir nada.

Ella asintió gravemente.

—Se la diré. Supongo que está usted enterado de... de...

—Sí.

—Esa tarde debía encontrarme con Lawrence..., Mr. Redding, en el estudio, a las seis y cuarto. Mi esposo y yo fuimos juntos al pueblo en el coche. Tenía que hacer algunas compras. Cuando nos separamos mencionó casualmente que iba a ver al vicario. No pude avisar a Lawrence y estaba algo inquieta. Encontraba desagradable reunirme con él en el estudio mientras mi esposo estaba en la vicaría. —Se sonrojó al hablar. No era agradable para ella—. Pensé que quizá mi esposo no permaneciese mucho tiempo en la vicaría. Para averiguarlo vine por el sendero. Esperaba que nadie me viese, pero, naturalmente, Miss Marple estaba en su jardín. Me habló y le dije que iba a buscar a mi esposo. Tenía que decirle algo. Ignoro si me creyó. Parecía algo... burlona.

»Cuando me separé de ella, fui directamente a la vicaría y di la vuelta a la casa, hasta la cristalera del gabinete. Me acerqué a ella despacio, esperando oír voces, pero, ante mi sorpresa, no oí nada. Miré al interior, vi que la habitación estaba vacía y me dirigí apresuradamente hacia el estudio, donde Lawrence se reunió conmigo enseguida.

—¿Dice usted que la habitación estaba vacía, Mistress Protheroe?

—Sí. Mi esposo no estaba allí.

—Es extraordinario.

—¿Quiere decir, señora, que no le vio? —preguntó el inspector con una tranquilidad admirable.

—No, no le vi.

Slack murmuró algo al jefe de policía, que asintió.

—¿Le importaría, Mistress Protheroe, indicarnos exactamente lo que hizo?

—Desde luego.

Se levantó. El inspector abrió la cristalera y Anne salió a la terraza y dio la vuelta a la casa, hacia la izquierda.

El inspector Slack me indicó por señas, imperiosamente, que me sentara en el escritorio.

No me gustó hacerlo, pero, desde luego, obedecí.

No tardé en oír pasos en el exterior, que se detuvieron durante un instante y luego retrocedieron. El inspector Slack me indicó que podía regresar al otro lado de la habitación. Mistress Protheroe volvió a entrar por la cristalera.

—¿Fue eso exactamente lo que hizo? —preguntó el coronel Melchett.

—Exactamente.

—Mistress Protheroe, ¿puede indicarme en qué lugar del despacho se encontraba el vicario cuando ha mirado? —preguntó el inspector Slack.

—¿El vicario? Pues no lo sé. No lo he visto.

El inspector Slack asintió.

—Tampoco vio usted a su esposo. Estaba sentado ante el escritorio.

—¡Oh! —Hizo una pausa mientras sus ojos se agrandaban por el horror—. ¿No fue allí donde... donde...?

—Sí, Mistress Protheroe. Estaba allí sentado.

—¡Oh! —exclamó, estremeciéndose.

El inspector prosiguió con sus preguntas.

—¿Sabía usted que Mr. Redding poseía una pistola?

—Sí. Él me lo dijo en una ocasión.

—¿La tuvo usted alguna vez en su poder?

Negó con la cabeza.

—No.

—¿Sabía usted el lugar en que la guardaba?

—No estoy segura, pero creo haberla visto en la librería de su casa. ¿No la guardabas allí, Lawrence?

—¿Cuándo estuvo usted en su casa por última vez?

—Hace unas tres semanas. Mi esposo y yo tomamos el té allí con él.

—¿No ha vuelto desde entonces?

—No. Nunca he ido sola. La gente hubiera murmurado.

—Sin duda —asintió secamente el coronel Melchett—. ¿Dónde acostumbraba a ver a Mr. Redding?

Se sonrojó.

—Él solía venir a Old Hall. Retrataba a Lettice. Nosotros... con frecuencia nos veíamos después en el bosque.

El coronel Melchett asintió.

—¿No es suficiente? —preguntó ella con voz quebrantada—. Es terrible tener que contarles todas estas cosas. Y no... no había nada de malo en ello. No, no lo había. Sólo éramos amigos. No supimos cuidarnos el uno del otro.

Miró implorante al doctor Haydock y ese hombre de buen corazón dio un paso hacia delante.

—Creo, Melchett, que ya es suficiente —observó—. Ha sufrido un gran disgusto, en más de un sentido.

El jefe de policía asintió.

—No quiero preguntarle nada más, Mistress Protheroe —dijo—. Gracias por contestar con tanta franqueza.

—Entonces... ¿puedo irme?

—¿Está su esposa en casa? —me preguntó Haydock—. Creo que Mistress Protheroe querrá verla.

—Sí —respondí—. Griselda está en casa. En la salita.

Ella y Haydock salieron juntos de la habitación, y les siguió Lawrence Redding.

Melchett frunció los labios mientras jugueteaba con un cortapapeles. Slack miraba la nota. Fue entonces cuando mencioné la teoría de Miss Marple.

Slack examinó la nota cuidadosamente.

—A fe que creo que esa señora tiene razón —comentó—. Mire, señor: estos números están escritos con tinta distinta, ¿no lo ve? Emplearon una estilográfica.

Nos sentimos muy excitados.

—Supongo que habrá buscado huellas dactilares en el papel —observó el coronel Melchett.

—Desde luego, pero no hay ninguna. Las huellas de la pistola corresponden a Mr. Lawrence Redding. Quizá antes hubo otras, pero no pueden ser observadas.

—Al principio el caso se presentaba muy feo para Mistress Protheroe —dijo el coronel pensativo—. Mucho más que para el joven Redding. Existía la declaración de Miss Marple de que no llevaba la pistola encima, pero esas solteronas se equivocan a menudo.

Permanecí en silencio, aunque no estaba de acuerdo con él. Estaba seguro de que Mistress Protheroe no llevaba pistola alguna, ya que lo había afirmado así Miss Marple. Y Miss Marple no es de las señoras de edad que cometen errores. Cuando dice algo, siempre se demuestra que tiene razón.

—Lo que más me extraña es que nadie oyera el disparo. Si se hizo entonces, alguien tuvo que oírlo, aunque pareciera que provenía de otro sitio. Será mejor que interrogue usted a la cocinera, inspector Slack.

El inspector se dirigió rápidamente hacia la puerta.

—No le pregunte si oyó un tiro en la casa, pues ella lo

negará —dije—. Háblele de un disparo en el bosque. Ésa es la única clase de disparos que ella admitirá haber oído.

—Sé cómo manejar a esa clase de personas —repuso el inspector, saliendo del gabinete.

—Miss Marple dice que oyó un tiro más tarde —musitó el coronel Melchett, concentrado—. Hemos de procurar que precise la hora. Naturalmente, puede tratarse de alguien que nada tenga que ver con el caso.

—Sí, naturalmente —dije.

El coronel dio unos pasos por el gabinete.

—Tengo la impresión, Clement —dijo—, de que este caso será más difícil de resolver de lo que parece. Hay algo que no alcanzamos a ver. —Resopló—. Algo que ni siquiera sabemos lo que es. Estamos sólo al principio, Clement. Todas estas cosas, el reloj, la nota, la pistola, son desconcertantes.

Meneé la cabeza, pues ciertamente lo eran.

—Pero llegaré al fondo del asunto. No quiero pedir ayuda a Scotland Yard. Slack es un hombre inteligente. De algún modo averiguará la verdad, y ésta será su obra maestra. Ha resuelto algunos casos muy complicados y también desvelará éste. No necesitamos a Scotland Yard. Nosotros nos bastamos.

—Estoy seguro de que así es —repuse.

Traté de hablar con entusiasmo, pero el inspector Slack se había granjeado mi antipatía de tal modo que el simple pensamiento de que pudiera resolver el caso me disgustaba. Un Slack victorioso sería más insoportable aún.

—¿Quién vive en la casa de al lado? —preguntó de repente el coronel.

—¿Quiere decir en el extremo de la calle? Miss Price Ridley.

—La visitaremos después de que Slack haya interrogado a la cocinera. Quizá haya oído algo. Supongo que no será sorda, ¿verdad?

—Creo que su oído es notablemente fino. Mi suposición tiene por fundamento las muchas murmuraciones a que ha dado lugar diciendo: «Por casualidad he oído decir...».

—Ésa es la clase de mujer que nos conviene. Aquí está Slack.

El inspector parecía deshecho.

—¡Vamos! —dijo—. Tiene usted un sargento de coraceros por cocinera, señor.

—Mary es mujer de carácter enérgico —repuse.

—No le gusta la policía —añadió—. La he amenazado y he hecho cuanto he podido por asustarla, pero no se ha dado por vencida.

—Es su carácter —observé, sintiendo un mayor aprecio por Mary.

—Por lo menos he podido averiguar que oyó un disparo, sólo uno, mucho después de la llegada del coronel Protheroe. Finalmente hemos podido concretar bastante la hora basándonos en el pescado. El muchacho que lo trae llegó tarde y ella le calentó las orejas, pero él alegó que sólo acababan de dar las seis y media. Eso fue inmediatamente después de haber oído el disparo. Desde luego no sabemos la hora exacta, pero tenemos una idea muy aproximada.

—¡Ajá! —exclamó Melchett.

—No creo que Mistress Protheroe lo hiciera —prosiguió Slack con un deje de tristeza en la voz—. No hubiera tenido tiempo, y, además, las mujeres no suelen ser aficionadas a las armas de fuego: les gusta el arsénico. No, no creo que lo hiciera. ¡Es una pena!

Suspiró.

Melchett dijo que iba a visitar a Miss Price Ridley, y Slack lo aprobó.

—¿Puedo acompañarlos? —pregunté—. Me siento muy interesado.

Se me concedió permiso y salimos juntos.

Al llegar a la verja, Dennis se acercó corriendo desde la calle para unirse a nosotros.

—¡Hola! —saludó con voz enérgica—. ¿Ha logrado averiguar algo sobre aquellas huellas de las que le hablé? —inquirió al inspector.

—Eran del jardinero —repuso Slack lacónicamente.

—¿No cree que podría haberlas hecho otra persona que se hubiera puesto las botas del jardinero?

—No —repuso Slack con sequedad.

Dennis es un muchacho muy decidido, que no ceja fácilmente en sus propósitos. A continuación sacó un par de fósforos quemados que alargó al inspector.

—Los he encontrado junto a la verja de la vicaría.

—Gracias —repuso Slack, guardándolos en el bolsillo.

La conversación pareció llegar a un punto muerto.

—¿Va a detener a tío Len? —preguntó jocosamente.

—¿Por qué habría de hacerlo? —replicó Slack.

—Hay muchas cosas contra él —declaró Dennis—. Pregúnteselo a Mary. El día antes del asesinato deseaba que el coronel Protheroe desapareciera de este mundo, ¿verdad, tío Len?

—Yo... —empecé a decir.

El inspector Slack me miró sospechosamente y enrojecí hasta la raíz de los cabellos. Dennis tiene a veces bromas muy pesadas. Debería darse cuenta de que los policías por regla general carecen de sentido del humor.

—No seas absurdo, Dennis —dije con voz irritada.

El inocente muchacho me miró con ojos sorprendidos.

—Es sólo una broma —dijo—. El tío Len se limitó a decir que quienquiera que asesinara al coronel Protheroe prestaría un buen servicio a la humanidad.

—¡Ah! —exclamó Slack—. Eso aclara algo lo que dijo la cocinera.

Tampoco los criados suelen tener sentido del humor. Maldije íntimamente a Dennis por haber hablado de ello.

Esas palabras y el asunto del reloj me harían sospechoso para toda la vida a los ojos de Slack.

—Vamos, Clement —dijo el coronel Melchett.

—¿Adónde van? ¿Puedo sumarme? —preguntó Dennis.

—No, no puedes —repuse.

Le dejamos mientras nos miraba con aire resentido. Anduvimos hasta la puerta de la casa de Miss Price Ridley y el inspector llamó de una forma que sólo puede ser descrita como oficial.

Una bonita doncella abrió la puerta.

—¿Está en casa Miss Price Ridley? —preguntó el coronel Melchett.

—No, señor —repuso ella—. Acaba de salir hacia la comisaría de policía.

Esto era algo completamente inesperado. Al volver sobre nuestros pasos, Melchett me agarró del brazo.

—Si ha ido a confesar que fue ella quien mató a Protheroe, creo que voy a enloquecer.

Capítulo 13

No me pareció posible que Miss Price Ridley fuera a hacer algo tan dramático, pero me pregunté qué la habría llevado a la comisaría. ¿Acaso tenía, o creía tener, algo importante que comunicar? Pronto lo sabríamos.

Encontramos a Miss Price Ridley hablando rápidamente a un asombrado agente. El lazo de su sombrero, que temblaba de modo ostensible, me indicó que estaba extremadamente indignada. Miss Price Ridley usa sombreros del tipo que creo se conoce como «para matronas», especialidad de la población vecina de Much Benham. Se colocan sobre una superestructura de cabello y están adornados con grandes lazos. Griselda me amenazaba continuamente con adquirir uno para ella.

Cuando entramos, Miss Price Ridley detuvo por un momento su chorro de palabras.

—¿Miss Price Ridley? —preguntó el coronel Melchett, saludando con el sombrero.

—Permítame presentarle al coronel Melchett, Miss Price Ridley —dije—. El coronel es nuestro jefe de policía.

Ella me miró fríamente y dirigió una mueca parecida a una sonrisa al coronel.

—Acabamos de ir a su casa, señora —explicó el coronel—, y nos hemos enterado de que se encontraba usted aquí.

—¡Ah! —exclamó—. Me alegro de que se dé importancia al asunto. Es una verdadera ignominia.

No hay duda alguna de que el crimen siempre es ignominioso, pero yo no emplearía esa palabra para describirlo. También Melchett se sorprendió al oírla.

—¿Puede usted arrojar alguna luz sobre el caso? —preguntó.

—Ése es asunto suyo, de la policía. ¿Para qué pagamos impuestos, sino?

Me pregunto cuántas veces se pronuncian estas palabras durante el año.

—Estamos haciendo cuanto podemos, señora —repuso el jefe de policía.

—¡Pero ese agente no sabía una palabra de esto hasta que yo se lo he dicho! —exclamó.

Nos volvimos a mirar al policía.

—Alguien llamó a la señora por teléfono —explicó—. Creo que ha sido insultada.

—¡Oh, ya comprendo! —dijo el coronel—. Estábamos hablando de cosas distintas. ¿Viene usted a presentar una denuncia?

Melchett es un hombre inteligente. Sabe que cuando se trata de una airada señora de mediana edad sólo puede hacerse una cosa: dejarla hablar. Cuando haya acabado con lo que tiene que decir, entonces podrá ser interrogada.

Miss Price Ridley empezó a hablar.

—Tales ignominias deberían ser evitadas, no tendrían que ocurrir. ¡Que la llamen a una a su propia casa para insultarla! ¡Sí, insultarla! No estoy acostumbrada a tales cosas. Desde que terminó la guerra, la moral de la gente deja mucho que desear. ¡Hablan de una manera y llevan unos vestidos...!

—Tiene usted razón —afirmó el coronel Melchett con impaciencia—. Explíqueme lo sucedido.

—Alguien me llamó por teléfono...

—¿Cuándo?

—Ayer, al anochecer. Serían las seis y media. Descolgué

el auricular sin sospechar nada y oí un chorro de insultos y amenazas.

—¿Qué fue exactamente lo que le dijeron?

Miss Price Ridley se sonrojó.

—No puedo repetirlo.

—Palabras obscenas —murmuró el agente por lo bajo.

—¿Le dijeron palabras obscenas? —preguntó el coronel.

—Depende de lo que usted llame obsceno.

—¿Pudo comprender lo que se le dijo?

—Claro que sí.

—Entonces no fueron palabras obscenas —dije.

Miss Price Ridley me miró desconfiada.

—Una dama refinada —expliqué— no conoce esa clase de palabras.

—No era eso —observó ella—. Debo admitir que al principio me sentí muy sorprendida. Creí que se trataba de un mensaje verdadero. Entonces, la... la persona que hablaba empleó palabras insultantes.

—¿Insultantes?

—Muy insultantes. Me sentí muy alarmada.

—¿La amenazaron?

—Sí, y no estoy acostumbrada a ello.

—¿Con qué la amenazaron? ¿Con daño físico?

—No exactamente.

—Temo que tendrá que ser más explícita, Miss Price Ridley. ¿Cómo la amenazaron?

Miss Price Ridley parecía singularmente remisa a contestar.

—No puedo recordarlo con exactitud. Estaba muy agitada. Pero al fin, cuando yo ya estaba terriblemente trastornada, esa... esa misma persona se rio, y de buena gana al parecer...

—¿Era una voz de hombre o de mujer?

—Era una voz degenerada —afirmó Miss Price Ridley dignamente—. Sólo puedo describirla diciendo que se trataba de una voz pervertida. No era ni gruesa, ni fina..., era en verdad muy extraña.

—Debe de haber sido una broma de mal gusto —observó el coronel.

—Pues fue algo terrible. Pudo haberme dado un ataque al corazón.

—Nos ocuparemos de ello —dijo Melchett—. Averigüe el origen de la llamada, inspector. ¿No puede explicarme con mayor detalle lo que le dijeron, Miss Price Ridley?

Una enconada lucha tenía lugar en los sentimientos de ella. La reticencia se oponía a la venganza, pero fue esta última la que triunfó.

—Supongo que lo que diga no saldrá de aquí —observó.

—Por supuesto.

—Esa persona empezó diciendo... Me es difícil repetirlo con palabras.

—Sí, sí —la animó Melchett.

—«Es usted una vieja chismosa.» ¡Yo, una vieja chismosa, coronel Melchett! «Pero esta vez ha ido demasiado lejos. Scotland Yard la persigue por calumnia.»

—Usted se sintió, naturalmente, muy alarmada —dijo Melchett, mordiéndose el bigote para no reír.

—«A menos que contenga la lengua en el futuro, algo malo le ocurrirá.» No puedo describir el tono amenazante con que eso último fue pronunciado. «¿Quién es usted?», pregunté deliberadamente, y la voz contestó: «El vengador». Di un grito de espanto y entonces aquella persona se rio. ¡Se rio! Lo oí claramente. Y colgó el aparato. Desde luego, pregunté a la central qué número me había llamado, pero dijeron que lo ignoraban. Ya sabe usted cómo son las telefonistas: groseras y antipáticas.

—Sí —convine.

—Creí que me desmayaba —prosiguió Miss Price Ridley—. Entonces oí un disparo en el bosque que casi me sacó de mis casillas.

—¿Un disparo en el bosque? —preguntó Slack.

—En el estado de excitación en que me encontraba, me pareció más un cañonazo. «¡Oh!», exclamé, y caí postrada en un sofá. Clara tuvo que traerme una copa de ginebra.

—Desagradable —dijo Melchett—. Muy desagradable, y terrible para usted. ¿Le pareció muy fuerte el disparo, como si hubiese sido hecho muy cerca?

—Esa impresión fue debida a mi estado nervioso.

—Desde luego, desde luego. ¿A qué hora sucedió todo eso? Es para ayudarnos a averiguar el sitio desde donde la llamaron, ¿comprende?

—Alrededor de las seis y media.

—¿No puede ser más exacta?

—El reloj de la repisa acababa de dar la media y pensé que adelantaba algo. En realidad, adelanta. Consulté la hora en mi reloj de pulsera, me señalaba las seis y diez. Lo llevé al oído y observé que estaba parado. Entonces me dije que, si el reloj adelantaba, no tardaría en oír las campanadas de la iglesia. Después sonó el timbre del teléfono y me olvidé de todo.

Hizo una pausa para recobrar el aliento.

—Es una hora bastante aproximada —dijo el coronel Melchett—. Haremos averiguaciones, señora.

—Considérelo una broma pesada y no se preocupe por ello —aconsejé.

Me miró con frialdad. Estaba claro que el incidente del billete de una libra no había sido olvidado.

—En este pueblo han estado sucediendo cosas muy raras en los últimos tiempos —dijo, dirigiéndose al coronel Melchett—. Muy extrañas, por cierto. El coronel Protheroe se disponía a investigarlas y le mataron. Quizá yo sea la próxima víctima.

Saludó melancólicamente con una inclinación de cabeza y salió.

—No tendremos esa suerte —murmuró Melchett.

El coronel se volvió hacia el inspector Slack y le miró interrogante. Éste asintió despacio.

—Tres personas oyeron el disparo, señor. Ahora debemos averiguar quién lo hizo. Mr. Redding nos ha hecho perder tiempo con su confesión, pero tenemos varios puntos de partida. No los examiné antes, pues le creía culpable. Pero ahora todo es distinto. Una de las primeras cosas que debemos averiguar es el origen de la llamada.

—¿La de Miss Price Ridley?

El inspector sonrió.

—No, aunque supongo que algo debemos hacer en cuanto a ella, pues de lo contrario esa señora volverá a molestarnos. Me refiero a la que hizo que el vicario estuviera ausente cuando llegó el coronel a su casa.

—Sí —añadió Melchett—. Es importante.

—Y, después, saber lo que estaban haciendo todos aquel día, entre las seis y las siete de la tarde. Todo el mundo en Old Hall, desde luego, y casi todos en el pueblo.

Suspiré.

—Tiene usted una maravillosa energía, inspector Slack.

—Las cosas han de hacerse bien. Empezaremos tomando nota de sus movimientos, Mr. Clement.

—Naturalmente. La llamada fue hecha alrededor de las cinco y media.

—¿Era una voz de hombre o de mujer?

—De mujer. Por lo menos, así me lo pareció. Desde luego, di por sentado que se trataba, probablemente, de Miss Abbott.

—¿Puede usted asegurar que era la voz de Miss Abbott?

—No, no puedo. No presté mucha atención.

—¿Salió usted enseguida? ¿Fue a pie? ¿Tiene bicicleta para esos casos?

—No.

—¿Cuánto tardó en llegar?

—Hay que recorrer unos tres kilómetros, vaya por donde vaya.

—¿Está más cerca cruzando por los bosques de Old Hall?

—Sí, pero el camino no es muy bueno. Fui por el sendero que cruza los campos.

—¿El que sale junto a la verja de la vicaría?

—Sí.

—¿Y Miss Clement?

—Mi esposa se encontraba en Londres y regresó en el tren de las seis y cincuenta.

—Bien. Ya he hablado con la cocinera y hemos terminado con la vicaría. Primero iré a Old Hall y después quiero hablar con Miss Lestrange. Es curioso que fuera a visitar a Protheroe la noche anterior a su asesinato. Hay muchos detalles extraños en este caso.

Asentí.

Miré el reloj y observé que era casi hora de comer. Invité a Melchett a hacerlo con nosotros, pero se excusó diciendo que tenía que ir al Blue Boar. En el Blue Boar sirven una magnífica comida. Pensé que su elección era buena. Después de su entrevista con la policía, seguramente Mary se sentiría más temperamental que de costumbre.

Capítulo 14

Al dirigirme a casa me encontré con Miss Hartnell, que me entretuvo unos diez minutos quejándose con su voz profunda de la ingratitud de las clases inferiores. Parece ser que los pobres no querían a Miss Hartnell en sus casas. Y mis simpatías estaban completamente de parte de ellos. Mi posición social me impide expresar mis sentimientos con la misma franqueza que ellos.

La calmé lo mejor que pude y me dirigí apresuradamente a la vicaría.

Haydock me alcanzó en su coche en la esquina.

—Acabo de llevar a Mistress Protheroe a su casa —dijo al pasar.

Me esperó frente a su casa.

—Entre un momento —me invitó.

Accedí.

—Es un asunto extraordinario —observó mientras arrojaba el sombrero sobre una silla y abría la puerta del consultorio.

Se dejó caer en un derrengado sillón de cuero. Parecía preocupado.

Le informé de que habíamos podido fijar la hora del disparo. Me escuchaba con aire abstraído.

—Eso deja libre de sospechas a Anne Protheroe —exclamó—. Me alegro de que no se trate de ninguno de los dos. Me son simpáticos.

Creí sus palabras, pero no pude menos que preguntarme por qué si, como decía, sentía simpatía por ellos, el hecho de que estuvieran libres de sospechas parecía sumirle en un estado de abatimiento. Por la mañana había tenido el aspecto de un hombre a quien le hubieran quitado un peso de encima, pero en aquel momento me pareció preocupado.

Sin embargo, estaba convencido de la veracidad de sus palabras. Sentía realmente simpatía por Anne Protheroe y Lawrence Redding. ¿Por qué, pues, aquella melancolía?

—Quiero hablarle de Hawes —dijo haciendo un esfuerzo—. Todos estos sucesos le han medio enloquecido.

—¿Está de verdad enfermo?

—No hay un mal radical en él. Desde luego, supongo que sabe usted que ha padecido encefalitis letárgica, la enfermedad del sueño, como comúnmente se le llama.

—No —repuse con gran sorpresa—, no sabía nada. Él nunca lo ha mencionado. ¿Cuándo ha tenido esa enfermedad?

—Hace cosa de un año. Se repuso; es decir, en el grado en que algunos de los que la sufren logran reponerse. Es una extraña enfermedad con un raro efecto moral. El carácter del enfermo puede cambiar por completo.

Permaneció en silencio durante un momento.

—Nos entristecemos cuando pensamos en los tiempos en que quemábamos a las brujas en la hoguera. Creo que llegará el día en que la humanidad se horrorizará al pensar que ahorcamos a los criminales —prosiguió.

—¿No es usted partidario de la pena de muerte?

—No es eso exactamente —repuso, e hizo una pausa. Luego habló con lentitud—: Prefiero mi trabajo al suyo.

—¿Por qué?

—Porque el suyo trata extensamente acerca de lo que llamamos bien y mal, y no estoy muy seguro de que tales cosas existan. Suponga que todo ello no sea sino una cuestión de secreción glandular. Una glándula demasiado grande y otra demasiado pequeña, y quizá este simple hecho produzca al asesino, al ladrón, al criminal empedernido. Clement, creo que llegará el tiempo en que nos horrorizaremos al pensar en los siglos que hemos dedicado a lo que acaso pueda llamarse «reprobación moral» y que hemos matado a gente que sufre enfermedades contra las que nada puede hacer. No se ahorca a un hombre por el solo hecho de padecer tuberculosis.

—No es peligroso para la sociedad.

—En cierto sentido, sí: contagia a otra gente. Tome al desgraciado que se cree emperador de China. No se le considera malo por este sencillo hecho. Sé a lo que se refiere cuando habla de la sociedad; debe ser protegida. Encierre a esa gente donde no puedan causar daño alguno, elimínelos de forma misericordiosa, yo llegaría hasta ahí, pero no llame castigo a eso. No haga caer la vergüenza sobre esos desgraciados y sus familias.

Le miré con curiosidad.

—Nunca le había oído hablar así.

—No acostumbro a exponer mis teorías. Hoy hago una excepción. Usted es una persona inteligente, Clement. No todos los clérigos lo son. No admitirá, me parece, que no existe aquello que técnicamente es conocido como «pecado», a pesar de lo cual está dispuesto a considerar la posibilidad de tal cosa.

—Va contra la misma raíz de nuestras ideas —repuse.

—Sí. Formamos parte de una humanidad de mente estrecha y que cree ser buena, ansiosa de juzgar aquellas cosas acerca de las cuales nada sabe. Yo creo sinceramente que el crimen es un asunto que debe ser tratado por el médico, y no por el policía o el sacerdote. Quizá en el futuro ya no exista.

—¿Lo habrán curado ustedes?

—Sí. Es un pensamiento magnífico. ¿Ha estudiado alguna vez las estadísticas del crimen? Muy poca gente lo ha hecho. Se sorprendería al ver lo importante que es la delincuencia juvenil. Ahí tenemos otra vez las glándulas. El joven Neil, el asesino de Oxfordshire, mató a cinco niñas antes de que se sospechara de él. Era un muchacho simpático, que nunca se había metido en lío alguno. Lily Rose, la muchacha de Cornualles, mató a su tío porque le compraba demasiados caramelos. Lo asesinó con un martillo cuando dormía. Regresó a su casa y quince días más tarde mató a su hermana mayor, que la molestó por una tontería. Ninguno de los dos fue ahorcado, desde luego, se les envió a un manicomio. Quizá más adelante se curen, o quizá no. Dudo que la muchacha sane. Lo único que le importa es ver matar cerdos. ¿Sabe usted a qué edad es más corriente el suicidio? Entre los quince y los dieciséis años. Hay muy poca distancia entre el autoasesinato y el asesinato de los demás. No es debido a un defecto moral, sino físico.

—¡Es terrible!

—No, sólo es nuevo para usted. Debemos enfrentarnos con las nuevas verdades que se descubren. Hemos de reajustar nuestras ideas, lo que algunas veces hace la vida difícil.

Permaneció sentado, con el ceño fruncido, sin que le abandonara aquella actitud pesarosa.

—Si usted sospechara, si usted supiera, Haydock —exclamé—, que alguien es culpable de asesinato, ¿entregaría a esa persona a las autoridades o se sentiría tentado a protegerla?

No estaba preparado para el efecto que había de causarle mi pregunta. Haydock se volvió hacia mí, irritado.

—¿Qué le hace preguntar eso, Clement? ¿Qué idea se le ha ocurrido? Hable claro, hombre.

—¡Oh, nada en particular! —repuse bastante sorprendido—. Sólo que el recuerdo del asesinato no nos abandona. Únicamente me preguntaba cuál sería su reacción si por un azar llegara a descubrir la verdad.

Su irritación se aplacó.

—Si sospechara..., si supiera..., cumpliría con mi deber, Clement. Por lo menos, confío en que lo haría.

—La cuestión estriba en qué lado cree usted que se encuentra su deber.

Me miró con ojos inescrutables.

—Creo que todo el mundo, en algún momento de su vida, se hace esa misma pregunta, Clement. Y cada hombre debe contestarla por sí mismo.

—¿No lo sabe usted?

—No, no lo sé.

Pensé que lo mejor sería cambiar de tema.

—Mi sobrino se está divirtiendo mucho con este caso —dije—. Se pasa los días buscando huellas.

Haydock sonrió.

—¿Qué edad tiene?

—Dieciséis años. A esa edad no se les concede importancia a las tragedias. Para ellos todo se reduce a Sherlock Holmes y Arsenio Lupin.

—Es un muchacho magnífico —dijo Haydock pensativamente—. ¿Qué piensa hacer con él?

—No puedo permitirme mandarle a la universidad. Él quiere ingresar en la marina mercante. No pasó los exámenes de ingreso para la Armada.

—Es una vida realmente dura, pero hay otras peores y se soportan.

—Debo irme —dije al ver la hora en el reloj—. Hace media hora que está la comida lista.

Mi familia se estaba sentando a la mesa cuando llegué. Me pidieron cuenta detallada de las actividades de la mañana. Satisfice su curiosidad, sintiendo, al hacerlo, que la mayor parte de lo sucedido creaba un anticlímax.

Sin embargo, Dennis se divirtió mucho con el relato de la llamada telefónica de Miss Price Ridley y estalló en fuertes carcajadas cuando mencioné el ataque de nervios que había sufrido y la necesidad de reconfortarse con una copa de ginebra.

—Le está muy bien empleado —exclamó—. Tiene la

lengua más mordaz del pueblo. Ojalá se me hubiera ocurrido a mí llamarla y asustarla. ¿Y si le diéramos una segunda dosis, tío Len?

Le rogué que se abstuviera de hacerlo. Nada hay más peligroso que los bien intencionados esfuerzos de la generación más joven, encaminados a ayudarle a uno y a demostrar su simpatía.

El humor de Dennis cambió de repente. Frunció el ceño y adoptó un aire de hombre de mundo.

—He pasado con Lettice la mayor parte de la mañana —dijo—. Está verdaderamente muy preocupada. No quiere dejar que se trasluzca, pero lo está.

—Es natural —observó Griselda con un movimiento de cabeza—: mi esposa no siente mucha simpatía por Lettice.

—No creo que seas muy justa con Lettice.

—¿No?

—Mucha gente no lleva luto.

Griselda y yo permanecimos en silencio.

—No habla mucho con la gente —prosiguió Dennis—, pero sí conmigo. Está muy preocupada por lo sucedido y cree que tendría que hacerse algo.

—No le costará trabajo averiguar que el inspector Slack comparte su opinión —dije—. Esta tarde irá a Old Hall y probablemente amargará la vida a todos los de la casa con sus esfuerzos por descubrir la verdad.

—¿Cuál crees tú que es la verdad, Len? —preguntó mi esposa.

—Es difícil decirlo, querida. En este momento no tengo ninguna idea acerca de ello.

—¿No dijiste que el inspector iba a averiguar la procedencia de la llamada que te hizo ir a casa de los Abbott?

—Sí.

—¿Crees que podrá hacerlo? ¿No es algo muy difícil?

—Creo que no. En la central deben de tener una lista de las llamadas.

—¡Oh! —exclamó mi esposa, sumiéndose en sus pensamientos.

—¿Por qué se ha enfadado conmigo esta mañana, tío Len —preguntó Dennis—, cuando he bromeado diciendo que usted deseaba la muerte del coronel Protheroe?

—Porque hay un momento para cada cosa —repuse—. El inspector Slack carece del sentido del humor. Tomó tus palabras muy en serio y probablemente volverá a interrogar a Mary y obtendrá una orden de detención contra mí.

—¿No sabe reconocer cuando alguien habla en broma?

—No —repuse—. No lo sabe. Ha alcanzado su posición actual trabajando duro y dedicando una celosa atención a su deber. Eso no le ha dejado tiempo para los pequeños goces de la vida.

—¿Le es simpático, tío Len?

—No, no me es simpático. Desde el primer momento me desagradó. Pero no tengo la menor duda de que es un hombre de gran éxito en su profesión.

—¿Cree que averiguará quién mató a Protheroe?

—Si no lo logra, no será porque no lo intente.

En aquel momento apareció Mary.

—Mr. Hawes quiere verle —dijo—. Le he hecho pasar al salón. Han traído esta nota —prosiguió, alargándome un sobre—. Esperan contestación. Puede ser verbal.

Rasgué el sobre y leí su contenido.

Querido Mr. Clement:

Le agradeceré venga a verme esta tarde, lo antes posible.

Necesito sus consejos.

Le saluda atentamente,

ESTELLE LESTRANGE

—Diga que iré dentro de una media hora —informé a Mary.

Entonces fui al salón para recibir a Hawes.

Capítulo 15

El aspecto de Hawes me apenó. Le temblaban las manos y la cara se le contraía en movimientos nerviosos. En mi opinión debería haberse quedado en cama, y así se lo dije, pero él insistió en que se encontraba perfectamente.

—Le aseguro, señor, que jamás me he sentido tan bien como ahora.

Tales palabras distaban tanto de la verdad que no supe qué contestarle. Admiro a las personas que no se dejan acoquinar por la enfermedad, pero Hawes llevaba la cosa demasiado lejos.

—He venido para decirle cuánto siento que el crimen haya ocurrido en la vicaría.

—Gracias —repuse—. No es nada agradable.

—Es terrible, terrible. Parece que, después de todo, no han detenido a Mr. Redding.

—No. Fue un error. Él hizo una... ejem... bastante tonta declaración.

—¿La policía está convencida ahora de su inocencia?

—Completamente.

—¿Por qué, si puedo preguntárselo? Es decir, ¿sospecha de alguien?

Jamás hubiera imaginado que Hawes se tomara tanto interés en los detalles de un caso de asesinato. Quizá fuera debido a que tuvo lugar en la vicaría. Parecía tan ansioso como un periodista.

—No lo sé. El inspector Slack es bastante reservado conmigo. No creo que sospeche de nadie en particular.

—Sí, sí..., desde luego. ¿Quién habrá sido capaz de hacer algo tan horrible?

Meneé la cabeza.

—El coronel Protheroe no gozaba de las simpatía de la gente, es cierto. ¡Pero asesinarle! Para esto se necesita un motivo muy grande...

—Eso supongo —dije.

—¿Quién podía tenerlo? ¿Tiene la policía alguna idea?

—Lo ignoro.

—Quizá tenía enemigos. Cuanto más pienso en ello, más me afirmo en la idea de que era de la clase de hombres que tienen enemigos. Se decía que era muy severo en el tribunal.

—Supongo que cumplía con su deber.

—¿No recuerda usted, señor, que ayer por la mañana le dijo que había sido amenazado por ese hombre, Archer?

—Tiene usted razón —dije—. Claro que lo recuerdo. Se encontraba usted muy cerca de nosotros en aquel momento.

—Sí. No pude evitar oír lo que decía. Siempre hablaba en voz muy alta. Recuerdo que las palabras que usted le dirigió, diciéndole que cuando llegase su hora quizá fuera medido con la vara de la justicia en lugar de la de la piedad, me impresionaron profundamente.

—¿Dije esto? —pregunté, arrugando el entrecejo. Mi recuerdo era algo distinto.

—Lo dijo usted de forma impresionante, señor. Sus palabras me asombraron. La justicia es algo terrible. ¡Y pensar que el pobre hombre fue asesinado sólo pocas horas después! Parece que hubiera tenido usted una premonición de lo que iba a suceder.

—No tuve tal cosa —respondí secamente.

Me disgustaba la tendencia de Hawes al misticismo y su toque de mesianismo.

—¿Ha hablado usted a la policía acerca de ese Archer, señor?

—No sé nada de él.

—Quiero decir si les ha contado lo que el coronel Protheroe le dijo acerca de haberle amenazado.

—No —repuse con lentitud—. No lo he hecho.

—¿Piensa usted decírselo?

Permanecí en silencio. No me gusta acorralar a quien tiene ya en su contra todas las fuerzas de la ley y el orden. No podía sospechar de Archer. Es un inveterado cazador furtivo, un hombre alegre y gandul, como hay tantos en tantas partes. No creía que pensara de verdad en lo que pudo haber dicho cuando le condenaron, y menos que lo llevara a cabo al salir de la cárcel.

—Usted oyó la conversación —dije al final—. Si cree que su deber es decírselo a la policía, hágalo.

—Sería mejor que lo hiciera usted, señor.

—Quizá, pero, a decir verdad, no tengo la menor intención de hacerlo. Probablemente no haría otra cosa que ayudar a poner la soga al cuello de un hombre inocente.

—Pero si mató al coronel Protheroe...

—No hay prueba alguna de que lo hiciera.

—Sus amenazas...

—Estrictamente hablando, las amenazas no eran suyas, sino del coronel Protheroe. Éste estaba amenazando con mostrar a Archer cuán fuerte podía ser la venganza la próxima vez que le sorprendiera cazando de forma furtiva.

—No comprendo su actitud, señor.

—¿No la comprende? —pregunte con tristeza—. Es usted un hombre joven y celoso de la justicia y el derecho. Cuando tenga mi edad, le gustará conceder a la gente el beneficio de la duda.

—No es... Quiero decir...

Hizo una pausa y le miré sorprendido.

—¿Tiene usted acaso alguna idea acerca de la identidad del asesino?

—¡Cielo santo, no!

Hawes persistió.

—¿Y en cuanto al motivo?

—Tampoco. ¿Y usted?

—¿Yo? No, desde luego. Sólo me lo preguntaba. Si el coronel Protheroe hubiera confiado en usted, si le hubiera hablado íntimamente de algo...

—Sus confidencias fueron oídas ayer por todo el pueblo —repuse secamente.

—Sí, sí, desde luego. ¿Y no duda usted de Archer?

—La policía se enterará de lo que Protheroe dijo acerca de él, no le quepa la menor duda —dije—. Si yo le hubiera oído por mí mismo amenazar a Protheroe el caso sería distinto. Si en realidad le amenazó, puede usted tener la seguridad de que medio pueblo le oyó hacerlo, y la policía lo sabrá tarde o temprano. Por supuesto, es usted libre de obrar como le plazca.

Sin embargo, curiosamente, Hawes parecía no estar dispuesto a hacer nada por sí mismo.

La actitud de aquel hombre era extraña y nerviosa. Recordé lo que Haydock me había dicho acerca de su enfermedad. Supuse que ello explicaba su extraño comportamiento.

Se despidió con desgana, como si tuviera algo más que decir y no supiera cómo hacerlo.

Antes de que se marchara quedé de acuerdo con él para encargarme del servicio religioso para la Unión de Madres, seguido de una reunión con los visitantes del distrito. Tenía varios proyectos para aquella tarde.

Borrando a Hawes y sus preocupaciones de mi mente, me dirigí a casa de Miss Lestrange.

En la mesa del vestíbulo estaban el *Guardian* y el *Church Times*, intactos.

Al caminar, recordé que Miss Lestrange se había entrevistado con el coronel Protheroe la víspera de su muerte.

Una doncella me introdujo en el salón y Miss Lestrange se levantó para recibirme. Fui nuevamente sorprendido por la maravillosa atmósfera que aquella mujer era capaz de crear. Llevaba un vestido negro que hacía resaltar la blancura de su cutis. Había algo extrañamente muerto en su cara y sólo los ojos estaban llenos de vida. Su mirada era vigilante, pero no mostraba signos de animación.

—Le agradezco mucho que haya venido, Mr. Clement —dijo al estrecharme la mano—. El otro día quise hablarle pero finalmente decidí no hacerlo. Me equivoqué.

—Como le dije entonces, me alegra poder serle de utilidad.

—Sí lo dijo, y creo que hablaba con sinceridad. Hay muy poca gente en este mundo que haya deseado ayudarme de verdad.

—Se me hace difícil creerlo, Miss Lestrange.

—Sin embargo, así es. La mayor parte de la gente, especialmente los hombres, siempre procuran obtener algo. —Había amargura en su voz.

No contesté y ella prosiguió:

—¿No quiere usted sentarse?

Tomé asiento en una silla frente a ella. Vaciló un instante y después empezó a hablar lentamente. Parecía pensar cada palabra antes de pronunciarla.

—Me encuentro en una posición muy extraña, Mr. Clement, y quiero pedirle consejo. Es decir, quiero que me aconseje sobre lo que debo hacer. Lo pasado pasado está y no puede deshacerse. ¿Me comprende?

Antes de que pudiera contestar, la doncella abrió la puerta y habló con cara asustada.

—Perdone, señora, pero ha venido un inspector de policía que quiere hablar con usted.

Se produjo una pausa. La cara de Miss Lestrange no

cambió de expresión. Sólo sus ojos se cerraron muy despacio y volvieron a abrirse. Pareció tragar una o dos veces y después habló con voz absolutamente clara.

—Hazle pasar, Hilda —dijo.

Intenté levantarme, pero ella me indicó con un gesto firme de la mano que permaneciese sentado.

—Le agradecería que no se fuera.

Volví a tomar asiento.

—Desde luego, si así lo desea —murmuré cuando Slack entraba en la sala.

—Buenas tardes, señora —saludó.

—Buenas tardes, inspector.

Slack me vio y frunció el ceño. No me cabe la menor duda de que no soy santo de su devoción.

—Espero que no tendrá objeción alguna a la presencia del vicario.

—No —dijo Slack a regañadientes—. Aunque quizá fuera mejor...

Miss Lestrange no le prestó atención alguna.

—¿En qué puedo servirle, inspector? —preguntó.

—Es sobre el asesinato del coronel Protheroe, señora. Estoy encargado de llevar a cabo las investigaciones.

Miss Lestrange asintió.

—Por rutina, pregunto a todo el mundo dónde se encontraba ayer entre las seis y las siete de la tarde. Es solamente un formulismo.

Miss Lestrange no dio señal alguna de agitación.

—¿Quiere usted saber dónde estaba yo ayer, entre las seis y las siete de la tarde?

—Sí, señora.

—Vamos a ver —reflexionó un momento—. Estaba aquí en casa.

—¡Oh! —exclamó el inspector—. Supongo que su doncella podrá confirmar sus palabras.

—No. Hilda tenía el día libre.

—Comprendo.

—Por tanto, tendrá usted que creer en mis palabras —dijo Miss Lestrange con voz agradable.

—¿Declara usted firmemente que permaneció en casa toda la tarde?

—Ha dicho usted entre las seis y las siete, inspector. Salí a dar un paseo bastante temprano y regresé algo antes de las cinco.

—Entonces, si una señora, Miss Hartnell por ejemplo, afirma que vino alrededor de las seis de la tarde y pulsó el timbre pero nadie le contestó, por lo que tuvo que irse, dirá usted que está equivocada, ¿no es verdad?

—¡Oh, no! —repuso Miss Lestrange, meneando la cabeza.

—Pero...

—Si la doncella hubiera estado en casa, habría podido contestar que yo había salido. Si una está sola y no quiere recibir visitas, sólo puede dejar que suene el timbre, sin dar señales de vida.

El inspector Slack parecía ligeramente asombrado.

—Las señoras mayores me aburren soberanamente —dijo Miss Lestrange—, y Miss Hartnell es muy pesada. Por lo menos llamó media docena de veces y no abrí. —Sonrió con dulzura al inspector Slack.

El inspector cambió de táctica.

—Entonces, si alguien afirma haberla visto en la calle...

—Pero nadie me vio. —Descubrió sagazmente su punto débil—. Nadie pudo verme en la calle, porque no salí.

—Comprendo, señora.

El inspector acercó algo más la silla.

—Creo que visitó usted al coronel Protheroe en su casa la noche anterior a su muerte, Miss Lestrange.

—Es cierto —repuso ella con calma.

—¿Puede usted indicarme la razón de su visita?

—Hablamos de un asunto privado.

—Temo que debo insistir en conocer la naturaleza de ese asunto privado.

—Y yo siento no poder decírsela. Sólo puedo asegurarle que nada de lo que en ella se dijo tenía la más remota relación con el asesinato.

—No creo que esté usted en situación de juzgar sobre eso.

—Sin embargo, deberá usted aceptar mi palabra, inspector.

—En realidad, parece que debo aceptarla en todo cuanto a usted se refiere.

—Sí, eso es —asintió ella sin perder la calma.

El inspector enrojeció.

—Es un asunto muy grave, señora. Quiero la verdad —asestó un puñetazo en la mesa—. Y la tendré.

Miss Lestrange permaneció en silencio.

—¿No comprende, señora, que se pone en situación muy delicada?

Miss Lestrange no cambió de actitud.

—Se verá obligada a declarar en la investigación.

—Sí.

Sólo pronunció este monosílabo, sin énfasis, sin ningún interés. El inspector cambió de táctica.

—¿Conocía usted al coronel Protheroe?

—Sí, le conocía.

—¿Mucho?

Miss Lestrange pareció pensar un momento antes de contestar.

—No le había visto durante varios años.

—¿Conocía también a Mistress Protheroe?

—No.

—¿No le parece que eligió una hora intempestiva para su visita?

—Desde mi punto de vista, no.

—¿Qué quiere usted decir?

—Quería ver al coronel Protheroe a solas —repuso clara y llanamente—. No deseaba ver a Mistress Protheroe ni tampoco a su hija. Por lo tanto, consideré que aquélla sería la mejor hora.

—¿Por qué quiso evitar ver a la esposa e hija del coronel?

—Eso es sólo de mi incumbencia, inspector.

—¿Se niega usted a ser más explícita?

—Sí, me niego.

Slack se levantó.

—Corre el riesgo de colocarse en una posición muy difícil, señora.

Miss Lestrange rio. Yo hubiera podido informar al inspector de que ella no era de la clase de mujeres que se asustan fácilmente.

—Bien —prosiguió, tratando de hacer una retirada digna—, no dirá que no la he avisado. Buenas tardes, señora, y recuerde que sabremos la verdad.

Salió. Miss Lestrange se levantó y me alargó la mano.

—Debo pedirle que se marche. Será mejor así. Ya es demasiado tarde para que me aconseje. He escogido mi papel.

Y repitió con voz casi inaudible:

—He escogido mi papel.

Capítulo 16

Al salir me crucé con Haydock en el umbral. Miró fijamente a Slack, que salía por la puerta del jardín.

—¿Ha estado interrogándola? —preguntó.

—Sí.

—Espero que lo haya hecho de forma cortés.

A mi parecer, la cortesía es un arte que el inspector Slack desconoce, pero presumí que, a su parecer, se había comportado debidamente. De todos modos, no quería que Haydock se molestara. Parecía bastante preocupado y, por tanto, le tranquilicé al respecto.

Haydock asintió y entró en la casa. Enfilé la calle y pronto alcancé al inspector, que creo caminaba despacio a propósito. Aunque no soy de su agrado, no es hombre capaz de dejar que sus sentimientos le impidan obtener la información que necesita.

—¿Sabe usted algo acerca de esa señora? —preguntó abruptamente.

—Le he dicho que no sé nada.

—¿Le ha manifestado los motivos que la han llevado a vivir en este pueblo?

—No.

—Sin embargo, usted la visita.

—Lo hago con todos mis feligreses. Es mi deber —contesté, evitando observar que me habían llamado.

—Sí, supongo que sí. —Permaneció en silencio durante

unos instantes y luego, incapaz de evitar hablar de su fracaso, prosiguió—: Me parece un asunto muy sucio.

—¿Lo cree usted así?

—En mi opinión, se trata de chantaje. No deja de parecer muy raro, teniendo en cuenta la opinión en que se tenía a Protheroe, pero ya sabe usted que no se puede poner la mano en el fuego por nadie. No sería el primer hombre que lleva una doble vida.

Recordé las observaciones que sobre el mismo tema había hecho Miss Marple.

—¿Cree usted realmente que se trata de eso?

—Los hechos parecen indicarlo así, señor. ¿Por qué habría de venir a vivir a este pueblucho una señora elegante y hermosa? ¿Por qué le visitó a hora tan intempestiva? ¿Por qué no fue a la luz del día? ¿Por qué evitó ver a la esposa y a la hija del coronel? Todo ello parece encajar. Claro que ella no lo admitirá. El chantaje es un delito. Pero lograremos sacarle la verdad. Puede guardar estrecha relación con el asesinato. Imagínese las perspectivas que se abrirían ante nosotros si el coronel hubiera tenido algún secreto pecaminoso en su vida.

Pensé que tenía razón.

—He tratado de hacer hablar al mayordomo. Quizá oyó algo de la conversación entre el coronel y Miss Lestrange. Los mayordomos suelen estar bien informados de lo que sucede en las casas en que trabajan, pero éste jura que no tiene la menor idea de lo hablado. Por cierto, a causa de ello, perdió su empleo: el coronel se irritó por que permitiera la entrada de Miss Lestrange y él reaccionó anunciando que dejaba el servicio. Dice que, de todos modos, no le gustaba la casa y que ya hacía tiempo que había pensado en despedirse.

—¡Ajá!

—Por tanto, contamos con otra persona que tenía un resentimiento contra el coronel.

—Supongo que no irá usted a sospechar de él, como quiera que se llame.

—Su nombre es Reeves y no digo que sospeche de él. Sin embargo, nunca se sabe. No me gustan sus modales untuosos.

Me pregunté cuál sería la opinión de Reeves acerca de los modales del inspector.

—Ahora interrogaré el chófer.

—Puesto que va usted a Old Hall, quizá pueda llevarme en su coche. Quiero hablar con Mistress Protheroe.

—¿Acerca de qué?

—Del entierro.

—¡Oh! —El inspector se sintió sorprendido—. La investigación se celebrará mañana sábado.

—Supongo. El funeral tendrá lugar el martes.

El inspector pareció avergonzado de su brusquedad. Me alargó una rama de olivo en señal de paz en forma de una invitación para asistir al interrogatorio del chófer Manning.

Manning era un muchacho agradable, de unos veinticinco años de edad.

—Quiero que me dé cierta información, muchacho —dijo el inspector.

—Sí, señor —tartamudeó el chófer, algo asustado por encontrarse en presencia del policía—. Desde luego, pregunte, señor.

No habría estado más alarmado si hubiera cometido él mismo el crimen.

—¿Llevó a su señor al pueblo ayer?

—Sí, señor.

—¿A qué hora?

—A las cinco y media.

—¿Fue Mistress Protheroe?

—Sí, señor.

—¿Se detuvieron en alguna parte?

—No, señor.

—¿Qué hicieron al llegar?

—El coronel dijo que no me necesitaría más y que regresaría a casa a pie. Mistress Protheroe debía hacer algunas compras. Dejó los paquetes en el coche y dijo que también volvería a pie. Entonces regresé aquí.

—¿La dejó en el pueblo?

—Sí, señor.

—¿Qué hora era?

—Las seis y cuarto, señor.

—¿Dónde la dejó?

—Junto a la iglesia, señor.

—¿Dijo el coronel adónde se dirigía?

—Mencionó algo acerca de que tenía que ver al veterinario para que examinara a uno de los caballos.

—Comprendo. ¿Regresó usted directamente a Old Hall?

—Sí, señor.

—Se puede entrar a Old Hall por dos partes: el pabellón del norte y el del sur. Supongo que al ir al pueblo tomaron por el pabellón del sur.

—Sí, señor. Siempre vamos por ese camino.

—¿Regresó también por allí?

—Sí, señor.

—Bien. Eso es todo. ¡Ah! Aquí está Mistress Protheroe.

Lettice se dirigía lentamente hacia nosotros.

—Necesito el Fiat, Manning —dijo—. Póngalo en marcha, ¿quiere?

—Muy bien, señorita.

Se dirigió hacia un coche de dos asientos y levantó el capó.

—Un momento, Mistress Protheroe —dijo Slack—. Es necesario que conozca los movimientos de todo el mundo ayer por la tarde. Le ruego no se tome mis preguntas a mal.

Lettice le miró fijamente.

—Yo nunca sé la hora que es —repuso.

—Creo que usted salió ayer poco después de comer, ¿no es verdad?

Lettice asintió.

—¿Adónde fue?

—A jugar al tenis.

—¿Con quién?

—Con los Hartley Napier.

—¿En Much Benham?

—Sí.

—¿A qué hora volvió?

—No lo sé. Nunca sé la hora.

—Regresó hacia las siete y media —dijo él.

—Creo que sí —repuso Lettice—. En plena algarabía. Anne tenía un ataque de nervios y Griselda la sostenía.

—Gracias, señorita —dijo el inspector—. Eso es todo cuanto quiero saber.

—¡Qué extraño! —repuso Lettice—. Lo que le he dicho no tiene ningún interés, a mi parecer.

Se dirigió hacia el Fiat.

El inspector se llevó un dedo a la sien en inequívoca señal.

—¿Algo ida, quizá? —sugirió.

—En absoluto —dije—. Pero le gusta que la gente lo crea.

—Ahora voy a interrogar a las doncellas.

Aunque Slack no sea ciertamente simpático, uno no puede dejar de admirar su energía.

Nos separamos y pregunté a Reeves si podía ver a Mistress Protheroe.

—Está acostada, señor.

—Entonces será mejor no molestarla.

—Si quiere usted esperar, señor, quizá Mistress Protheroe le reciba. Creo que quiere verle. Durante la comida ha hablado de ello.

Me introdujo en la sala y encendió las luces, pues las ventanas estaban cerradas.

—Es un asunto muy triste —dije.

—Sí, señor.

Su voz era fría y respetuosa.

Le miré. ¿Qué sentimientos se escondían bajo aquella impasibilidad? ¿Qué era lo que sabía y qué pudo habernos dicho? Nada hay menos humano que la máscara de un buen criado.

—¿Desea algo el señor?

¿Había acaso cierta ansiedad por salir detrás de aquella correcta expresión?

—No, gracias —dije.

Tuve que esperar un poco. Apareció Anne Protheroe y hablamos de los arreglos para el funeral.

—¡El doctor Haydock es una persona magnífica!

—No conozco a nadie mejor que él —corroboré.

—Ha sido extremadamente bondadoso conmigo, pero parece muy triste, ¿verdad?

Jamás se me había ocurrido que Haydock pudiera estar triste y medité un instante aquellas palabras.

—No creo haberme dado cuenta nunca de ello —repuse.

—Lo he advertido hoy.

—Las penas propias a veces aguzan la vista —dije.

—Es cierto.

Hizo una pausa.

—Hay algo que no puedo comprender de ninguna manera —prosiguió—. ¿Por qué no oí el disparo que mató a mi esposo si se hizo con seguridad inmediatamente después de que yo lo dejara?

—La policía parece tener razones para creer que se hizo más tarde.

—¿Y la hora, «6.20», en el encabezamiento de la nota?

—Posiblemente fue escrita por el propio asesino.

Sus mejillas empalidecieron.

—¡Oh! ¡Qué horrible!

—¿No le llamó la atención que la hora no estuviese escrita por él?

—Tampoco el resto de la nota me pareció suyo.

Había algo de verdad en la observación. Se trataba de unos garabatos casi ilegibles, que carecían de la precisión con que Protheroe solía escribir.

—¿Está usted seguro de que ya no sospechan de Lawrence?

—Creo que está totalmente libre de sospechas.

—¿Quién puede estarlo, Mr. Clement? Lucius no gozaba de las simpatías de la gente, pero no creo que tuviera verdaderos enemigos, quiero decir, enemigos capaces de llegar a ese extremo.

Meneé la cabeza.

—Es un misterio.

Pensé en los siete sospechosos de Miss Marple. ¿Quiénes podían ser?

Después de despedirme de Anne, procedí a ejecutar cierto plan.

Salí de Old Hall siguiendo el sendero particular. Tan pronto como llegué al portillo retrocedí sobre mis pasos y, cuando me encontré en un lugar donde me pareció que la vegetación presentaba evidentes señales de haber sido separada, salí del sendero y me adentré entre los matorrales. El bosque era bastante espeso. Avanzaba lentamente. De pronto me di cuenta de que había alguien no lejos de mí. Me detuve, vacilante, y entonces apareció Lawrence Redding llevando una gran piedra.

Supongo que en mi rostro debió de retratarse la sorpresa, pues estalló en una fuerte carcajada.

—No —dijo—. No es ningún indicio, sino una oferta de paz.

—¿Una oferta de paz?

—Llamémosle una base para las negociaciones. Quiero una excusa para visitar a su vecina, Miss Marple, y tengo entendido que agradece mucho que le lleven piedras para el jardín japonés que está construyendo.

—Es cierto —dije—. Pero ¿qué quiere usted de esa señora?

—Simplemente esto: si ayer había algo que debiera ser visto, los ojos de Miss Marple lo vieron. No me refiero a algo necesariamente relacionado con el asesinato, o que ella crea que tiene que ver con él, sino a algún incidente extraño o fuera de lo normal, así como un suceso aparentemente sin importancia que pudiera darnos la clave que nos conduzca a la verdad y que ella crea poco digno de ser comunicado a la policía.

—Supongo que eso es posible.

—Vale la pena averiguarlo. Estoy decidido a descubrir la realidad de lo sucedido, Clement, aunque no sea más que por Anne. Además, Slack no me inspira mucha confianza. Es un individuo celoso de su deber, pero el celo nunca puede reemplazar a la inteligencia.

—Veo que es usted un detective aficionado —dije—. No creo que en la vida real los detectives de novela puedan competir con los profesionales. —Me miró fijamente y estalló en una carcajada—. ¿Qué está haciendo en el bosque? —preguntó.

Me ruboricé.

—Lo mismo que yo, supongo —prosiguió—. Ambos estamos obsesionados por la misma idea. ¿Cómo pudo el asesino llegar al gabinete? Primer camino: por el sendero y la puerta del jardín. Segundo camino: por la puerta principal. Tercer camino... ¿Hay en realidad un tercer camino? Mi intención es averiguar si la vegetación presenta huellas de pasos o señales de haber sido pisoteada en alguna parte cerca del muro del jardín de la vicaría.

—Ésa es precisamente mi idea —admití.

—En realidad no había empezado —prosiguió Lawrence—, pues se me ha ocurrido que prefiero ver a Miss Marple primero, para cerciorarme de que nadie pasó por el sendero ayer por la tarde mientras nosotros estábamos en el estudio.

Meneé la cabeza.

—Miss Marple afirmó que no había pasado nadie por el camino.

—Sí, alguien a quien ella considerara «nadie». Parece una locura, pero lo que quiero decir es que quizá pasó por él alguna persona como el cartero, el lechero o el muchacho de la carnicería, alguien cuya presencia allí fuera tan normal que ella ni tan siquiera la considera digna de mención.

—Creo que ha leído usted a G. K. Chesterton —dije, y Lawrence no lo negó.

—¿No cree que puede haber sido así?

—No niego tal posibilidad —admití.

Nos dirigimos hacia la casa de Miss Marple. Estaba trabajando en su jardín y nos llamó cuando llegamos al portillo.

—¿Se da cuenta?, lo ve todo —murmuró Lawrence.

Nos recibió amablemente y se mostró muy complacida con Lawrence por la enorme piedra que le llevaba, de la cual él le hizo entrega con notable solemnidad.

—Se lo agradezco mucho, Mr. Redding. Es usted muy amable.

Animado por estas palabras, Lawrence inició su interrogatorio. Miss Marple le escuchaba con atención.

—Sí, comprendo lo que quiere decir y estoy de acuerdo con usted en que la presencia de tales personas me habría parecido tan natural que ni siquiera las hubiese mencionado, pero puedo asegurarle que no pasó ninguna persona. Nadie en absoluto en ese momento.

—¿Está usted segura, Miss Marple?

—Completamente.

—¿Vio usted a alguien que fuera a los bosques desde el sendero aquella tarde? —pregunté—. ¿O que viniera de ellos?

—¡Oh, sí, mucha gente! El doctor Stone y Miss Cram, por ejemplo. Es el camino más corto para llegar a la tumba.

Fue alrededor de las dos de la tarde. Y el doctor Stone regresó por el mismo camino, como usted sabe, Mr. Redding, puesto que se unió a usted y a Mistress Protheroe.

—A propósito —dije—, supongo que Mr. Redding y Mistress Protheroe también debieron de oír el disparo que usted oyó, Miss Marple.

Miré interrogativamente a Lawrence.

—Sí —repuso él, frunciendo el ceño—. Creí oír algunos tiros. ¿No fueron uno o dos?

—Sólo oí uno —dijo Miss Marple.

—Recuerdo esos detalles sólo muy vagamente —murmuró Lawrence—. Quisiera que se hubieran quedado grabados en mi mente con mayor claridad. Estaba tan absorto con...

Se detuvo, embarazado.

Tosí discretamente y Miss Marple, con gazmoñería, cambió de tema.

—El inspector Slack ha estado tratando de hacerme decir claramente si oí el disparo antes o después de que Mr. Redding y Mistress Protheroe salieran del estudio. He tenido que admitir que no podía decirlo con seguridad, aunque tengo la impresión, que parece afirmarse cuando pienso en ello, de que fue después.

—Entonces eso deja libre de sospecha al célebre doctor Stone —dijo Lawrence con un suspiro—. No creo que en ningún momento se haya pensado en él como asesino del coronel Protheroe.

—Yo siempre encuentro prudente sospechar un poco de todo el mundo —arguyó Miss Marple—, pues, en realidad, una nunca sabe...

Esa actitud era típica en Miss Marple. Pregunté a Lawrence si estaba de acuerdo con ella acerca del disparo.

—No lo sé. Comprenda que se trata de un ruido muy natural. Sin embargo, me siento inclinado a creer que se produjo mientras estábamos en el estudio. El sonido debió de llegar hasta nosotros bastante amortiguado.

Pensé que las razones para que no lo hubiesen oído claramente eran muy distintas.

—Debo preguntárselo a Anne —prosiguió—. Quizá ella se acuerde. A propósito, parece haber un hecho curioso que necesita ser explicado: Miss Lestrange, la dama misteriosa de St. Mary Mead, visitó al viejo Protheroe el miércoles por la noche, después de la cena. Nadie parece saber a qué se debió esa visita. Protheroe no habló de ella ni a su esposa ni a su hija.

—Quizá el vicario conozca el motivo —sugirió Miss Marple.

¿Cómo podía saber aquella mujer que yo había visitado a Miss Lestrange aquella tarde? Es rara la forma en que se entera de todo.

Meneé la cabeza y dije que no podía arrojar ninguna luz sobre el asunto.

—¿Qué piensa el inspector Slack? —preguntó Miss Marple.

—Ha hecho cuanto ha podido para hacer hablar al mayordomo, pero, al parecer, no fue lo bastante curioso como para quedarse escuchando detrás de la puerta. Por tanto, nadie sabe nada de la visita.

—Sin embargo, espero que alguien llegara a enterarse de algún detalle, ¿no cree usted? —dijo Miss Marple—. Quiero decir, alguien siempre sabe algo. Creo que es por ese camino, Mr. Redding, por el que debiera investigar.

—¿Está pensando en Mistress Protheroe? —dijo Redding.

—No me refiero a ella —repuso Miss Marple—, sino a las criadas. No les gusta hablar con la policía, pero un joven de buen aspecto, perdóneme Mr. Redding, que injustamente ha sido considerado culpable, podría hacerlas hablar.

—Lo intentaré esta tarde —repuso Lawrence con firmeza—. Muchas gracias por la sugerencia, Miss Marple. Iré después..., bien, después de que el vicario y yo hayamos terminado cierto trabajo.

Se me ocurrió pensar que sería mejor hacerlo de una vez. Nos despedimos de Miss Marple y nos adentramos otra vez en el bosque.

Primero seguimos por el camino hasta que llegamos a un lugar donde parecía que alguien hubiera salido del sendero por el lado derecho. Lawrence me explicó que él ya había seguido esas huellas y que no conducían a ninguna parte, pero dijo que podíamos examinarlas de nuevo: quizá se hubiera equivocado.

Era como había dicho: unos diez o doce metros más allá cesaban las señales. Desde ese punto del que Lawrence había vuelto al sendero cuando se encontró conmigo más temprano aquella misma tarde.

Salimos de nuevo al camino y seguimos recorriéndolo; llegamos a otro lugar en el que también se apreciaban señales de que alguien se había adentrado en la maleza. No estaban muy claras, pero a mi parecer eran inequívocas. Esa vez las huellas eran más prometedoras. Dando un rodeo, conducían hasta la vicaría. Las seguimos y llegamos hasta el muro del jardín, junto al cual la maleza era más espesa. El muro era alto y estaba cubierto en su parte superior con fragmentos de vidrio. Si alguien había colocado una escalera de mano contra él no tardaría en encontrar las señales.

Caminábamos despacio cuando llegó hasta nosotros el ruido de una ramita al romperse. Apresuré el paso, abriéndome camino, y me encontré de cara con el inspector Slack.

—Conque es usted —dijo—. Y Mr. Redding. ¿Qué están haciendo?

Ligeramente alicaídos, se lo explicamos.

—Puesto que los miembros de la policía no somos tan tontos como se cree —repuso—, he tenido la misma idea que ustedes. He estado aquí más de una hora. ¿Les gustaría enterarse de algo?

—Sí —repuse humildemente.

—El asesino del coronel Protheroe no llegó a la vicaría por este camino. Ni de este lado del muro ni del otro hay huella alguna. El asesino entró por la puerta principal. Es el único camino que pudo utilizar.

—¡Imposible! —exclamé.

—¿Por qué? La puerta de la casa está siempre abierta y no hay más que empujarla para entrar. Desde la cocina no se ve a quien llega. El asesino sabía que usted estaba fuera y que su esposa se encontraba en Londres. Mr. Dennis estaba jugando al tenis. No puede ser más sencillo. Tampoco necesitó ir por el pueblo, porque desde la puerta de la vicaría sale un sendero, por el cual se puede penetrar en el bosque y salir adonde uno quiera. A menos que Miss Price Ridley saliera por la puerta de su casa en ese preciso instante, nadie vería a quien intentara tal cosa. Además, es mucho más fácil que escalar muros. Pueden tener la certeza de que entró por la puerta principal.

Realmente, parecía que estaba en lo cierto.

Capítulo 17

El inspector me visitó al día siguiente por la mañana. Pensé que su actitud hacia mí estaba cambiando y que, con el tiempo, incluso olvidaría el asunto del reloj.

—He averiguado el origen de la llamada que usted recibió —dijo después de saludarme.

—¿Desde dónde fue hecha? —pregunté.

—Desde el pabellón norte, que está temporalmente deshabitado. Los porteros que lo ocupaban se jubilaron y los que han de reemplazarlos no han llegado todavía. Era un lugar muy conveniente para ello. Una de las ventanas posteriores estaba abierta. No había huella alguna en el aparato telefónico, que presentaba señales de haber sido limpiado con sumo cuidado. Eso es muy significativo.

—¿Qué quiere usted decir?

—Simplemente, que la llamada fue hecha para que usted no se encontrara en la vicaría aquella tarde, lo cual nos indica que el asesinato fue preparado con anticipación. De haberse tratado de una mera broma, las huellas dactilares no hubiesen sido borradas tan cuidadosamente.

—Sí, comprendo.

—También indica que el asesino conoce perfectamente Old Hall y sus alrededores. No fue Mistress Protheroe quien le llamó. Sé lo que hizo por la tarde, minuto a minuto. Hay media docena de criados que pueden jurar que no salió de la casa hasta las cinco y media, cuando se dirigió al pueblo en coche con el coronel Protheroe. Su esposo fue a ver a Quinton, el veterinario, para consultarle acerca de uno de sus caballos. Mistress Protheroe encargó algunas cosas en el colmado y en la pescadería, y desde allí tomó directamente el camino trasero, donde la vio Miss Marple. Los tenderos aseguran que no llevaba bolso de mano. Miss Marple tiene razón.

—Acostumbra a tenerla siempre —repuse.

—Y Mistress Protheroe estaba en Much Benham a las cinco y media.

—Es cierto —dije—. Mi sobrino también se encontraba allí.

—Las doncellas parecen buenas chicas, algo histéricas y trastornadas, pero eso es natural. Desde luego, no me gusta mucho el mayordomo, especialmente después de haber notificado que dejaba el servicio, pero no creo que sepa nada importante.

—Sus investigaciones parecen haber dado resultados negativos hasta el momento, inspector.

—Sí y no: se ha presentado algo de manera inesperada.

—¿Sí?

—¿Recuerda usted la queja formulada por Miss Price Ridley acerca de haber sido insultada por teléfono?

—Sí —repuse.

—Hemos investigado el origen de la llamada, sólo para calmarla. ¿Sabe usted desde dónde fue hecha?

—Desde un teléfono público, seguramente.

—No, Mr. Clement. La llamada se hizo desde la casa de Mr. Lawrence Redding.

—¿Cómo? —exclamé sorprendido.

—Sí. Es raro, ¿verdad? Mr. Redding no tiene nada que ver con ella. A aquella hora, las seis y media de la tarde, se dirigía hacia el Blue Boar, acompañado del doctor Stone. Es llamativo, ¿no cree usted? Alguien entró en la casa y utilizó el teléfono. ¿Quién fue? Son dos las llamadas telefónicas extrañas en un mismo día, lo cual me hace creer que acaso exista alguna relación entre ellas. Estoy dispuesto a comerme el sombrero si ambas no fueron hechas por la misma persona.

—¿Con qué objeto?

—Esto es lo que debemos averiguar. No parece existir razón alguna para la segunda, pero algo debe haberla motivado. ¿Ve usted lo que significan? Por una parte, se llama desde la casa de Mr. Redding y, por otra, el asesinato se comete con su pistola. Todo ello, naturalmente, con la intención de que las sospechas recaigan sobre él.

—Habría sido más sospechoso que la primera llamada se hubiese hecho también desde allí —observé.

—He estado pensando en ello. ¿Que acostumbraba hacer Mr. Redding la mayor parte de las tardes? Iba a Old Hall para pintar el retrato de Mistress Protheroe, y para ello salía de su casa en motocicleta y pasaba después por el pabellón norte. ¿Ve usted ahora la razón por la cual la llamada no fue hecha desde su casa? El asesino ignoraba la disputa entre el coronel Protheroe y Mr. Redding, y, por tanto, tampoco sabía que éste ya no iba a Old Hall a pintar.

Medité un instante las palabras del inspector, que me parecieron totalmente lógicas.

—¿Había huellas dactilares en el teléfono de Mr. Redding? —pregunté.

—No —repuso el inspector tristemente—. Esa condenada mujer que cuida de su casa estuvo allí ayer por la mañana y lo limpió. —Permaneció pensativo durante unos instantes—. Es una vieja estúpida. No puede recordar cuándo vio la pistola por última vez. Pudo haber estado allí la mañana del día en que se cometió el asesinato, pero también pudo no haber estado. No lo recuerda.

Quedó unos segundos en silencio.

—Por simple rutina fui a ver al doctor Stone —prosiguió—. Estuvo muy amable. Él y Miss Cram fueron a esa tumba que están excavando hacia las dos y media de ayer y permanecieron allí toda la tarde. El doctor Stone regresó solo primero, y más tarde lo hizo Miss Cram. El doctor dice que no oyó ningún disparo, pero admito que es muy distraído. Todo ello confirma lo que pensamos.

—Pero no ha detenido usted al asesino —dije.

—Fue una voz de mujer la que usted oyó por teléfono —siguió diciendo, sin hacer caso de mis palabras—. Probablemente la misma que Miss Price Ridley oyó. Si el disparo no hubiese sido hecho casi a la misma hora que la llamada telefónica yo sabría muy bien por qué lado investigar.

—¿Por dónde?

—Es preferible que no lo diga, señor.

Sin sonrojarme, le ofrecí una copa de oporto, tengo algunas botellas de buena cosecha. Las once de la mañana no es una hora muy apropiada para beber vino, pero me pareció que el inspector Slack no hilaría tan fino.

Cuando hubo bebido una segunda copa se sintió más comunicativo y brillante. Ése es el efecto que suele producir mi vino de oporto.

—No creo que sea indiscreto decírselo a usted, señor —observó—. No dudo que sabrá callar y que nadie se enterará de ello por usted.

Le aseguré que podía confiar en mí.

—Como el asesinato se cometió en su casa, tiene usted cierto derecho a saberlo.

—Eso es lo que a mí me parece.

—Bien, pues, señor. ¿Qué hay de la señora que visitó al coronel Protheroe la noche anterior al asesinato?

—¿Miss Lestrange? —pregunté, entre asombrado e incrédulo.

El inspector me lanzó una mirada de reproche.

—No hable en voz alta, señor. He puesto mis ojos en Miss Lestrange. Recuerde que le hablé de chantaje.

—No creo que sea razón para asesinar a nadie. ¿No le parece que sería igual que matar a la gallina de los huevos de oro? Es decir, suponiendo que su hipótesis, que no comparto, fuera acertada.

El inspector me guiñó el ojo de forma muy vulgar.

—Es de esa clase de mujeres por quienes los caballeros siempre toman partido. Pero fíjese en lo que voy a decirle, señor. Suponga que hiciera un chantaje al viejo Protheroe en el pasado. Después de varios años de no verle, se entera del lugar en que reside y viene aquí para intentar seguir sacándole dinero. Ahora bien, entretanto las cosas pueden haber cambiado. La ley es ahora distinta. En la actualidad se dan mayores facilidades a las víctimas de los chantajistas para que puedan querellarse criminalmente contra ellos, sin el temor de que sus nombres aparezcan en la prensa. Imaginemos que el coronel Protheroe le dice que la denunciará. La posición de esa señora sería muy difícil. Los tribunales castigan este delito con penas muy graves. Al perder ella el control de la situación, no le queda más remedio que deshacerse de él de la forma más rápida.

Permanecí en silencio. En mi fuero interno debí admitir que la teoría del inspector era plausible. Sin embargo, a mi juicio, había algo que la hacía inadmisible: la personalidad de Miss Lestrange.

—No estoy de acuerdo con usted, inspector —repuse—. No me parece que Miss Lestrange sea una chantajista en potencia. Es una señora, aunque tal palabra pueda parecer anticuada.

Me miró con lástima.

—¡Ah, señor! —exclamó, tolerante—. Usted es clérigo y no está al corriente de lo que sucede. ¡Conque señora! Se asombraría usted si conociera alguna de las cosas que yo sé.

—No me refiero únicamente a la posición social que la palabra «señora» suele implicar, en ese sentido la considero una *déclassé*, sino al refinamiento personal.

—No la ve usted con mis mismos ojos, señor. Soy hombre, pero al mismo tiempo soy agente de policía. El refinamiento de la gente no suele impresionarme mucho. Considero a esa mujer capaz de clavarle a uno un cuchillo por la espalda sin inmutarse en lo más mínimo.

Es curioso que hubiera podido imaginar a Miss Lestrange culpable del asesinato pero no de chantaje.

—Aunque, naturalmente, no puede haber estado telefoneando a Miss Price Ridley y asesinando al coronel al mismo tiempo —prosiguió el inspector.

Apenas acabó de pronunciar estas palabras, se golpeó con fuerza el muslo con la mano abierta.

—¡Ya lo tengo! —exclamó—. La llamada telefónica no tenía otro objeto que establecer una coartada. Ella sabía que la relacionaríamos con la primera. Voy a examinar este nuevo aspecto del asunto. Puede que haya sobornado a algún muchacho del pueblo para que telefonease a su vecina.

El inspector salió apesadumbrado.

—Miss Marple quiere verte —anunció Griselda, asomándose al gabinete—. Ha mandado una nota incoherente, llena de sutilezas y palabras subrayadas. Al parecer, no puede salir de su casa en este momento. Date prisa y ve a ver qué quiere. Las señoras de la congregación llegan dentro de un minuto, de lo contrario te acompañaría. ¡Qué suerte que la investigación se celebre esta tarde! No tendrás que asistir a la partida de críquet del club de los muchachos.

Salí rápidamente, preguntándome cuál sería la razón de aquella llamada.

Encontré a Miss Marple sumamente aturdida e incoherente.

—Mi sobrino —explicó—. Mi sobrino Raymond West, el escritor. Llega hoy. ¡Tengo tantas cosas que hacer! Las doncellas ni siquiera saben preparar bien una cama y, desde luego, debemos tener algún plato de carne para la cena, ¿no le parece? ¡Los caballeros comen tanta carne...! Y licores. Tendrá que haber alguna botella de licor en la casa, y soda.

—Si puedo serle útil en algo... —empecé a decir.

—¡Es usted muy amable, Mr. Clement! No le he llamado para esto. Tengo mucho tiempo todavía. Afortunadamente, trae su pipa y su propio tabaco. Y digo afortunadamente porque así no tengo que preocuparme de averiguar qué clase de tabaco debería comprar, aunque al mismo tiempo me apena, porque el olor del tabaco tarda mucho en desaparecer. Desde luego, abro bien las ventanas y agito las cortinas cada mañana. Raymond se levanta muy tarde. Supongo que todos los escritores lo hacen. Escribe libros muy interesantes, aunque no creo que la gente sea realmente tal como él la describe. Los jóvenes inteligentes conocen muy poco de la vida, ¿no lo cree así?

—¿Quiere usted traerle a cenar a la vicaría? —pregunté, sintiéndome todavía incapaz de discernir la razón de su llamada.

—No, gracias —repuso Miss Marple—. Es usted una persona muy amable, Mr. Clement —añadió.

—Creo que..., ah..., quería usted hablarme de algo —sugerí desesperadamente.

—Sí, desde luego. Se me había olvidado por completo con toda esta excitación. —Se volvió hacia la puerta y llamó a su doncella—. ¡Emily, Emily! Ponga las sábanas con el monograma.

Cerró la puerta y me miró a los ojos.

—Anoche sucedió algo muy curioso —explicó—. Creí que le gustaría saberlo, aunque por el momento no parece tener mucho sentido. No podía dormir y, cansada de dar vueltas en la cama pensando en el asesinato, me levanté y me asomé a la ventana. ¿Y qué cree usted que vi?

La miré interrogativamente.

—A Gladys Cram —dijo con énfasis—. Iba al bosque y llevaba una maleta de mano.

—¿Una maleta?

—¿No le parece algo extraño? ¿Qué podía hacer en el bosque con una maleta a las doce de la noche?

Nos miramos asombrados.

—No creo que tenga nada que ver con el asesinato —prosiguió Miss Marple—, pero es algo muy raro, y creo que en estos momentos debemos preocuparnos de todas las cosas que no sean corrientes.

—Es asombroso —dije—. ¿Iría acaso a dormir a la tumba?

—Si fue a la tumba, no se quedó allí —repuso Miss Marple—, porque poco rato después regresó sin la maleta.

Nos volvimos a mirar, asombrados.

Capítulo 18

La investigación se celebró aquel día (sábado), a las dos de la tarde, en el Blue Boar. La excitación general era tremenda. Hacía por lo menos quince años que no se cometía crimen alguno en St. Mary Mead. En pocas ocasiones se ofrece algo tan sensacional a la gente como el asesinato de una persona de la categoría del coronel Protheroe, en el gabinete de la vicaría.

Hasta mí llegaron varios comentarios que probablemente no estaban destinados a mis oídos.

—Ahí está el vicario. Parece pálido, ¿verdad? Me pregunto si no tuvo que ver con el crimen. Al fin y al cabo, se cometió en su casa.

—¿Cómo puedes decir eso, Mary Adams? Él estaba en casa de los Abbott cuando sucedió.

—Pero se dice que él y el coronel discutieron por algo. ¡Mira! Ahí está Mary Hill. Se da importancia porque sirve en la vicaría. Ya llega el juez.

El juez era el doctor Roberts, de la población vecina de Much Benham. Se aclaró la garganta, procedió a ajustarse las gafas y levantó la cabeza.

La recapitulación de los hechos fue aburrida. Lawrence Redding declaró acerca de la forma en que encontró el cadáver e identificó la pistola como suya. A su mejor saber y entender la había visto por última vez el martes, dos días antes del asesinato. La guardaba en una estantería en su casa, y la puerta de su domicilio estaba por lo general abierta.

Mistress Protheroe dijo que vio por última vez a su esposo alrededor de las seis menos cuarto, cuando se separaron en la calle del pueblo, y que quedaron en que pasaría a recogerle por la vicaría algo más tarde. Fue a la vicaría hacia las seis y cuarto, siguiendo el sendero que da a la parte trasera de la casa, y entró después en el jardín. No oyó a nadie en el gabinete y creyó que la habitación estaba vacía, pero su esposo pudo muy bien estar sentado ante el escritorio, en cuyo caso no le hubiera podido ver.

Sí, gozaba de buena salud y su estado era normal. No sabía de nadie que pudiera guardarle rencor.

Yo declaré a continuación, hablé de mi cita con Protheroe y de la llamada que me condujo a la casa de los Abbott. Describí cómo encontré el cadáver y la llegada del doctor Haydock.

—¿Cuánta gente sabía, Mr. Clement, que el coronel Protheroe le visitaría aquella tarde?

—Mucha, creo. Mi esposa y mi sobrino estaban enterados de ello y el propio coronel hizo referencia a la visita cuando por la mañana le encontré en la calle. Supongo que bastantes personas debieron de oírle, pues era algo sordo y acostumbraba a hablar en voz muy alta.

—¿Cree usted, pues, que su proyectada visita era del dominio público?

Asentí.

Haydock subió al estrado a continuación. Era un testigo importante. Describió cuidadosa y técnicamente el aspecto del cadáver y las heridas que presentaba. En su opinión, Protheroe fue asesinado mientras estaba escribiendo. Fijó la hora de la muerte entre, aproximadamente, las seis y veinte y las seis y media, pero no más tarde de las seis y treinta y cinco. Reafirmó enfáticamente la precisión de la hora y aseguró que no se trataba de un suicidio, pues era imposible que el coronel hubiese podido causarse la herida que le produjo la muerte.

La declaración del inspector Slack fue corta y mesurada. Habló de su llegada al lugar del crimen y las circunstancias en que encontró el cadáver. Presentó la carta no acabada e hizo observar la hora —6.20— que la encabezaba. Mencionó también el reloj y dijo que se creía que la hora de la muerte era las seis y veintidós.

La policía no descubría su juego. Más tarde, Anne Protheroe me dijo que le habían pedido que insinuara una hora un poco anterior a las seis y veinte como la de su llegada.

Nuestra doncella Mary fue el siguiente testigo, y demostró ser algo parca en palabras. No había oído nada ni quería haberlo oído. Los caballeros que visitaban al vicario no solían ser muertos a mano airada. Tenía su propio trabajo que hacer. El coronel Protheroe llegó exactamente a las seis y cuarto. No, no miró el reloj. Había oído el de la iglesia dar la hora apenas había hecho pasar al coronel al gabinete. No oyó ningún disparo. Sí, de haber habido uno lo hubiera oído. Claro, sabía que debió de dispararse un tiro, puesto que el caballero fue encontrado muerto de un balazo, pero ella no oyó ninguno.

El juez no insistió. Me di cuenta de que él y el coronel Melchett estaban trabajando de común acuerdo.

Miss Lestrange fue citada para declarar, pero se presentó un certificado médico firmado por el doctor Haydock, en el cual se afirmaba que su estado de salud era delicado y ello le impedía asistir a la investigación.

Sólo quedaba otro testigo, una mujer entrada en años que hacía la limpieza en la casa de Lawrence Redding.

Miss Archer reconoció la pistola que le mostró como la que había visto en una estantería de la casa de Mr. Redding. La última vez que la vio fue el día del asesinato. Estaba allí a la hora de la comida del martes. Aquel día salió de la casa a la una menos cuarto.

Recordé lo que el inspector me había dicho y me sentí algo sorprendido. A pesar de lo incoherente que pudo parecer cuando él la interrogó, en la investigación se mostró completamente segura de sus palabras.

El juez resumió las declaraciones, y el jurado dio su veredicto casi de inmediato.

«Asesinato cometido por persona o personas desconocidas.» Al salir observé a un grupo de hombres jóvenes de aspecto decidido y todos ligeramente parecidos. Conocía a algunos porque habían estado rondando la vicaría durante los últimos días. Al tratar de escapar de ellos, volví a entrar en el Blue Boar y tuve la fortuna de encontrar al arqueólogo doctor Stone, a cuyo brazo me agarré con firmeza.

—Periodistas —dije breve pero expresivamente—. ¿Puede usted ayudarme a deshacerme de ellos?

—Por supuesto, Mr. Clement. Venga arriba conmigo.

Me precedió por una estrecha escalera y llegamos a su salita, en la que Miss Cram estaba sentada aporreando las teclas de una máquina de escribir. Me saludó con una sonrisa de bienvenida y aprovechó la oportunidad para hacer un alto en su trabajo. Se separó de su máquina y se sentó.

—Es horrible, ¿verdad? —dijo—. Quiero decir, no saber quién lo hizo. Me siento bastante disgustada por la investigación. No se ha puesto nada en claro.

—¿Ha estado usted también presente? —pregunté al doctor Stone.

—No. Estas cosas no me interesan. Soy un hombre muy ocupado.

—Debe de ser muy interesante.

—¿Entiende usted de arqueología?

Me vi obligado a admitir que no tenía el menor conocimiento de esa ciencia.

El doctor Stone no se arredró ante mi confesión de ignorancia. El resultado fue igual que si hubiera dicho que la excavación de tumbas antiguas era mi afición predilecta.

Habló largo y tendido de tumbas rectangulares y redondas, de la edad de piedra, de la edad de bronce, del paleolítico, del neolítico. De su boca salía un interminable chorro de palabras. Yo me limitaba a asentir, tratando de parecer inteligente. El doctor Stone seguía hablando. Era un hombre bajo, de cabeza calva, cara redonda y sonrosada, que miraba a través de unas gruesas gafas. Jamás he conocido a persona alguna capaz de hablar con tanto detalle sobre un tema desconocido para su oyente.

Después me explicó minuciosamente su diferencia de opinión con el coronel Protheroe.

—Era un patán tozudo —afirmó—. Sí, ya sé que no se debe hablar mal de los muertos, pero su desaparición no altera los hechos. Se creía un perito en la materia porque había leído algunos libros y olvidaba que yo he dedicado toda mi vida al estudio de las tumbas. Toda mi vida, Mr. Clement. Toda mi vida.

Estaba verdaderamente excitado. Gladys Cram lo devolvió a la realidad con una sola frase.

—Perderá usted el tren —observó.

—¡Oh! —exclamó, sacando un reloj de bolsillo—. ¡Qué tarde es!

—Se olvida usted del tiempo cuando habla. Me gustaría saber qué haría usted si no estuviera a su lado para recordárselo.

—Tiene usted razón, querida, tiene razón —repuso, golpeándola afectuosamente en el hombro—. Es una chica maravillosa, Mr. Clement. Nunca se olvida de nada. Me considero muy afortunado de tenerla conmigo.

—Me hará usted sonrojar, doctor Stone —dijo ella—. Pero dese prisa.

—Sí, sí, ya voy.

Desapareció en la habitación vecina y volvió a salir con una maleta en la mano.

—¿Se marcha usted? —pregunté sorprendido.

—Tengo que ir a la ciudad por un par de días —explicó—. Debo ver mañana a mi madre y el lunes a mis abogados. Regresaré el martes. A propósito, espero que la muerte del coronel Protheroe no altere el acuerdo al que llegamos acerca de la tumba. Supongo que Mistress Protheroe no tendrá inconveniente en que prosiga las excavaciones.

—No creo que tenga nada que objetar.

Mientras él hablaba, me pregunté quién mandaría en Old Hall en el futuro. Pensé que quizá Protheroe se lo hubiera dejado a Lettice. Sería interesante conocer el contenido del testamento del coronel Protheroe.

—La muerte suele causar muchas complicaciones en las familias —afirmó Miss Cram.

—Ya es hora de partir —dijo el doctor Stone, tratando infructuosamente de no perder el control de la maleta, un paquete y el paraguas.

Acudí en su ayuda, pero él protestó:

—No se moleste usted. Puedo arreglarme perfectamente. Además, abajo seguramente habrá alguien que me ayude a llevar todo esto.

Pero en la planta baja no había nadie a quien encomendar el transporte del equipaje del doctor Stone. Sospecho que los caballeros de la prensa acaparaban la atención general. Se hacía tarde y nos dirigimos juntos hacia la estación. El doctor Stone llevaba la maleta y yo el paquete y el paraguas.

—Es usted muy amable —dijo el doctor Stone, respirando afanosamente a causa de la rapidez de nuestros pasos—. Espero no perder el tren... Gladys es una muchacha muy buena... No era muy feliz en su casa... Tiene un corazón de oro... A pesar de la diferencia de edad, tenemos mucho en común.

Vimos la casita de Lawrence Redding al tomar el camino de la estación. Está aislada de las demás. Observé la presencia de dos jóvenes elegantes junto a la puerta y de otros dos que miraban hacia el interior por las ventanas: los caballeros de la prensa estaban muy ocupados.

—Buena persona, el joven Redding —comenté, para observar la reacción del doctor Stone.

Respiraba tan deprisa que sólo pudo pronunciar confusamente una palabra, que no comprendí bien.

—Peligroso —dijo cuando le pedí que repitiera lo dicho.

—¿Peligroso?

—Mucho. Muchachas inocentes..., no saben distinguir..., se enamoran de un individuo como él... Mala persona.

De ello deduje que el único hombre joven del pueblo no había pasado inadvertido para la encantadora Gladys.

—¡Dios santo! —exclamó el doctor Stone—. ¡El tren!

Estábamos ya cerca de la estación y corrimos. El convoy procedente de Londres estaba en el andén y el que se dirigía a la capital entraba en agujas.

Al acercarnos a la taquilla chocamos con un joven elegante, en quien reconocí al sobrino de Miss Marple, que llegaba en aquel momento. No le gusta, según parece, que la gente choque con él. Se enorgullece de su porte y aires de desapego, y no hay duda alguna de que un contacto vulgar causa detrimento en el porte de la persona. El golpe le hizo tambalearse. Me excusé apresuradamente y entramos. El doctor Stone subió al vagón y yo le alargué el equipaje por la ventanilla cuando el tren arrancaba.

Le despedí con un gesto de la mano y me volví. Raymond West no se encontraba ya en la estación, pero el farmacéutico local, Cherubin, se dirigía hacia el pueblo y me uní a él.

—¿Cómo fue la investigación, Mr. Clement? —me preguntó.

Le dije cuál había sido el veredicto.

—Así lo esperaba yo —repuso—. ¿Adónde va el doctor Stone?

Le repetí lo que me había dicho.

—Ha tenido suerte de no perder el tren. En esta línea nunca se sabe a qué hora llegan. Es una verdadera vergüenza, Mr. Clement. El tren en que yo he venido llevaba diez minutos de retraso. Y eso que hoy es sábado y el tráfico es menor. Y el miércoles..., no, el jueves... Recuerdo una enérgica carta de protesta a la compañía, pero las noticias del crimen me hicieron olvidarme de ello. El jueves asistí a una reunión de la Sociedad de Farmacéuticos. ¿Cuánto retraso supone usted que llevaba el tren de las seis y cincuenta? ¡Media hora! Exactamente media hora. ¿Qué le parece? Diez minutos no tienen importancia, pero media hora... Si el tren no llega hasta las siete y veinte no es posible estar en casa antes de las siete y media. ¿Por qué le llamarán el tren de las seis y cincuenta, me pregunto?

—Tiene usted razón —observé.

Deseando interrumpir aquel monólogo, me separé de él con la excusa de tener que hablar con Lawrence Redding, que venía en nuestra dirección.

Capítulo 19

—Me complace mucho encontrarme con usted —dijo Lawrence—. Acompáñeme a casa.

Cruzamos el portillo de la rústica verja, recorrimos el corto sendero y Lawrence sacó una llave del bolsillo y la insertó en la cerradura.

—Veo que ahora cierra la puerta —observé.

—Sí —repuso, riendo amargamente—. Es un poco tarde para hacerlo, ¿no le parece? A burro muerto... —Abrió la puerta y me cedió el paso—. Hay algo acerca de todo esto que no me gusta en absoluto. Alguien conocía la existencia de mi pistola, lo que significa que el asesino, quienquiera que sea, ha estado en esta casa y posiblemente tomando una copa conmigo.

—No tiene por qué —repuse—. Todos los habitantes de St. Mary Mead saben exactamente el lugar en que guarda su cepillo de dientes y qué marca de dentífrico usa.

—¿Por qué ha de interesarles mi vida?

—No lo sé —dije—, pero les interesa. Si decide cambiar de jabón de afeitar, su decisión será comentada.

—Deben de tener muy pocos temas de conversación.

—Supongo que debe de ser eso. Nunca sucede nada en este pueblo.

—Pero ahora ha ocurrido algo sensacional.

Asentí.

—¿Y quién les cuenta esas cosas, como lo del dentífrico y el jabón de afeitar?

—Probablemente Miss Archer.

—¿Ese vejestorio? Está medio loca, según parece.

—Ése es el camuflaje de los pobres —expliqué—. Se refugian tras una máscara de estupidez. Probablemente algún día averiguará que no es lo que aparenta. A propósito, ahora parece hallarse muy segura de que la pistola estaba en su sitio el mediodía del jueves. ¿Qué habrá pasado para que esté tan segura de ello?

—No tengo la menor idea.

—¿Cree usted que tiene razón?

—Tampoco puedo asegurarlo. No hago inventario de mis pertenencias todos los días.

Miré a mi alrededor: las estanterías y la mesa estaban repletas de cosas. Lawrence vivía en un artístico desorden que a mí me hubiera enloquecido.

—A veces se me hace difícil encontrar lo que busco —dijo, observando mi mirada—. Pero, por otra parte, todo está a mano.

—Desde luego, no hay nada guardado —inquirí—. Quizá habría sido preferible que la pistola no hubiese estado tan a la vista.

—Casi pensé que el juez iba a decir algo por el estilo —observó—. Incluso creí que me censuraría por mi descuido —Lawrence meneó la cabeza—, pero no llega a tal extremo. La pistola estaba descargada, pero junto a ella había una caja de balas.

—Parece que tenía seis en el cargador y que una fue disparada.

Lawrence asintió.

—¿Quién apretó el gatillo? A menos que se descubra al asesino, siempre se sospechará de mí, hasta el día de mi muerte.

—No diga eso, amigo mío.

Calló y frunció el ceño. Un momento después pareció salir de su ensimismamiento.

—Deje que le cuente lo de anoche. Esa vieja Miss Marple parece adivinar las cosas.

—Creo que ese don la convierte en persona muy poco popular entre la gente.

Lawrence procedió a contarme su historia.

—Siguiendo el consejo de Miss Marple, fui a Old Hall. Con la ayuda de Anne interrogué a la camarera.

Anne dijo sencillamente:

—Mr. Redding quiere hacerle algunas preguntas, Rose.

Y después salió de la habitación.

Lawrence se había sentido algo nervioso. Rose, una hermosa muchacha de unos veinticinco años, posó en él su mirada límpida, que le causó algún desconcierto.

—Es... es acerca de la muerte del asesinado coronel Protheroe.

—Sí, señor.

—Estoy muy ansioso por conocer la verdad.

—Sí, señor.

—Creo que puede haber..., que alguien pudo..., que... que algún incidente...

Entonces Lawrence sintió que no se estaba cubriendo de gloria precisamente y maldijo a Miss Marple y sus sugerencias.

—Quizá pueda usted ayudarme.

—Lo haré con mucho gusto, señor.

La compostura de Rose seguía siendo la propia de la camarera perfecta, cortés, deseando ser útil pero sin demostrar interés alguno.

—¡Al cuerno! —exclamó Lawrence—. ¿No han hablado ustedes de ello en la cocina?

Este sistema de ataque hizo tambalear ligeramente a Rose. Su compostura se vino abajo.

—¿En la cocina, señor?

—O en la habitación del ama de llaves, o dondequiera que hablen ustedes. Deben de hacerlo en algún sitio.

Rose se mostró propicia a reír sofocando la voz, con lo que Lawrence cobró ánimos.

—Mire, Rose, es usted una muchacha muy buena. Estoy seguro de que comprende mis sentimientos. No quiero que me ahorquen. Yo no asesiné a su patrón, pero mucha gente cree que lo hice. ¿Puede usted ayudarme de alguna manera?

Puedo imaginar que el aspecto de Lawrence debía de ser, en aquel momento, suplicante. Su hermosa cabeza estaría echada hacia atrás, y sus azules ojos irlandeses mirarían anhelantes. Rose se ablandó y capituló.

—¡Oh, señor! Estoy segura de que si cualquiera de nosotros pudiese ayudarle... No creemos que lo hiciera usted, señor. No lo creemos.

—Ya lo sé, querida Rose, pero su opinión no me será de ninguna ayuda con la policía.

—¡La policía! —exclamó Rose despectivamente—. Nuestra opinión sobre ese inspector Slack es muy pobre, señor.

—Sin embargo, es poderoso. Ahora, Rose, sé que hará lo que pueda por ayudarme. No puedo dejar de pensar que hay muchas cosas que desconocemos. Por ejemplo, la visita de la señora que vino a ver al coronel Protheroe la víspera de su muerte.

—¿Miss Lestrange?

—Sí, Miss Lestrange. Me parece que hay algo raro en su llegada a aquella hora.

—Esto es lo que también creemos nosotros, señor.

—¿Sí?

—Vino tarde y preguntó por el coronel. Se ha comentado mucho, especialmente porque nadie la conocía. En opinión de Miss Simmons, el ama de llaves, no es una mujer decente. Sin embargo, después de saber lo que Gladdie dijo, no sé qué pensar.

—¿Qué dijo Gladdie?

—¡Oh, nada, señor! Sólo estábamos hablando.

Lawrence la miró fijamente. Sintió que había algo importante detrás de aquellas palabras.

—Me pregunto cuál fue el motivo de su entrevista con el coronel Protheroe.

—Sí, señor.

—Creo que usted lo sabe, Rose.

—¿Yo? ¡Oh, no, señor! ¿Cómo podría saberlo?

—Mire, Rose. Dijo que me ayudaría. Quizá oyó algo a lo que no dio importancia, pero que puede tenerla. Le agradeceré mucho que me lo diga. Después de todo, a veces, casualmente, uno puede enterarse de algo.

—Yo no oí nada, señor.

—Si no lo oyó usted, alguien pudo oírlo —dijo Lawrence con firmeza.

—Bien, señor.

—Dígamelo, Rose.

—No sé lo que Gladdie diría.

—Con toda seguridad, Gladdie querría que me lo contara. A propósito, ¿quién es Gladdie?

—Es la ayudante de la cocinera. Salió un momento para hablar con un amigo y pasó junto a la ventana del gabinete. El señor se encontraba allí con aquella señora. El señor hablaba siempre en voz muy alta, y, naturalmente, ella sintió curiosidad..., quiero decir...

—Desde luego —dijo Lawrence—. Uno no podría menos que oír, por casualidad.

—Claro que ella no le contó nada a nadie, excepto a mí. A ambas nos extrañó mucho. Gladdie no podía decir nada, pues si se hubiera sabido que había salido de la casa para encontrarse con... con un amigo, habría tenido un disgusto con Miss Pratt, la cocinera, señor. Sin embargo, estoy segura de que accederá a contárselo a usted, señor Lawrence.

—¿Puedo ir a la cocina para hablar con ella?

Rose se horrorizó ante esa idea.

—¡Oh, no, señor! No debe hacerlo. Además, Gladdie es una muchacha muy nerviosa.

Un momento después, y tras solucionar algunas dificultades, se arregló un encuentro en el jardín.

A su debido tiempo, Lawrence se reunió con la nerviosa Gladdie, más parecida a un tembloroso conejo que a un ser humano. Tardó diez minutos en lograr que la muchacha se tranquilizara, mientras ella aseguraba que nunca pensó que Rose la descubriese, que salió sin mala intención y que tendría un disgusto con Miss Pratt si la cocinera se enteraba de ello.

Lawrence la colmó de promesas y la persuadió para que hablara.

—Si usted está seguro de que lo que diga no va a ser repetido a nadie, señor... Si usted me promete callar...

—Se lo prometo.

—¿No se me obligará tampoco a declararlo en un tribunal?

—Claro que no.

—¿No se lo contará a la señora?

—De ninguna manera.

—Si llegara a oídos de Miss Pratt...

—No llegará. Cuéntemelo, Gladdie.

—¿Está usted seguro de que no obré mal?

—Desde luego. Estoy seguro, además, de que algún día se alegrará de haberme salvado de la horca.

Gladdie se estremeció.

—No quisiera que le sucediera nada malo, señor. Ah... Fue muy poco lo que oí, y por casualidad.

—Comprendo.

—El señor estaba muy enfadado. «Después de todos esos años», decía, «osas venir aquí. Tu conducta es indigna». No pude oír la contestación de la señora, pero un momento después él dijo: «Me niego rotundamente». No puedo recordar cuanto dijeron, pero parecía que ella quería que él hiciera algo y que él se negaba. «Es una desgracia que se te haya ocurrido venir aquí.» Recuerdo que el señor dijo: «No la verás, te lo prohíbo». Cuando oí estas palabras se me puso la piel de gallina. Parecía como si la señora quisiera contar algo a Mistress Protheroe y que él estuviese asustado de ello. Recuerdo que pensé que el señor, a pesar de su rigidez, tenía algo que esconder. Más tarde le dije a mi amigo que todos los hombres son iguales, pero él no estuvo de acuerdo, aunque admitió que estaba asombrado por lo que oía, por ser el coronel profesor de la escuela dominical. «El lobo se pone a veces la piel de cordero», le dije recordando las palabras de mi madre.

Gladdie hizo una pausa para recobrar aliento y Lawrence trató sagazmente de hacerle hablar de lo que había oído.

—¿Oyó usted algo más?

—Es difícil recordarlo exactamente, señor. Me pareció que hablaban siempre de lo mismo. Una o dos veces él dijo: «No lo creo». Así, tal como suena. «Aunque Haydock lo diga, no lo creo.»

—¿Eso dijo él: «Aunque Haydock lo diga, no lo creo»?

—Sí, y aseguró que se trataba de un complot.

—¿No oyó usted hablar a la señora?

—Sólo al final. Imagino que se levantó para marcharse y que debió de acercarse a la ventana. Cuando oí lo que dijo, la sangre se me heló en las venas. *«Mañana a esta hora puedes estar muerto.»* Y lo dijo de una forma... Cuando me enteré de la noticia, no pude evitar recordar estas palabras. «Ahí está», me dije, «ahí está».

Lawrence se preguntaba cuánto del relato de Gladdie se podía creer. Aunque no dudaba de la esencia de las palabras, temía que hubieran sido, hasta cierto punto, tergiversadas a raíz del asesinato. Dudaba especialmente de la última observación.

Dio las gracias a Gladdie, la recompensó con generosidad y le aseguró que Miss Pratt jamás sabría que había salido de la casa para ver a su amigo. Cuando se alejó de Old Hall tenía mucho en que pensar.

Quedaba fuera de toda duda que la entrevista de Miss Lestrange con el coronel Protheroe no había sido cordial, y que él procuró celosamente que su esposa no se enterara de lo tratado.

Recordé entonces el caso de la doble vida mencionada por Miss Marple. ¿Se trataría de algo semejante?

Me pregunté qué papel representaba Haydock en todo eso. Evitó que Miss Lestrange compareciera en el interrogatorio para declarar y la protegió lo mejor que pudo de la policía.

¿Hasta dónde llevaría su protección?

¿La seguiría protegiendo aunque la creyera culpable del asesinato?

Algo en mi interior me decía: «¡No puede ser ella!».

¿Por qué?

Y un duendecillo en mi cerebro replicaba: «Porque es una mujer muy bella y atractiva».

Como Miss Marple diría, hay mucha naturaleza humana en nosotros.

Capítulo 20

Al llegar a la vicaría me enteré de que estábamos atravesando una crisis doméstica.

Griselda me recibió con lágrimas en los ojos y me llevó al salón.

—Se va.

—¿Quién se va?

—Mary. Se ha despedido.

Me era imposible recibir la noticia en forma trágica.

—Bien —repuse—, buscaremos otra cocinera.

Me pareció que eso era lo apropiado. Cuando una criada se va, se busca otra. Me extrañó la mirada de reproche de Griselda.

—No tienes corazón, Len. No te importa.

No me importaba, naturalmente. Más bien me complacía la idea de que no tendría que volver a comer budines quemados y verduras crudas.

—Tendré que buscar a otra chica y enseñarle —dijo Griselda con voz lastimera.

—¿Mary ha sido enseñada? —pregunté.

—Claro que sí.

—Supongo —proseguí— que alguien la ha oído dirigirse a nosotros llamándonos «señor» o «señora» y que se ha apresurado a contratar sus servicios. Lo siento por sus nuevos patronos.

—No se trata de eso —repuso Griselda—. Nadie la quiere. No puedo imaginar que haya alguien que desee llevarla a su casa. Son sus sentimientos. Está terriblemente disgustada porque Lettice Protheroe dijo que no quitaba bien el polvo.

A menudo Griselda hace extrañas manifestaciones, pero sus palabras me parecieron tan sorprendentes esta vez que dudé de su veracidad, tan raro se me antojó que Lettice Protheroe hiciera manifestaciones de tal naturaleza y reprochara a nuestra criada lo mal que hacía las labores domésticas. No me parecía propio de Lettice y así lo dije:

—No veo por qué Lettice Protheroe se ha de preocupar por el polvo de nuestra casa.

—Esto es precisamente lo raro —repuso mi esposa—. Quisiera que hablaras con Mary. Está en la cocina.

No tenía el menor deseo de hablar con Mary sobre eso, pero Griselda me empujó hacia la puerta de la cocina antes de que tuviera tiempo de rebelarme.

Mary estaba pelando patatas.

—Buenas tardes —dije nerviosamente.

Volvió la cabeza, me miró y bufó, pero no contestó a mi saludo.

—Miss Clement me comunica que quiere usted dejar nuestro servicio —dije.

Mary condescendió a contestar:

—Hay algunas cosas que ninguna chica puede tolerar —replicó.

—¿Quiere ser más explícita, por favor?

—¿Cómo?

—¿Quiere explicarme lo que la ha disgustado?

—Se lo diré en dos palabras —repuso. Sus nociones aritméticas son francamente muy elementales—. La gente viene espiando por aquí en cuanto me vuelvo de espaldas. Todo el mundo mete las narices donde no debe. ¿Qué puede importarle a ella cuántas veces quito el polvo del gabinete? Si usted y su esposa están satisfechos, los demás no tienen por qué meterse en ello. Lo importante es que ustedes estén contentos.

Mary nunca me había hecho sentir satisfecho. Confieso que tengo debilidad por las habitaciones barridas y limpiadas a fondo cada mañana. Me parece muy mala la costumbre de Mary de limitarse a pasar el trapo por los lugares visibles en que el polvo se ha acumulado en mayor cantidad. Sin embargo, me pareció que aquél no era el momento más apropiado para exponer mis puntos de vista.

—Tuve que asistir a la investigación, yo, una muchacha respetable, y colocarme ante doce hombres sin saber qué preguntas me iban a hacer. No acostumbro a servir en casas en que se cometen asesinatos y no quiero que algo así vuelva a suceder.

—Espero que así sea —dije—. De acuerdo con la ley de probabilidades es casi imposible que se repita.

—No siento simpatía por la ley. Él era magistrado y mandó a la cárcel a más de un pobre hombre por cazar un conejo. Y después, antes de que se le entierre decentemente, viene su hija a meter las narices por aquí, diciendo que no hago bien la limpieza.

—¿Ha estado Mistress Protheroe por aquí?

—La encontré en la casa cuando volví del Blue Boar. Estaba en el gabinete. «¡Oh!», dijo. «Estaba buscando mi boina amarilla. La dejé aquí el otro día». «Pues yo no la he visto», le contesté. «No estaba aquí cuando limpié la habitación el jueves por la mañana.» «No me extraña que no la viera», dijo. «Me parece que emplea muy poco tiempo en limpiar las habitaciones, ¿verdad?». Entonces pasó el dedo por la repisa y lo miró. ¡Como si hubiera tenido tiempo de hacer una limpieza a fondo del gabinete cuando la policía no abrió la puerta hasta ayer por la noche! «Si el vicario y su esposa están satisfechos, a nadie le importa la forma en que trabajo», le contesté. Entonces se echó a reír, y cuando salía por la cristalera se volvió hacia mí. «¿Está usted segura?», preguntó.

—Comprendo —dije.

—Ya le he explicado por qué quiero irme. Una tiene sus sentimientos. Siempre he estado dispuesta a matarme trabajando por usted y su esposa, y si ella quiere preparar un plato nuevo estoy siempre dispuesta para que esté contenta de mí.

—Claro que lo está —le dije para calmarla.

—Pero debe de haberles oído algo a ustedes o no hubiera dicho esas palabras. Si no se me dan explicaciones, me marcharé. No me importa lo que Mistress Protheroe pueda decir. Nadie la quiere en Old Hall. Es altanera y mal educada. No sé qué es lo que Mr. Dennis puede ver en ella para querer estar siempre a su lado. Es de la clase de mujeres que sabe hacer bailar a los hombres a su gusto.

Mientras hablaba, Mary sacaba los ojos de las patatas con tal vigor que uno de ellos me dio en la cara y me obligó a hacer una pausa.

—¿No cree usted —pregunté mientras me frotaba con el pañuelo— que se ha ofendido por algo dicho sin intención de herirla? La señora sentiría que se fuera, Mary.

—No tengo nada contra ella, ni contra usted tampoco.

—¿No le parece que obra demasiado impulsivamente?

Mary sonrió con la nariz.

—Estaba bastante disgustada después de la investigación. Una tiene sus sentimientos, ¿sabe? Pero no quisiera causar pena a su esposa.

—Entonces todo está arreglado —dije.

Salí de la cocina y me reuní con Griselda y Dennis, que me esperaban en el salón.

—¿Qué...? —preguntó Griselda.

—Se queda —repuse, y suspiré.

—Len —observó mi esposa—, eres muy inteligente.

Me sentí inclinado a disentir de esta opinión. No creí haber sido inteligente. Tengo la firme convicción de que no es posible encontrar una cocinera peor que Mary. Cualquier cambio hubiera sido mejor.

Pero me gusta complacer a Griselda y le di cuenta detallada de las quejas de Mary.

—Lettice tiene muy mala memoria —observó Dennis—. No pudo haber dejado la boina amarilla aquí el miércoles, pues el jueves la llevaba cuando jugamos al tenis.

—No me extraña —repuse.

—Nunca sabe dónde deja las cosas —prosiguió Dennis en un tono cariñoso y admirativo que no venía a cuento—. Suele perder una docena de cosas al día.

—Es un detalle muy atractivo —observé.

Mi sarcasmo hizo mella en Dennis.

—Es muy agradable —dijo con un profundo suspiro—. Los hombres siempre se le están declarando, según me dijo.

—Serán declaraciones con fines ilícitos, pues no hay un solo soltero en el pueblo —observé.

—Está el doctor Stone —repuso Griselda con los ojos alegres.

—Cierto es que hace unos días le pidió que fuera a visitar las excavaciones —admití.

—Claro que la invitó —dijo Griselda—. Lettice es muy atractiva, Len. Incluso los arqueólogos calvos se dan cuenta de ello.

—Tiene mucho encanto —musitó Dennis.

—Y, sin embargo, Lawrence Redding ni siquiera se ha dado cuenta.

Griselda encontró rápidamente una explicación.

—Lawrence posee también mucho encanto. Los hombres de su clase prefieren una mujer, ¿cómo diría yo?, del tipo cuáquero, de aspecto frío. Creo que Anne era la única capaz de enamorarle y supongo que jamás se cansarán el uno del otro. De todas maneras, me parece que ha sido algo estúpido en un aspecto. No creo que sospeche que Lettice se sienta atraída por él, pero, en mi opinión, ella está enamorada.

—No le puede soportar —afirmó Dennis enfáticamente.

Nunca he visto nada parecido a la mirada lastimera con que Griselda recibió esta observación.

Fui a mi gabinete. Me pareció que había algo raro en el ambiente de aquella habitación. Debía sobreponerme a esa sensación, pues, de lo contrario, probablemente no volvería a utilizarla. Me dirigí pensativamente hacia el escritorio, ante el cual Protheroe se había sentado, con su cara roja, orgullosa y consciente de que obraba siempre bien. Allí le había estado esperando la muerte. En el sitio donde yo me encontraba, un enemigo había aguardado...

Y así llegó el fin de Protheroe...

Vi la pluma que sus dedos habían sostenido.

En el suelo se percibía una ligera mancha oscura. La alfombra había sido mandada a la tintorería, pero la sangre había dejado su huella.

Me estremecí.

—No puedo usar esta habitación —dije en voz alta—. No puedo usarla.

Entonces mis ojos vieron algo: el brillo de una mancha azul. Me incliné. Había un pequeño objeto entre el escritorio y la pared. Lo recogí.

Lo sostenía en la palma de la mano, examinándolo, cuando entró Griselda.

—Se me había olvidado decirte que Miss Marple desea que vayamos a su casa después de la cena, Len —dijo—. Quiere que le ayudemos a entretener a su sobrino. Le he contestado que iríamos.

—Muy bien, querida.

—¿Qué estás mirando?

—Nada.

Cerré la mano y posé los ojos en mi esposa.

—Si tú no eres capaz de entretener a Raymond West, querida, debe de tratarse de una persona muy difícil de complacer.

—No seas ridículo, Len —repuso mi esposa, sonrojándose.

Salió de la habitación y abrí la mano. En ella tenía un pendiente de lapislázuli en cuya montura aparecían varias perlas cultivadas. Era una joya bastante fuera de lo corriente y recordé dónde la había visto hacía poco.

Capítulo 21

No puedo decir, en justicia, que jamás haya sentido admiración por Raymond West. Se supone que es un gran novelista y se ha labrado un nombre como poeta. En sus poesías no emplea jamás letras mayúsculas, lo que, según creo, es la esencia del modernismo. Sus libros tratan de gente desagradable cuya vida es en extremo aburrida.

Siente un tolerante afecto por «tía Jane», a quien se refiere en su presencia como a una «superviviente».

Ella le escucha con un halagador interés, y si alguna vez aparece en sus ojos un brillo divertido, tengo la certeza de que él no lo observa.

Se dedicó a Griselda desde el primer momento. Hablaron de las obras teatrales modernas y de allí pasaron a tratar ideas, también modernas, de decoración. Griselda parece burlarse de Raymond West, pero creo que es susceptible a su conversación.

Durante mi (aburrida) charla con Miss Marple, oí varias veces la expresión «enterrada, como usted, en este pueblo».

Eso empezó por fin a irritarme.

—Supongo que debe de tener en muy pobre opinión a los habitantes de este pueblo.

Raymond West agitó el cigarrillo.

—Considero St. Mary Mead —dijo en tono autoritario— como una charca estancada.

Nos miró dispuesto a enfrentarse con nuestro resentimiento, pero creo que vio con desagrado que ninguno de nosotros se oponía a sus palabras.

—Me parece que has empleado un símil muy poco apropiado, mi querido Raymond —observó Miss Marple alegremente—. Nada está tan lleno de vida como una gota de agua en una charca estancada examinada al microscopio.

—Vida... de una clase —admitió el novelista.

—Todas las clases de vida tienen algo en común, ¿no crees? —repuso Miss Marple.

—¿Te estás comparando a los miasmas de las charcas, tía Jane?

—Recuerdo que en tu último libro dijiste algo parecido, querido.

A ningún hombre inteligente le gusta que se empleen sus propias palabras contra él, y Raymond West no era una excepción.

—Fue algo completamente distinto —replicó con voz seca.

—Al fin y al cabo, la vida es algo muy parecido en todas partes —repuso Miss Marple con placidez—. Se nace, se crece, se llega al enamoramiento, luego al matrimonio, vienen los hijos...

—Y finalmente, la muerte —dijo Raymond West—. Y no siempre aquella que se puede probar con un certificado de defunción, sino algunas veces la muerte en vida.

—Hablando de muertes —le interrumpió Griselda—, ¿se ha enterado de que en St. Mary Mead hemos tenido un asesinato?

Raymond West pretendió alejar estas palabras con un gesto de la mano.

—El asesinato es un hecho muy vulgar —dijo—. No me siento interesado por él; es por eso que me desagrada.

Estas palabras no hicieron mella en mí. Se dice que todo

el mundo ama a un amante; cámbiese «amante» por «asesinato» y tendremos una verdad todavía más infalible. Nadie puede dejar de sentirse interesado por el crimen. La gente sencilla, como Griselda y yo, podemos admitirlo abiertamente, pero las personas como Raymond West pretenden que el solo pensamiento de la muerte violenta les aburre.

Sin embargo, Miss Marple descubrió a su sobrino.

—Raymond y yo no hemos hablado de otra cosa durante la cena —dijo.

—Siento gran interés por los sucesos de este pueblo —repuso Raymond apresuradamente, tras lo cual sonrió benévolo y tolerante a Miss Marple.

—¿Tiene usted alguna teoría, Mr. West? —preguntó Griselda.

—Lógicamente —repuso Raymond West, gesticulando con la mano que sostenía el cigarrillo—, sólo una persona pudo haber asesinado a Protheroe.

—¿Quién? —preguntó Griselda.

Todos estábamos interesados en la contestación.

—El vicario —contestó Raymond, señalándome con un dedo acusador.

Proferí una exclamación de sorpresa.

—Desde luego —prosiguió—, sé que usted no lo hizo. La vida no es nunca como debiera ser. Pero piense un momento en el drama: miembro de la junta del templo asesinado en la vicaría por el pastor. ¡Delicioso!

—¿Y el motivo?

—¡Oh! Eso es muy interesante. —Se irguió en su silla, dejando que el cigarrillo se apagara—. Complejo de inferioridad, supongo. Demasiadas inhibiciones, posiblemente. Me gustaría escribir la historia del asesinato. Es sumamente complejo. Semana tras semana, año tras año, ha visto al hombre en las reuniones parroquiales, en las excursiones de los muchachos del coro, pasando el cepillo en la iglesia, llevándolo después al altar. Y el hombre le disgusta, pero reprime ese sentimiento. Es anticristiano y no debe tolerarlo. Y así va creciendo en su interior, ocultamente, hasta que un día...

Hizo un gesto muy expresivo.

Griselda se volvió hacia mí.

—¿Has sentido eso alguna vez, Len?

—Nunca —repuse con sinceridad.

—Sin embargo, creo que hace poco deseaba que el coronel desapareciera de este mundo —observó Miss Marple. (¡Ese dichoso Dennis! Era culpa mía, desde luego. Jamás debí hacerle aquella observación.)

—Temo haberme expresado en estos términos —repuse—. Fue una observación estúpida, pero realmente pasé una mañana muy irritante con él.

—Es muy desagradable —dijo Raymond West—. Pero, desde luego, si en realidad su subconsciente hubiese planeado asesinarle, nunca le habría permitido hacer esa observación.

Suspiró.

—Mi teoría se derrumba. Posiblemente se trata de un vulgar caso de asesinato, cometido por algún cazador furtivo vengativo o una persona semejante.

—Miss Cram ha venido a verme esta tarde —observó Miss Marple—. Me la he encontrado en el pueblo y la he invitado a que viniera a ver mi jardín.

—¿Le gustan los jardines? —preguntó Griselda.

—Creo que no —repuso Miss Marple con una sonrisa burlona—. Sin embargo, son una excusa muy apropiada para hablar.

—¿Qué opinión tiene usted de ella? —preguntó Griselda—. No creo que sea mala muchacha.

—Me dio mucha información acerca de ella y de su familia. Parece que todos murieron en la India. A propósito, ha ido a pasar el fin de semana a Old Hall —dijo Miss Marple.

—¿Qué?

—Parece que Mistress Protheroe la invitó, o quizá ella misma lo sugirió. No sé exactamente cómo fue. Tiene que hacer algún trabajo de secretaria, pues creo que hay muchas cartas por contestar. Como el doctor Stone está ausente, no tiene nada que hacer. Esa tumba ha causado mucha excitación.

—¿Stone? —preguntó Raymond—. ¿Te refieres al arqueólogo?

—Sí. Está excavando una tumba en la propiedad de los Protheroe.

—Es un verdadero sabio —observó Raymond—. Le conocí hace algún tiempo en una cena y mantuvimos una charla muy interesante. Creo que iré a visitarle pronto.

—Ha ido a Londres a pasar el fin de semana —dije—. Por cierto, ha tropezado usted con él esta tarde en la estación cuando salía.

—He tropezado con usted. Le acompañaba un hombre gordo y bajo con gafas.

—Sí. El doctor Stone.

—Pero, querido amigo, ese hombre no era Stone.

—¿No era él?

—No el arqueólogo. Le conozco muy bien. Ese individuo no tiene el menor parecido con Stone.

Nos miramos asombrados y volví los ojos hacia Miss Marple.

—Es extraordinario —dije.

—La maleta —observó Miss Marple.

—Pero ¿por qué? —preguntó Griselda.

—Eso me recuerda a aquel hombre que se hacía pasar por inspector de la compañía del gas —murmuró Miss Marple—. Obtuvo un buen botín.

—Un impostor —dijo Raymond—. Muy interesante.

—La cuestión es: ¿tiene ello algo que ver con el asesinato? —preguntó Griselda.

—No necesariamente —repuse—. Pero...

Miré a Miss Marple.

—Es una cosa muy extraña —observó la solterona—. Otra de esas cosas extrañas.

—Sí —admití poniéndome en pie—. Me parece que esto debe ser puesto de inmediato en conocimiento del inspector.

Capítulo 22

Llamé por teléfono al inspector Slack y le comuniqué la noticia. Sus órdenes fueron breves y enfáticas: nadie debía enterarse de lo que acabábamos de averiguar. Miss Cram no debía ser puesta sobre aviso bajo ningún concepto. Entretanto, se procedería a la búsqueda de la maleta en los alrededores de la tumba.

Griselda y yo regresamos a la vicaría presas de gran excitación. No podíamos hablar mucho en presencia de Dennis, pues habíamos prometido al inspector que no dejaríamos traslucir el menor indicio.

Dennis estaba muy preocupado por sus propios asuntos. Entró en el gabinete y empezó a revolver las cosas y a pasearse arriba y abajo, como si algo le inquietara mucho.

—¿Qué te sucede, Dennis? —pregunté.

—No quiero ser marino, tío Len.

Me quedé asombrado. Hasta entonces el muchacho había demostrado gran afición por la carrera del mar.

—Te entusiasmaba la idea de serlo —observé.

—Sí, pero he cambiado de idea.

—¿Qué quieres hacer?

—Quiero ser financiero.

Me quedé sorprendido.

—¿Qué quieres decir?

—Pues que quiero ser financiero. Deseo ir a la *City*.

—Querido sobrino, estoy seguro de que esa vida no te

gustaría en absoluto. Incluso si pudiera encontrarte un empleo en un banco.

Dennis dijo que no era eso lo que deseaba. No quería trabajar en un banco. Le pedí que me explicara detalladamente sus proyectos y, como sospechaba, no sabía exactamente lo que pretendía hacer.

Ser «financiero» significaba para él hacerse rico pronto, lo cual, con el optimismo propio de la juventud, le parecía muy fácil de lograr con sólo «ir a la *City*». Procuré quitarle esa idea de la cabeza lo más delicadamente que pude.

—¿Cómo se te ha ocurrido eso? —pregunté—. Estabas encantado pensando en ser marino.

—Ya lo sé, tío Len, pero he reflexionado. Algún día tendré que casarme y... Quiero decir que se ha de ser rico para casarse con una muchacha.

—Los hechos desmienten tu teoría —observé.

—Sí, ya lo sé, pero querré casarme con una muchacha que esté acostumbrada a tener cuanto desee.

Era bastante vago en su explicación, pero me pareció que sabía adónde quería ir a parar.

—Todas las muchachas no son como Lettice Protheroe —dije con suavidad.

Se sonrojó como la grana.

—No es justo con ella, tío. Ni usted ni tía Griselda la quieren. Griselda dice que es una niña aburrida.

Desde el punto de vista femenino, mi esposa tiene razón. Lettice es aburrida.

Desde luego, no me costó trabajo convencerme de que el muchacho se sentiría vejado ante el adjetivo.

—Si la gente fuera sólo algo más condescendiente... Incluso los Hartley Napier la critican, a pesar de la desgracia que la aflige ahora, y todo porque dejó el partido de tenis algo temprano. ¿Por qué tenía que quedarse más rato si no se sentía a gusto? Después de todo, me parece muy decente por su parte haberse ido.

—Fue ciertamente un favor que les hizo —observé, pero Dennis no sospechó la menor malicia en mis palabras.

—No tiene nada de orgullosa. Para probárselo, le diré que incluso hizo que yo me quedara. Naturalmente, también yo quería irme, pero ella se opuso. Dijo que no podía hacer un feo a los Napier. Por complacerla, me quedé un cuarto de hora más.

Los jóvenes tienen unos puntos de vista muy curiosos acerca de la falta de orgullo.

—Y ahora parece que Susan Hartley Napier va diciendo por ahí que Lettice es una chica muy mal educada.

—En tu lugar —repuse—, yo no me preocuparía.

—Sí, pero... —Entonces se sinceró—. Haría cualquier cosa por Lettice.

—Muy pocos de nosotros podemos hacer algo por los demás —dije—. Por mucho que lo deseemos, somos del todo impotentes.

—Quisiera morirme —repuso Dennis sombríamente.

Pobre muchacho. El amor juvenil es una enfermedad virulenta. Evité pronunciar las palabras, generalmente irritantes para la otra parte, que en ocasiones parecidas acuden con facilidad a nuestros labios. En vez de ello, le deseé buenas noches y me fui a la cama.

Por la mañana me encargué del servicio religioso de las ocho y cuando volví a casa encontré a Griselda sentada a la mesa, sostenía una nota en la mano. Era de Anne Protheroe.

Querida Griselda:

Me sentiría muy agradecida si usted y el vicario vinieran a comer hoy, procurando que nadie se entere de ello. Ha sucedido algo muy extraño y deseo el consejo de Mr. Clement.

No mencionen esta carta cuando lleguen, pues no he hablado de ello con nadie.

Con cariño,

ANNE PORTHEROE

—Debemos ir, por supuesto —dijo Griselda. Asentí—. ¿Qué habrá sucedido?

También yo me hacía esa pregunta.

—Me parece que todavía no hemos llegado al final de ese caso —observé.

—¿Lo dices porque no se ha detenido a nadie?

—No —repuse—. Quiero decir que existen ramificaciones, corrientes subterráneas de las que nada conocemos. Muchas cosas deben ser aclaradas antes de que lleguemos a saber la verdad.

—¿Te refieres a cosas que no tienen gran importancia pero que obstruyen el camino?

—Sí. Creo que has expresado exactamente mi pensamiento.

—Me parece que estamos haciendo una montaña de un grano de arena —observó Dennis mientras se servía mermelada—. No está del todo mal que Protheroe esté muerto. Nadie le quería. Ya sé que la policía tiene que averiguar quién le mató, es su trabajo. Pero me gustaría que nunca se supiera quién lo hizo. Me fastidiaría mucho ver a Slack pavonearse de su inteligencia.

Soy lo suficientemente humano como para estar de acuerdo con la opinión que tiene mi sobrino de Slack.

—También el doctor Haydock piensa como yo —prosiguió Dennis—. No entregaría jamás a un criminal a la justicia. Él lo dijo.

Creo que éste es el peligro que entrañan los puntos de vista de Haydock. Pueden parecer sensatos —no soy yo quien debe sentar cátedra en este aspecto—, pero producen en las mentes juveniles una impresión que estoy seguro de que no complacería al propio Haydock.

Griselda miró por la ventana y señaló que había periodistas en el jardín.

—Supongo que deben de estar fotografiando otra vez las ventanas del gabinete —suspiró.

Nos habían causado ya bastantes molestias. Primero fue la curiosidad de la gente del pueblo. Todos sus habitantes desfilaron ante la vicaría, mirando la casa con ojos de asombro. Después llegaron los periodistas con sus cámaras fotográficas y, naturalmente, la gente del pueblo, que contemplaba a los periodistas. Finalmente nos vimos obligados a solicitar que un agente de policía de Much Benham montara guardia junto a la ventana del gabinete.

—El entierro se efectuará mañana por la mañana. Espero que después se apague esta curiosidad —dije.

Observé la presencia de algunos periodistas en los alrededores de Old Hall cuando llegamos a la casa. Se me acercaron y me hicieron varias preguntas, a las que invariablemente contesté que no tenía nada que decir.

El mayordomo nos hizo pasar al salón, en el cual encontramos a Miss Cram, al parecer muy alegre.

—¡Qué sorpresa! —exclamó mientras nos estrechaba la mano—. Jamás hubiera esperado algo así, pero Mistress Protheroe es muy buena, ¿no es verdad? Además, no es muy conveniente que una muchacha soltera permanezca sola en el Blue Boar, lleno de gente extraña. Por supuesto, procuro corresponder de la mejor manera posible, especialmente cuando Mistress Protheroe no hace el menor esfuerzo para ayudar.

Me divirtió observar que persistía la vieja animosidad contra Lettice y que Miss Cram se había convertido en una decidida partidaria de Anne. Al mismo tiempo, me pregunté si la historia de su ida a Old Hall era exacta. Según ella, la iniciativa partió de Anne. Desde luego, la primera mención de lo poco apropiado que era para una muchacha soltera permanecer sola en el Blue Boar pudo ser hecha fácilmente por Miss Cram. Sin embargo, aun examinando la cuestión con mente amplia, no me pareció que la secretaria dijese exactamente la verdad.

En aquel momento, Anne Protheroe entró en el salón.

Vestía modestamente de negro. En su mano llevaba un ejemplar del periódico del domingo, que me alargó.

—No tengo la menor experiencia en esta clase de cosas, pero me parece terrible —dijo—. Se me acercó un periodista durante la investigación y le manifesté que no podía decir nada. Entonces él me preguntó si deseaba realmente que el asesino de mi esposo fuera descubierto y le contesté que sí. Después quiso saber si tenía alguna sospecha y le dije que no. Entonces me preguntó si en mi opinión el crimen, por la forma en que se había cometido, debía de haber sido llevado a cabo por alguien conocedor del pueblo y repuse que así me parecía. Eso fue todo. Y ahora mire esto.

En el centro de la página había una fotografía tomada por lo menos diez años antes. Sabe Dios de dónde la habrían sacado. Unos grandes titulares rezaban:

LA VIUDA DECLARA QUE NO DESCANSARÁ HASTA DESCUBRIR AL ASESINO DE SU ESPOSO

Mistress Protheroe, viuda del asesinado, está segura de que el criminal debe ser buscado en el pueblo. Tiene sospechas, aunque no la certeza, de su identidad. Está postrada por el dolor, pero reitera que no descansará hasta haber logrado la detención del asesino.

—Yo no he dicho eso —observó Anne.

—Podría haber sido peor —repuse, devolviéndole el periódico.

—Son muy desvergonzados —comentó Miss Cram—. Me gustaría ver a uno de esos tipos tratando de sonsacarme algo.

En la cara de Griselda leí claramente que creía que esas palabras eran más literales de lo que Miss Cram pretendía.

Anunciaron que la comida estaba servida y pasamos al comedor. Lettice no llegó hasta mediada la comida y tomó asiento en su sitio, con una sonrisa para Griselda y una inclinación de cabeza para mí. La miré atentamente, por razones que me conciernen, pero me pareció tan despistada como de costumbre. En justicia debo admitir que es muy bonita. No llevaba luto, aún, pero vestía de verde pálido, lo que resaltaba la delicadeza de su cutis.

Después del café, Anne anunció:

—Quiero hablar a solas con el vicario. Vamos arriba, a mi salita.

Por fin iba a conocer la razón de la llamada. Me levanté y la seguí hacia la escalera. Se detuvo ante la puerta de su habitación. Me disponía a hablar, pero ella alargó la mano para detenerme. Permaneció un instante escuchando y mirando hacia el salón.

—Bien. Se dirigen al jardín. No, no entre aquí. Vamos arriba.

Ante mi sorpresa, me precedió por el pasillo que llevaba al extremo del ala del edificio. Una estrecha escalera conducía al piso superior y por ella subimos. Llegamos a un lugar polvoriento. Anne abrió una puerta y entró en una penumbrosa buhardilla, destinada, aparentemente, a guardar trastos amontonados y diversos cachivaches.

Mi sorpresa era tan evidente que ella sonrió.

—Ante todo, debo explicarme. Estos días tengo el sueño muy ligero. Anoche, o más bien esta madrugada, a las tres, oí a alguien que caminaba por la casa. Escuché atentamente y por fin me levanté y salí. Al llegar al rellano tuve el convencimiento de que los ruidos no llegaban de abajo, sino de arriba. Fui hasta el pie de la escalera. Entonces pregunté: «¿Hay alguien ahí?». Nadie contestó. No oí nada más y creí que los nervios me habían gastado una jugarreta, por lo que regresé a la cama. Sin embargo, esta mañana, por pura curiosidad, he venido aquí y he encontrado esto.

Se agachó y dio la vuelta a un retrato que estaba apoyado en la pared, con el reverso de la tela hacia fuera.

Lancé una exclamación de sorpresa. Se trataba evidentemente de un retrato al óleo, pero la cara había sido acuchillada de tal manera que resultaba irreconocible. Se veía con claridad que los cortes eran recientes.

—¡Es asombroso! —exclamé.

—¿Verdad que sí? ¿Puede usted encontrar alguna explicación?

Negué con la cabeza.

—Parece que lo hayan destrozado con una furia salvaje —exclamó—. Y esto no me gusta.

Eso mismo pensé yo.

—¿De quién es el retrato?

—No tengo la menor idea. Jamás lo había visto. Todas estas cosas estaban en la buhardilla cuando me casé con Lucius y vine a vivir aquí. Jamás las había examinado ni me había preocupado por ellas.

—Es asombroso —repetí.

Me agaché y examiné los otros cuadros. Se trataba de algunos paisajes mediocres, óleos y reproducciones.

Nada podía ser de la menor ayuda. En un rincón había un enorme baúl antiguo con las iniciales E. P. Lo abrí. Estaba vacío.

—Es tan raro que no tiene sentido —observé.

—Sí —repuso Anne—. Y ello me asusta un poco.

No había nada más que ver. Salimos de allí y fuimos a su salita.

—¿Cree usted que debo comunicárselo a la policía?

Vacilé.

—No es fácil asegurar que...

—Tenga conexión con el asesinato —dijo Anne, completando mi frase—. Ya lo sé. Esto es lo que resulta tan extraño. No parece guardar relación alguna con él.

—Cierto —dije—. Es otra de esas cosas extrañas.

Permanecimos en silencio durante un instante.

—¿Qué planes tiene usted? —pregunté.

Levantó la cabeza.

—Seguiré viviendo aquí por lo menos seis meses más —dijo con aire desafiante—, aunque odio la idea de permanecer en Old Hall un minuto más. Sin embargo, creo que es lo único que puedo hacer en estos momentos. De lo contrario, la gente diría que he huido porque tengo mala conciencia.

—No creo que lo hagan.

—Sí lo harán, sobre todo cuando... —Hizo una pausa y luego prosiguió—: Cuando hayan transcurrido nueve meses contraeré matrimonio con Lawrence. —Sus ojos se encontraron con los míos—. No estamos dispuestos a esperar más tiempo.

—Lo imaginaba —dije.

De repente se derrumbó, ocultando la cabeza entre las manos.

—No sabe usted lo agradecida que le estoy. Nos habíamos despedido. Él iba a marcharse. No me siento apenada por la muerte de Lucius. Si hubiéramos planeado huir juntos y él hubiese muerto entonces, ahora la situación sería terrible. Pero usted nos hizo comprender lo equivocados que estábamos. Por eso le estoy agradecida.

—Yo también lo estoy —repuse gravemente.

Se enderezó.

—De todas maneras, hasta que se descubra al verdadero asesino, la gente creerá que Lawrence le mató, especialmente cuando se case conmigo.

—La declaración del doctor Haydock deja claro...

—¿Acaso a la gente le importan las declaraciones? Ni siquiera conocen lo manifestado por el doctor Haydock. Además, las pruebas médicas carecen de significado para el pueblo. Ésta es otra de las razones por la que permaneceré aquí. Mr. Clement, voy a averiguar la verdad. —Sus ojos brillaban—. Por eso pedí a esa muchacha que viniera aquí —añadió.

—¿Miss Cram?

—Sí.

—Entonces, ¿la idea de que ella viniera partió de usted?

—Sí. En realidad, ella insinuó algo en la investigación. Estaba allí cuando llegué. Pero le pedí deliberadamente que viniera.

—No irá usted a sospechar que esa tonta señorita tenga algo que ver con el asesinato, ¿verdad? —dije.

—Es muy fácil parecer estúpido, Mr. Clement. Es una de las cosas más fáciles del mundo.

—Entonces, ¿cree usted que...?

—No. Sinceramente, no. En cambio, sospecho que ella sabe algo. Quiero estudiarla de cerca.

—Y la primera noche que ha pasado en esta casa el retrato ha sido destruido con salvaje brutalidad —musité pensativo.

—¿Cree usted que lo hizo ella? Pero ¿por qué? Parece absurdo e imposible.

—También me parece absurdo e imposible que su esposo fuera asesinado en mi gabinete —repuse amargamente—, pero lo fue.

—Lo sé. —Apoyó la mano en mi brazo—. Es terrible para usted. Me doy perfecta cuenta de ello, aunque no lo haya mencionado anteriormente.

Saqué del bolsillo el pendiente de lapislázuli y se lo alargué.

—Creo que es suyo.

—Oh, sí —extendió la mano para tomarlo con una sonrisa de complacencia—. ¿Dónde lo ha encontrado?

No puse la joya en su mano.

—¿Le importaría que lo retuviera algún tiempo más?

—No, desde luego.

Parecía asombrada y curiosa, aunque no satisfice su curiosidad.

Por el contrario, le pregunté por su situación económica.

—Es una pregunta impertinente —dije—, pero no la hago con esa intención.

—No me parece impertinente de ningún modo. Usted y Griselda son mis mejores amigos. También aprecio a esa graciosa Miss Marple. Lucius gozaba de una buena fortuna, como usted debe de saber. Dividió sus posesiones bastante equitativamente entre Lettice y yo. Old Hall es para mí, pero Lettice recibirá dinero para adquirir una casa y podrá escoger suficientes muebles para amueblarla.

—¿Conoce usted sus planes?

Anne hizo un gesto cómico.

—No me los ha contado. Imagino que se marchará de aquí tan pronto como pueda. No soy santo de su devoción, nunca lo he sido. Casi me atrevo a decir que yo tengo la culpa de ello, aunque siempre he tratado de portarme lo mejor posible. Supongo que cualquier muchacha lamenta el hecho de tener una madrastra.

—¿La quiere usted? —pregunté abruptamente.

No contestó enseguida, lo que me convenció de que Anne Protheroe era una mujer muy honrada.

—Al principio, sí —repuso—. ¡Era tan pequeña! Sin embargo, ahora creo que no. No sé por qué. Quizá se deba a que ella no me quiere. Me gusta que me quieran.

—A todos nos sucede lo mismo —observé, y Anne Protheroe sonrió.

Tenía otra cosa que hacer: hablar a solas con Lettice. Me fue bastante fácil conseguirlo porque la encontré en el salón vacío; Griselda y Gladys Cram estaban en el jardín.

Entré y cerré la puerta.

—Quiero hablar con usted acerca de algo, Lettice —dije.

Me miró con indiferencia.

—¿Sí?

Había pensado de antemano lo que diría.

—¿Por qué dejó usted caer esto en mi gabinete? —pregunté alargando la mano abierta con el lapislázuli.

Observé cómo su cuerpo se tornaba rígido por un momento. Recobró tan rápidamente la compostura que casi llegué a dudar de su anterior movimiento.

—Nunca he dejado caer nada en su gabinete —repuso descuidadamente—. Este pendiente no es mío, sino de Anne.

—Lo sé —dije.

—¿Por qué me lo pregunta entonces? Anne debe de haberlo perdido.

—Mistress Protheroe sólo ha estado una vez en mi gabinete después del asesinato. En esa ocasión vestía de negro y no hubiese llevado pendientes azules.

—En tal caso —dijo— se le debió de caer antes. —Hizo una pausa—. Es lógico que haya sido así —añadió.

—Es muy lógico —repuse—. Supongo que usted no recordará cuándo llevó su madrastra estos pendientes por última vez.

Me miró con ojos asombrados y al mismo tiempo confiados.

—¿Es muy importante saberlo?

—Quizá sí.

—Trataré de recordar. —Permaneció pensativa, con el ceño fruncido. Jamás he visto a Lettice Protheroe tan encantadora como en aquel momento—. ¡Oh, sí! —dijo de pronto—. Los llevaba el... jueves. Ahora lo recuerdo.

—El jueves fue el día del asesinato —dije lentamente—. Aquel día Mistress Protheroe estuvo en el estudio, en el jardín, pero, como recordará, en su declaración dijo que sólo se había acercado a la cristalera del gabinete.

—¿Dónde lo encontró usted?

—Debajo del escritorio.

—Entonces parece que Anne no dijo la verdad al declarar, ¿no cree? —dijo Lettice.

—¿Quiere decir que entró en la habitación y estuvo junto al escritorio?

—Así parece. —Sus ojos se posaron en los míos serenamente—. Jamás he creído que Anne dijera la verdad —prosiguió en tono resuelto.

—Y yo sé que usted no la dice ahora, Lettice.

—¿Qué quiere usted insinuar? —Estaba asombrada.

—Vi este pendiente por última vez el viernes por la mañana, cuando vine a Old Hall con el coronel Melchett. Estaba junto con su pareja encima del tocador de su madrastra. Los tuve en la mano.

—¡Oh!

Pareció tambalearse y entonces, súbitamente, se arrojó sobre el brazo del sillón y estalló en un fuerte llanto. Su rubia cabellera casi tocaba el suelo. Era una actitud extraña: hermosa y no fingida.

La dejé llorar un momento y luego le hablé con suavidad:

—¿Por qué lo hizo, Lettice?

—¿Qué...?

Se puso enérgicamente en pie, echando hacía atrás el cabello que le caía sobre la frente. Parecía casi aterrorizada.

—¿Qué quiere usted decir?

—¿Por qué lo hizo? ¿Fue por celos o porque no quiere a Anne?

—Oh, sí. —Se apartó el cabello de la cara, y este gesto pareció devolverle el control de sí misma—. Sí, llámelo celos. Nunca he querido a Anne, desde que llegó aquí dándose aires de reina. Yo puse el condenado pendiente debajo del escritorio, esperaba que ello le causara algunas dificultades. Así habría sido si no hubiese andado usted revolviendo las cosas que hay en el tocador. Al fin y al cabo, un clérigo no tiene por qué ayudar a la policía de tal modo.

Fue una crisis infantil de la que no hice caso alguno. En aquel momento, Lettice parecía una niña muy patética.

Su infantil intento de vengarse de Anne no podía tomarse en serio. Así se lo dije, añadiendo que devolvería el pendiente a su propietaria sin mencionar dónde lo había encontrado. Pareció conmoverse por mis palabras.

—Es usted muy amable —dijo.

Permaneció en silencio un minuto y luego habló sin mirarme a la cara y escogiendo cuidadosamente las palabras.

—En su lugar, Mr. Clement, yo sacaría a Dennis de este pueblo. Creo..., creo que sería lo mejor.

—¿Dennis? —pregunté, enarcando las cejas, sorprendido aunque divertido al mismo tiempo.

—Creo que sería lo mejor —repitió, hablando con el mismo tono—. Lo siento por Dennis. No pensé que él... De todos modos, lo siento.

Y no hablamos más de ello.

Capítulo 23

Al regresar, propuse a Griselda que diéramos una vuelta y pasáramos por la tumba: deseaba saber si la policía trabajaba en aquella dirección, y de ser así, qué había encontrado. Sin embargo, Griselda tenía algunas cosas que hacer en casa, por lo que tuve que ir yo solo.

Encontré al agente Hurst, encargado de las operaciones.

—No hemos encontrado nada todavía, señor —me dijo—, y, sin embargo, parece razonable que este lugar fuera escogido como escondite. Quizá preparaba la coartada.

Su empleo de la palabra *escondite* me sorprendió por un momento, pero pronto me di cuenta de su verdadero significado.

—Lo que quiero decir, señor, es, ¿adónde hubiera podido dirigirse esa señorita al tomar el sendero del bosque sino aquí?

—Supongo —repuse— que el inspector Slack desdeñaría algo tan sencillo como preguntárselo directamente a la interesada.

—No quiere que ella sospeche —observó Hurst—. Cualquier cosa que le escriba a Stone o que él le comunique puede arrojar luz sobre algunos detalles. Si ella supiera que andamos tras sus pasos, seguramente cerraría el pico.

Me pareció del todo imposible que Miss Cram pudiera «cerrar el pico» alguna vez. No podía imaginarla sino como una persona de desbordante locuacidad.

—Cuando un hombre es un impostor, hay que averiguar por qué lo es —prosiguió Hurst sentencioso.

—Desde luego —contesté.

—Y la respuesta debe de encontrarse en esa tumba. De lo contrario, ¿por qué habría estado excavándola?

—Una *raison d'être* para permanecer aquí —sugerí, pero esas palabras francesas estaban fuera del alcance del policía, por lo que se vengó fríamente:

—Ése es el punto de vista del detective aficionado.

—De todos modos, no han encontrado ustedes la maleta —dije.

—La encontraremos, señor.

—No estoy tan seguro de ello —repuse—. He estado pensando. Miss Marple dice que la muchacha tardó muy poco en volver sin la maleta. En ese caso, no hubiera tenido tiempo de llegar hasta aquí y regresar.

—No se puede tener demasiado en cuenta lo que dicen las señoras de cierta edad. Cuando observan algo extraño y sienten curiosidad por averiguar en qué terminará la cosa, el tiempo simplemente pasa volando. Además, nadie ha podido fiarse jamás de las mujeres en cuanto al transcurso del tiempo.

A menudo me pregunto por qué todo el mundo es tan propenso a generalizar. Las generalizaciones son verdad muy pocas veces. Yo mismo tengo poco sentido del tiempo, por lo que acostumbro a tener el reloj adelantado, mientras que Miss Marple, a mi parecer, lo tiene muy desarrollado. Sus relojes están siempre en hora y ella jamás ha llegado tarde a ninguna parte.

Sin embargo, no tenía el menor deseo de discutir con el agente Hurst sobre este asunto. Le di las buenas tardes, le deseé suerte en su búsqueda y seguí mi camino.

Estaba ya cerca de casa cuando tuve una idea. Nada de lo visto o dicho anteriormente la sugirió, se me ocurrió espontáneamente como una posible solución.

Seguramente recordarán ustedes que en mi primera búsqueda por el sendero, al día siguiente del asesinato, encontré en la maleza señales de que había sido pisoteada. Al parecer, y así lo creí entonces, lo había sido por Lawrence, ocupado en la misma tarea que yo.

Recordé que después él y yo juntos llegamos a un paso ligeramente señalado, que resultó haber sido hecho por el inspector. Al pensar en esto, recordé claramente que el primer sendero (el de Lawrence) era mucho más visible que el segundo, como si más de una persona hubiera pasado por allí. Pensé que quizá fue lo que llamó en primer lugar la atención de Lawrence. ¿Y si lo hubieran hecho el doctor Stone o Miss Cram al pasar?

Recordé, o imaginé recordar, haber visto hojas y ramitas secas pisoteadas. En tal caso, el sendero no se podría haber hecho la tarde de nuestra búsqueda.

Me estaba acercando al punto en cuestión. Lo reconocí fácilmente y una vez más me adentré en la maleza. En esa ocasión observé ramitas frescas pisoteadas. Alguien había pasado por allí desde que lo hicimos Lawrence y yo.

En muy poco tiempo llegué al lugar donde había encontrado a Lawrence.

El sendero, débilmente marcado, continuaba y lo seguí. Llegaba a un claro que presentaba huellas de haber sido pisado hacía poco. Lo llamo claro porque la densidad de la maleza era algo menor. Las ramas de los árboles se entrelazaban. El lugar medía unos pocos centímetros en redondo.

Al otro lado, la maleza era otra vez densa y me pareció evidente que nadie se había abierto paso a través de ella. Sin embargo, presentaba señales de haber sido removida en un sitio.

Fui hasta allí, me puse de rodillas y aparté la maleza con las manos. Vi algo brillante. Presa de excitación, metí una mano y saqué una pequeña maleta de color castaño.

Lancé una exclamación de triunfo. Había tenido éxito. A pesar del desdén del agente Hurst, yo tenía razón. Ésa era, sin duda, la maleta que llevaba Miss Cram. Traté de abrirla, pero estaba cerrada con llave.

Al ponerme de pie, observé un cristal oscuro en el suelo. Lo recogí casi automáticamente y lo guardé en el bolsillo.

Entonces, con la maleta en la mano, volví sobre mis pasos. Cuando cruzaba el portal y llegaba al sendero que da a la verja del jardín, alguien me dijo excitadamente:

—¡Oh, Mr. Clement! ¡La ha encontrado! ¡Qué inteligente es usted!

Recordé que nadie era tan experto en el arte de ver sin ser visto como la sagaz Miss Marple y levanté la maleta.

—Ésa es —dijo Miss Marple—. La reconocería en cualquier lugar.

Me pareció una exageración. Hay miles de maletas baratas iguales que aquélla y nadie sería capaz de reconocerla por haberla visto una vez desde lejos y a la luz de la luna, pero observé que todo lo relacionado con la maleta constituía un triunfo particular de Miss Marple y que, por tanto, debía perdonarle aquella pequeña exageración.

—Debe de estar cerrada, ¿verdad, Mr. Clement?

—Sí. Ahora la voy a llevar a la comisaría.

—¿No cree usted que sería mejor avisarlos por teléfono?
Desde luego, sería mejor telefonear. Cruzar el pueblo con la maleta en la mano daría pie a una total e indeseable publicidad.

Así que abrí la puerta de la verja del jardín de Miss Marple y entré en la casa por la cristalera. Desde el salón y con la puerta cerrada llamé a la policía.

El inspector Slack dijo que se reuniría conmigo inmediatamente.

Cuando llegó estaba del peor humor.

—Veo que la ha encontrado —dijo—. ¿Sabe, señor, que no debería haberse guardado sus ideas para usted solo? Si tenía alguna razón para creer que conocía el lugar en que estaba escondida la maleta, debería haber dado cuenta de ello a las autoridades.

—El hallazgo fue accidental —contesté—. Se me ocurrió que quizá podría encontrarla.

—Conque sí, ¿eh? Hay casi un kilómetro y medio cuadrado de bosque y usted va directamente al lugar en que estaba.

Hubiera comunicado gustosamente al inspector el razonamiento que me había llevado al sitio en que la encontré, pero sus malos modales me hicieron callar.

—¿Bien? —prosiguió el inspector, mirando con desagrado y aparente indiferencia la maleta—. Supongo que hemos de averiguar cuál es su contenido.

Sacó del bolsillo un manojo de llaves y ganzúas. La cerradura no era complicada y en un segundo estuvo abierta.

No sé lo que habíamos esperado encontrar; quizá algo sensacional, imagino. Lo primero que vieron nuestros ojos fue una grasienta bufanda. El inspector la levantó. Luego encontramos un desteñido abrigo azul oscuro, en no mejor estado, y una gorra sucia.

—¡Valiente porquería! —exclamó el inspector.

Siguieron un par de botas con los tacones y suelas gastados.

En el fondo de la maleta había un paquete envuelto en papel.

—Será alguna camisa de colorines, supongo —dijo el inspector amargamente mientras lo abría.

Un instante después la sorpresa me impidió hablar.

El paquete contenía unos pequeños objetos de plata y una bandeja del mismo metal.

Miss Marple dejó escapar una exclamación.

—¡Los saleros de plata del coronel Protheroe y la *tazza* de Carlos II! —dijo—. ¿Qué les parece?

El inspector estaba colorado hasta la raíz de los cabellos.

—¿Conque ése era el juego? —murmuró—. Pero no lo

comprendo: no se ha notificado la desaparición de estos objetos.

—Quizá todavía no se han dado cuenta de ello —sugerí—. Imagino que unos objetos de tanto valor no se usan diariamente. Con seguridad, el coronel Protheroe los guardaba en una caja de caudales.

—Debo investigar —dijo el inspector—. Iré directamente a Old Hall. ¡Conque ésta era la razón de la rápida desaparición de nuestro doctor Stone! Debió de temer que, a causa del asesinato, descubriéramos sus verdaderas actividades y registráramos su equipaje. Hizo que la chica escondiera estos objetos en el bosque, junto con una ropa apropiada para cambiarse. Seguramente vendría a buscarlos cualquier noche, dando un rodeo, mientras ella permanecía aquí para alejar toda sospecha. Bien, esto nos aclara algo: él no tuvo nada que ver con el asesinato. Su juego era otro muy distinto.

Volvió a colocar todas las cosas en la maleta, la cerró y se marchó.

—Ya tenemos un misterio aclarado —dije con un suspiro—. Slack tiene razón. No se puede sospechar de él. Conocemos la verdadera razón de su estancia aquí.

—Así parece —observó Miss Marple—, aunque uno nunca puede estar seguro del todo.

—No existe el menor motivo para que haya asesinado al coronel —señalé—. Ya tenía lo que había venido a buscar y se disponía a abandonar el terreno.

—Pues... sí.

No estaba del todo convencida y la miré con curiosidad. Se apresuró a contestar a mi inquisitiva mirada.

—Es muy posible que esté equivocada. Soy muy estúpida, pero me preguntaba... Esa plata tiene mucho valor, ¿no es así?

—Creo que hace pocos días se vendió una *tazza* por más de mil libras.

—Quiero decir que su valor no es el del metal.

—No. Se trata del que le da el coleccionista.

—Esto es lo que quiero decir. Se tardaría un tiempo en lograr la venta de tales objetos, e incluso cuando tuviera lugar la transacción no se podría llevar a cabo en secreto. Al denunciarse el robo, las piezas de plata no podrían ser vendidas.

—No acabo de comprenderlo —dije.

—Ya sé que no me expreso con claridad. —Se sonrojó—. Me parece que esas cosas no se podrían robar simplemente, sino que seguramente habría que reemplazarlas por copias. Quizá entonces el robo no sería descubierto hasta después de bastante tiempo.

—Es una idea muy ingeniosa —observé.

—Sería la única forma de hacerlo, ¿no le parece? De ser así, naturalmente no habría razón alguna para asesinar al coronel Protheroe, sino todo lo contrario.

—Exactamente —convine—. Eso es lo que he dicho.

—Sí, pero me preguntaba... No sé, desde luego... El coronel Protheroe hablaba siempre de cosas que iba a hacer y que nunca hacía, pero dijo que...

—¿Sí?

—Dijo que iba a hacer tasar todas sus pertenencias. Un hombre de Londres iba a venir para ello. Se trataba de un tema de seguros o algo así. Alguien le aconsejó que lo hiciera. Hablaba mucho de ello y de su importancia. Desde luego, ignoro si dio algún paso en este sentido, pero si lo hizo...

—Comprendo —dije lentamente.

—Desde luego, en el momento en que el perito viera la plata todo se descubriría y el coronel recordaría haber mostrado esos objetos al doctor Stone. Me pregunto si la sustitución se hizo entonces.

—Su idea tiene sentido. Creo que deberíamos averiguar lo que hay de cierto en ella.

Me dirigí de nuevo al teléfono y unos minutos después logré que me comunicaran con Old Hall y hablar con Anne Protheroe.

—No, no es nada importante. ¿Ha llegado ya el inspector? Bien. Está en camino. ¿Puede usted decirme, Mistress Protheroe, si los objetos de Old Hall han sido tasados alguna vez? ¿Cómo dice?

Su contestación fue rápida. Le di las gracias, colgué el teléfono y me volví hacia Miss Marple.

—El coronel Protheroe había acordado con alguien de Londres una visita para esta mañana, lunes, para hacer una tasación completa. Debido a su muerte, el asunto ha sido aplazado.

—Entonces, existía un motivo —murmuró Miss Marple.

—Un motivo, sí, pero eso es todo. Usted olvida que cuando se hizo el disparo el doctor Stone acababa de unirse a los demás, o se disponía a cruzar la verja para hacerlo.

—Sí —repuso Miss Marple pensativamente—. Esto le descarta.

Capítulo 24

Al regresar a la vicaría encontré a Hawes esperándome en el gabinete. Paseaba por él agitadamente y cuando entré se detuvo como si le hubieran disparado un tiro.

—Debe perdonarme —dijo, secándose el sudor de la frente—. Mis nervios están completamente destrozados.

—Mi querido amigo —repuse—, debe usted cambiar de aires por una temporada. De lo contrario, acabará ciertamente mal.

—No puedo abandonar mi puesto —dijo—. Nunca haré eso.

—No se trata de deserción. Está usted enfermo. Estoy seguro de que Haydock estaría de acuerdo conmigo.

—Haydock, Haydock. ¿Qué clase de médico es? Un ignorante medicucho de pueblo.

—Creo que es usted injusto con él. Siempre se le ha considerado un hombre muy inteligente en su profesión.

—Quizá sí, pero no me gusta. Pero no es eso lo que he venido a decirle. Quiero pedirle que tenga la bondad de predicar esta noche en mi lugar. No me siento capaz de hacerlo hoy.

—Claro que lo haré. Esté usted tranquilo. Me encargaré del servicio.

—No, no. Es sólo el sermón. Me asusta la idea de subir al púlpito, de enfrentarme con la mirada de toda esa gente...

Cerró los ojos y tragó convulsivamente.

No me cabía la menor duda de que algo no andaba muy bien en Hawes. Pareció intuir mis pensamientos, pues abrió los ojos y dijo rápidamente:

—No me sucede nada. Son sólo esos dolores de cabeza, esos terribles dolores. ¿Quiere darme un vaso de agua?

—Desde luego.

Fui yo mismo a buscarla. Agitar la campanilla constituye en mi casa un gesto totalmente inútil.

Le llevé el agua y me dio las gracias. Sacó del bolsillo una pequeña caja de cartón, la abrió y extrajo de ella una pastilla, que tragó con un sorbo de agua.

—Para el dolor de cabeza —explicó.

Me pregunté si Hawes era adicto a las drogas. Ello explicaría muchas de sus rarezas.

—Espero que no tome demasiadas —dije.

—No. El doctor Haydock me previno contra su uso excesivo. Son maravillosas. Alivian enseguida.

Estaba ya más calmado y compuesto.

—¿Accede pues a predicar esta noche, señor? —preguntó, levantándose—. Es usted muy bueno.

—Sí, y además insisto en hacerme cargo del servicio. Váyase a casa y acuéstese. No me replique.

Me dio las gracias otra vez.

—¿Ha estado usted hoy en Old Hall? —preguntó entonces, mirando hacia la ventana.

—Sí.

—Perdone que se lo pregunte, pero ¿le llamaron desde allí?

Mi mirada sorprendida le hizo enrojecer.

—Lo siento, señor. Pensaba que quizá se había producido alguna novedad y que por esa razón Mistress Protheroe le había llamado.

No tenía la menor intención de satisfacer la curiosidad de Hawes.

—Quería hablar conmigo acerca del entierro y de un par de cosas sin importancia —dije.

—¡Oh! Ya comprendo.

No hablé. Balanceó el cuerpo primero sobre un pie y luego sobre el otro.

—Mr. Redding vino a verme anoche. No puedo imaginarme qué le impulsó a hacerlo —dijo.

—¿No se lo contó él?

—Sólo dijo que pasaba por delante de mi casa y decidió entrar. Parece que se sentía solo. Jamás había hecho algo así.

—Creo que es un compañero muy agradable —dije.

—¿Por qué vendría a verme? No me gusta. —Su voz era chillona—. Habló de volver en otro momento. ¿Por qué? ¿Qué idea cree usted que se le ha metido en la cabeza?

—¿Por qué se imagina que tiene un motivo oculto? —pregunté.

—No me gusta —repuso Hawes obstinadamente—. Nunca he estado contra él. Jamás he sugerido que fuese culpable. Incluso cuando él mismo se acusó, comenté que todo ello me parecía totalmente incomprensible. Si de alguien he sospechado ha sido del pobre Archer, pero de él no. Archer es otra cosa. Es un rufián que no cree en Dios y un borracho reincidente.

—¿No cree usted que es algo duro en sus opiniones? —pregunté—. Después de todo, sabemos muy pocas cosas de él.

—Es un cazador furtivo que entra y sale continuamente de la cárcel y a quien creo capaz de cualquier cosa.

—¿Cree usted realmente que fue él quien asesinó al coronel Protheroe? —pregunté con curiosidad.

Hawes acostumbra a evitar las contestaciones claras y definidas. Lo he observado repetidamente en estos últimos tiempos.

—¿No cree usted, señor, que es la única explicación posible? —preguntó a su vez.

—Por cuanto sé, no existe la menor prueba contra él.

—Sus amenazas —repuso Hawes animadamente—. Olvida usted sus amenazas.

Estaba ya cansado de oír hablar de las amenazas de Archer. No existía la menor prueba de que en realidad las hiciera.

—Estaba decidido a vengarse del coronel Protheroe. Se envalentonó con la bebida y después disparó contra el coronel.

—Esto no es más que una simple suposición.

—Sí, pero debe usted admitir que es muy probable.

—No, no puedo admitirlo.

—¿Posible, en vez de probable?

—Posible, sí.

Hawes me miró de reojo.

—¿Por qué no cree usted que sea probable?

—Porque un hombre como Archer no emplearía una pistola para matar a alguien. No es el arma que encaja en su forma de ser.

Hawes pareció sorprendido por mis palabras. No era seguramente la clase de objeción que esperaba. No dijo nada más. Me dio las gracias de nuevo y salió. Le acompañé hasta la puerta y al regresar vi cuatro notas encima de la mesa del recibidor. Presentaban ciertas características comunes. La escritura era inequívocamente femenina, todas ostentaban muy visibles las palabras «En mano, urgente», y la única diferencia que pude observar era que una de ellas estaba más sucia que las demás.

Su semejanza me produjo un curioso sentimiento de ver, no doble, sino cuádruple.

Mary salió de la cocina cuando las estaba contemplando.

—Las han traído en mano después de la comida —explicó—. Todas menos una, que encontré en el buzón.

Asentí, las cogí y me dirigí al gabinete. La primera decía así:

Querido Mr. Clement:

Algo que creo debe usted saber ha llegado a mi conocimiento. Se refiere a la muerte del pobre coronel Protheroe. Le agradecería mucho su consejo sobre si debo o no dirigirme a la policía. Desde la muerte de mi querido esposo, temo cualquier clase de publicidad. Quizá pudiera usted venir a verme esta tarde.

Atentamente,

MARTA PRICE RIDLEY

Abrí la segunda.

Querido Mr. Clement:

Me siento muy turbada y tengo la mente confusa, pues ignoro lo que debo hacer. Me han dicho algo que creo debiera usted saber. ¡Siento horror ante la idea de tener que enfrentarme con la policía! ¡Estoy tan deprimida...! ¿Sería mucho pedirle, querido vicario, que pasara a verme durante unos minutos para solucionar mis dudas y perplejidades en la asombrosa forma con que siempre lo hace?

Perdone la molestia que le ocasiono.

Sinceramente suya,

CAROLINE WETHERBY

Me pareció que podía conocer el contenido de la tercera incluso sin mirarla.

Querido Mr. Clement:

Algo muy importante ha llegado a mi conocimiento y creo que debe usted ser el primero en saberlo. Tenga la bondad de pasar a verme esta tarde. Le esperaré.

Esta militante epístola estaba firmada por Amanda Hartnell. Abrí la cuarta. Afortunadamente sólo en contadas ocasiones he sufrido la molestia de recibir cartas anónimas. Esta clase de epístolas constituye, en mi opinión, la forma más baja y cruel de atacar a alguien. Ésta no era una excepción. Se pretendió darle el aspecto de haber sido escrita por una persona poco culta, pero varios detalles me inclinaron a creer que no era así.

Querido vicario:

Creo que debe usted saber Lo Que Pasa. Su señora ha sido vista cuando salía subrepticiamente de la casa de Mr. Redding. Usted sabe lo que quiero decir. Los dos Se Entienden, creo que debería saberlo.

UN AMIGO

Lancé una exclamación de disgusto y, arrugando el papel con una mano, lo tiré al hogar en el momento en que Griselda entraba en la habitación.

—¿Qué es lo que arrojas con tanto desprecio? —preguntó.

—Basura.

Saqué una cerilla del bolsillo, la encendí y me incliné. Sin embargo, Griselda fue más rápida que yo. Se agachó, cogió el papel y lo alisó antes de que pudiera impedírselo.

Lo leyó, murmuró unas palabras de desprecio y me lo alargó, volviéndose al hacerlo. Le prendí fuego y me quedé mirándolo mientras ardía.

Griselda se había alejado y estaba junto a la ventana, de cara al jardín.

—Len —dijo sin volverse.

—Sí, querida.

—Quiero decirte algo. Sí, déjame hacerlo. Cuando Lawrence Redding vino aquí, te dejé creer que sólo le conocía superficialmente. No es verdad: le conozco bastante bien. En realidad, antes de que aparecieses tú en mi vida estuve enamorada de él. Llegué a estar bastante loca por él. No, no le escribí cartas comprometedoras ni las tonterías que se dicen en las novelas. Pero hubo un tiempo en que le quise bastante.

—¿Por qué no me lo dijiste? —pregunté.

—No lo sé. A veces una comete tonterías sin saber por qué. Sólo porque eres mucho mayor que yo supones que puedo sentirme inclinada a querer a otra persona. Creí que quizá te disgustaría saber que Lawrence y yo habíamos sido amigos.

—Eres muy hábil para esconder cosas —dije, recordando lo que me había dicho en aquella habitación hacía menos de una semana y la ingenuidad natural con que había hablado.

—Sí, siempre he sabido esconder las cosas. En cierto modo, me gusta hacerlo. —En su voz había como un deje de placer infantil—. Pero lo que dije era verdad. Ignoraba lo de Anne y me preguntaba por qué Lawrence se mostraba tan distinto. Quiero decir, por qué no se fijaba en mí. No estoy acostumbrada a ello.

Se produjo una pausa.

—¿Me comprendes, Len? —preguntó con ansiedad.

—Sí —repuse—. Te comprendo.

¿La comprendí?

Capítulo 25

Tardé en reponerme de la impresión que me había causado el anónimo. La basura ensucia.

Sin embargo, recogí las otras tres cartas y salí rápidamente a la calle.

Me pregunté con insistencia qué era lo que «había llegado al conocimiento» de las tres señoras simultáneamente. Pensé que se trataría de la misma noticia, pero pronto averigüé que estaba equivocado.

No puedo decir que las cosas que debía hacer me obligaran a pasar delante de la comisaría de policía. Me encaminé hacia allí por instinto. Estaba ansioso por saber si el inspector Slack había regresado de Old Hall.

Averigüé que así era y, también, que Miss Cram había vuelto con él. La rubia Gladys se hallaba en el despacho del inspector. Negó en redondo haber llevado la maleta al bosque.

—Sólo porque una de esas viejas murmuradoras no tiene otra cosa que hacer que espiar toda la noche por su ventana viene usted a acusarme. Recuerde que se equivocó una vez cuando dijo que me había visto en el extremo del sendero la tarde del crimen. Si se equivocó entonces, a plena luz, me pregunto cómo puede pretender haberme reconocido a la luz de la luna. Esas viejas obran con mucha malicia. Pueden decir lo que quieran, pero yo estaba durmiendo tranquilamente en mi cama. Deberían ustedes avergonzarse de sí mismos.

—Suponga usted, Miss Cram, que la patrona del Blue Boar identificara la maleta como la suya.

—Si dice eso faltará a la verdad. No hay nombre alguno escrito en ella. Casi todo el mundo tiene una maleta como ésa. ¡Y acusar al pobre doctor Stone de ser un vulgar ladrón!

—¿Se niega usted, por tanto, a darnos una explicación, Miss Cram?

—No me niego a nada. Ustedes han cometido un error. Eso es todo. Ustedes y su metomentodo Miss Marple. No pienso decir una palabra más sin que mi abogado esté presente. Me voy ahora, a menos que vaya usted a detenerme.

Por toda contestación, el inspector se levantó y abrió la puerta. Con un altivo movimiento de cabeza, Miss Cram salió.

—Ésta es la actitud que toma —dijo Slack, volviendo a sentarse—. Lo niega en redondo. Desde luego, esa señorita pudo haberse equivocado. Ningún jurado creería que fue capaz de reconocer a alguien a tal distancia en una noche de luna. Puede haberse equivocado.

—Quizá sí —dije—, pero no lo creo. Miss Marple suele tener razón. Es lo que la hace tan poco popular.

El inspector sonrió.

—Eso mismo dice Hurst. ¡Oh, Dios, estos pueblos!

—¿Qué hay de la plata, inspector?

—Parece estar perfectamente en orden. Eso, desde luego, significa que uno de los dos lotes es falso. En Much Benham vive un perito especializado en plata antigua. Le he mandado un coche para que venga. Pronto aclararemos este extremo y si el robo ya se ha llevado a cabo o se trata sólo de un intento. Ello no tendrá gran importancia comparado con el asesinato. Esa pareja no tiene nada que ver con el crimen. Quizá sepamos por ella dónde se esconde él. Por esto le he permitido marcharse.

—Comprendo...

—Es una lástima lo de Mr. Redding. No se encuentra uno a menudo con gente que se empeñe en hacernos un favor.

—Supongo que no —dije sonriendo levemente.

—Las mujeres ocasionan muchos líos —moralizó el inspector. Suspiró y luego en tono suave prosiguió con gran sorpresa mía—: Desde luego, está Archer —dijo.

—¡Oh! —exclamé—. ¿Ha pensado en él?

—Claro que sí, desde el primer momento. No precisé de ningún anónimo para sospechar de él.

—Cartas anónimas —dije con aspereza—. ¿Ha recibido usted alguna entonces?

—No es nada nuevo, señor. Recibimos por lo menos una docena cada día. Sí, nos han hablado de Archer. ¡Como si la policía no supiera hacer su trabajo! Sospechamos de Archer desde el principio. Lo malo es que tiene una coartada. No es muy importante, pero tampoco podemos despreciarla del todo.

—¿Qué quiere usted decir?

—Al parecer, estuvo con un par de amigos toda la tarde. Aunque eso carece de importancia. Los hombres de la clase de Archer y sus amigos siempre están dispuestos a jurar cualquier cosa, pero no debe darse mucho crédito a sus palabras. Nosotros lo sabemos, pero el público lo ignora, y el jurado sale del público, lo cual es una lástima. No saben nada y creen a pies juntillas lo que se dice desde el estrado de los testigos, no importa quién sea el que lo diga. Desde luego, Archer jurará y perjurará que no lo hizo.

—No es tan amable como Mr. Redding —observé.

—No —repuso secamente el inspector como quien constata un hecho.

—Es natural que el hombre se aferre a la vida —murmuré.

—Le asombraría saber cuántos asesinos han escapado a

la horca por el corazón tierno de los jurados —dijo el inspector con tono sombrío.

—¿Cree usted realmente que Archer lo hizo?

Me había llamado la atención desde el primer momento el hecho de que el inspector Slack no tuviera una opinión propia sobre el caso. La facilidad o la dificultad de lograr una condena era lo único que al parecer le preocupaba.

—Me gustaría poseer una certeza mayor —admitió—. Una huella dactilar o la de un pie, o que hubiera sido visto en la vecindad de la vicaría alrededor de la hora en que se cometió el asesinato. No puedo arriesgarme a detenerle sin algún motivo. Fue visto una o dos veces merodeando por los alrededores de la casa de Mr. Redding, pero afirmará que iba a hablar con su madre. Ella es una persona decente. ¡Si pudiera obtener una prueba definitiva de chantaje! Pero en este caso no existen pruebas definitivas de nada. No hay sino teoría y más teoría.

Entonces recordé las visitas que debía hacer. Fui primero a casa de Miss Hartnell. Debía de haberme visto desde la ventana, pues la puerta se abrió antes de que yo pulsase el timbre, y tomando firmemente mi mano entre las suyas me hizo entrar.

—Ha sido usted muy amable al venir. Pase aquí, estaremos mejor.

Penetramos en una minúscula habitación. Miss Hartnell cerró la puerta y con aire de profundo secreto me indicó una silla. Observé que estaba gozando enormemente.

—No me gusta andar con rodeos —dijo con voz alegre—. Ya sabe cómo corren las noticias en este pueblo.

—Desgraciadamente, sí.

—Estoy de acuerdo con usted. Nadie odia la murmuración tanto como yo. Pero no por ello deja de existir. He creído que era mi deber comunicar al inspector de policía que estuve en casa de Miss Lestrange la tarde del asesinato y que ella había salido. No pretendo que se me den las gracias por cumplir con mi deber, sino que me limito a cumplirlo. La ingratitud es lo primero y lo último que uno encuentra en la vida. Sólo ayer esa atrevida Miss Baker...

—Sí, es verdad —dije, intentando detener su chorro de palabras—. Es muy triste. Pero decía usted...

—Las clases inferiores no saben reconocer a sus amigos —dijo Miss Hartnell—. Siempre tengo una palabra apropiada para la ocasión cuando las visito, pero ni siquiera se me agradece.

—Estaba usted contando al inspector su visita a la casa de Miss Lestrange —insinué.

—Exactamente. Y a propósito, tampoco él me dio las gracias. Dijo que pediría informes cuando los necesitara. No usó precisamente esas mismas palabras, pero tal fue su sentido. La policía de hoy es muy distinta de la de antes.

—Probablemente —respondí—. Pero creo que iba usted a contarme algo.

—He decidido no dirigirme al inspector esta vez. Al fin y al cabo, un clérigo es un caballero. Por lo menos algunos lo son.

Supuse que yo estaba incluido en ese grupo.

—Si puedo serle de alguna ayuda —insinué.

—Es cuestión de deber —dijo Miss Hartnell, cerrando la boca con fuerza—. No quisiera tener que decir esas palabras, pero el deber es el deber.

Aguardé a que se explicase.

—Se me ha dado a entender —continuó Miss Hartnell sonrojándose— que Miss Lestrange asegura que estuvo en su casa toda la tarde, y que no abrió la puerta..., bien, porque no quiso hacerlo. ¡Se da unos aires! La visité sólo por deber de vecindad y mire usted cómo me trata.

—Ha estado enferma —dije suavemente.

—¿Enferma? ¡Narices! Le falta a usted mucho mundo, Mr. Clement. Esa mujer no padece ninguna enfermedad. ¡Demasiado enferma para asistir a la investigación! ¡Un certificado médico del doctor Haydock! Sabe hacer bailar a los hombres al son que le conviene, cualquiera puede darse cuenta de ello. Bien, ¿qué estaba diciendo?

Lo ignoraba. Es difícil seguir las ideas de Miss Hartnell.

—¡Ah, sí! Acerca de llamar a su casa aquella tarde. Miente al decir que estaba en casa. No estaba. Lo sé positivamente.

—¿Cómo puede usted estar tan segura?

La cara de Miss Hartnell enrojeció algo más. En alguien menos truculento hubiera podido decirse que sentía cierto embarazo.

—Hice sonar el timbre y llamé con el picaporte —explicó—. Dos veces. No, acaso fueran tres. Pensé que quizá el timbre no funcionaba.

Observé que no podía mirarme a la cara mientras hablaba. El mismo constructor edificó ese grupo de casas y los timbres están instalados de forma que resultan claramente audibles desde la puerta delantera. Tanto Miss Hartnell como yo lo sabíamos perfectamente.

—¿Sí? —murmuré.

—No quise dejar mi tarjeta en el buzón. Podría haber parecido algo violento. Podré ser lo que se quiera, pero no maleducada.

Hizo esta asombrosa declaración sin que la voz le temblara.

—Por tanto —prosiguió sin sonrojarse ya—, miré por todas las ventanas, pero no había nadie.

La comprendí. Aprovechando que la casa estaba vacía, Miss Hartnell había dado rienda suelta a su curiosidad y había dado la vuelta alrededor, examinando el jardín y mirando por todas las ventanas para ver cuanto pudiera del interior. Había preferido contarme su historia a mí, esperando que yo fuese un oyente más benévolo que la policía. Los clérigos deben conceder el beneficio de la duda a los miembros de sus parroquias.

No hice comentario alguno. Me limité a formular una pregunta.

—¿A qué hora fue, Miss Hartnell?

—Por lo que puedo recordar —repuso—, debían de ser cerca de las seis. Después regresé directamente a casa, adonde llegué hacia las seis y diez, y Mistress Protheroe vino alrededor de las seis y media, dejando al doctor Stone y a Mr. Redding en la calle, frente a mi casa, y hablamos de bulbos. Y entonces el pobre coronel estaba ya muerto. El mundo es muy triste.

—A veces es más bien desagradable —repuse. Me levanté—. ¿Es esto cuanto tiene que decirme?

—Creí que podía ser importante.

—Quizá sí —añadí.

Me despedí, rehusando quedarme más rato, aun a costa del desengaño de Miss Hartnell.

Miss Wetherby, a quien visité a continuación, me recibió con grandes aspavientos.

—Mi querido vicario, es usted sumamente amable. ¿Ha tomado ya el té? ¿No le apetece otra taza? ¿Quiere un cojín para apoyar la espalda? Ha sido usted muy bueno al venir tan pronto. Usted siempre está dispuesto a sacrificarse por el prójimo.

El monólogo de Miss Wetherby siguió bastante rato en esta línea antes de llegar al objeto de la llamada, al que por fin se refirió, no sin considerables circunloquios.

—Debe comprender que he sabido esto de buena fuente, se lo aseguro.

Las «buenas fuentes» de St. Mary Mead son siempre algunas criadas.

—¿No puede decirme quién se lo ha comunicado?

—He prometido no hacerlo, Mr. Clement. Siempre he respetado las promesas hechas.

Tenía un aspecto solemne al decir esto último.

—Digamos que fue un pajarito. ¿No le parece mejor así?

Deseaba decirle que me parecía condenadamente estúpido. Me hubiera gustado ver el efecto que mis palabras causaban en Miss Wetherby.

—Ese pajarito me dijo que había visto a cierta señora, a la que no nombraremos por su nombre.

—¿Otra clase de pajarito? —pregunté.

Ante mi sorpresa, Miss Wetherby estalló en una ruidosa carcajada y me golpeó amistosamente el brazo.

—¡Oh, vicario! ¡Qué malo es usted!

Cuando finalmente recobró la compostura prosiguió diciendo:

—¿Adónde imagina usted que esa cierta señora se dirigía? Tomó por el camino de la vicaría, pero antes de hacerlo miró a su alrededor de una forma muy extraña, supongo que para comprobar si alguna persona conocida la estaba observando.

—¿Y el pajarito? —pregunté.

—Estaba de visita en la pescadería, en la habitación de encima de la tienda.

Ahora sé dónde pasan sus días libres algunas criadas: en cualquier lugar que no esté al aire libre.

—Y la hora —prosiguió Miss Wetherby, inclinándose misteriosamente hacia delante— eran casi las seis.

—¿De qué día?

Miss Wetherby dejó escapar un chillido.

—El del asesinato, desde luego. ¿No se lo he dicho ya antes?

—Lo suponía —repuse—. ¿Cuál es el nombre de esa señora?

—Empieza por L —dijo Miss Wetherby, asintiendo varias veces.

Comprendí que sabía ya todo lo que Miss Wetherby tenía que decirme y me levanté.

—No permitirá que la policía me interrogue, ¿verdad? —dijo Miss Wetherby patéticamente, cogiéndome una mano entre las suyas—. Odio la publicidad. ¡Y tener que comparecer en un juicio!

—Bueno, hay casos especiales...

Pude escapar.

Aún me quedaba Miss Price Ridley por ver. Ésta fue directamente al grano.

—No quiero tener nada que ver con la policía —dijo con firmeza, mientras me estrechaba la mano con frialdad—. Sin embargo, como ha sucedido algo que creo de interés, considero que las autoridades deberían tener conocimiento de ello.

—¿Se refiere a Miss Lestrange? —pregunté.

—¿Por qué había de ser así? —repuso Miss Price.

No supe qué replicar.

—Es un asunto muy simple —prosiguió—. Mi doncella, Clara, se encontraba junto a la verja en la parte delantera de la casa. Ella dice que estaba tomando un poco el fresco, aunque no creo que ése fuera el motivo de su presencia allí. Con toda seguridad estaba esperando al muchacho de la pescadería, ese pillo maleducado que, porque tiene diecisiete años, cree que puede bromear con todas las chicas. De todos modos, como estaba diciendo, Clara se encontraba junto a la verja cuando oyó un estornudo.

—Sí —dije, esperando que siguiera.

—Eso es todo. Le digo que oyó un estornudo, y no empiece a decirme que ya no soy tan joven como antes y que puedo haberme equivocado, porque fue Clara quien lo oyó, y ella sólo tiene diecinueve años.

—Pero —repuse— ¿por qué no había ella de oír un estornudo?

Miss Price Ridley me miró con no disimulada lástima por mi falta de inteligencia.

—Oyó un estornudo el día del crimen a una hora en que no había nadie en su casa. Sin duda el asesino estaba escondido entre los matorrales esperando su oportunidad. Deben ustedes buscar a un hombre que sufra un resfriado.

—O aquejado de fiebre del heno —sugerí—. En realidad, Miss Price Ridley, creo que este misterio tiene una fácil solución. Nuestra cocinera Mary padece un severo resfriado. Sus continuos estornudos nos han molestado mucho en los últimos días. Debió de ser ella quien estornudó.

—Era un estornudo de hombre —repuso Miss Price Ridley con firmeza—. Además, desde nuestra verja no se puede oír si estornudan en su cocina. Ésta queda lejos.

—Tampoco se pueden oír los estornudos de alguien que se encuentre en mi gabinete —contesté—. Por lo menos así lo supongo.

—He dicho que el hombre quizá estuviese escondido entre los matorrales —insistió Miss Price Ridley—. Sin duda, cuando Clara regresó a la casa, el hombre entró por la puerta principal.

—Desde luego, es posible —contesté.

Traté de que mi voz tuviera un tono tranquilizador, pero debí de fracasar, pues Miss Price Ridley me miró dura y fijamente.

—Estoy acostumbrada a que no se me haga mucho caso, pero también debo mencionar que cuando se deja una raqueta de tenis tirada en la hierba, sin haberle colocado antes las clavijas, es muy probable que se estropee. Y las raquetas de tenis son muy caras en la actualidad y hay que cuidarlas.

No parecía existir razón alguna para ese ataque por el flanco, que me sorprendió mucho.

—Pero quizá usted no esté de acuerdo conmigo —prosiguió Miss Price Ridley.

—¡Oh, sí! Desde luego.

—Me complace saberlo. Bien, esto es todo cuanto tengo que decir. Ahora me lavo las manos de todo ello.

Se apoyó contra el respaldo de su silla, cerrando los ojos como si estuviera fatigada. Le di las gracias y me despedí.

Ya en la puerta, interrogué a Clara acerca de la declaración de su señora.

—Es cierto que oí un estornudo, señor. No era un estornudo normal, puede usted creerme.

Nada es jamás normal en un crimen. El disparo no fue un disparo normal. El estornudo tampoco era corriente. Supongo que se trataría del modelo especial para los asesinos. Pregunté a la muchacha a qué hora lo había oído, pero no fue muy clara en su contestación. Entre las seis y cuarto y las seis y media, pensaba. En cualquier caso, fue «antes de que la señora recibiera la llamada telefónica y se sintiera indispuesta».

Le pregunté si había oído algún tiro y dijo que los disparos habían sido terribles. Después de esto di muy poco crédito a sus palabras.

Estaba llegando a la verja de mi casa cuando decidí visitar a un amigo.

Consulté el reloj y vi que disponía de algunos minutos antes del servicio vespertino. Me dirigí a casa de Haydock, que salió a recibirme a la puerta.

Observé su aspecto cansado y preocupado. Aquel caso parecía haberle envejecido.

—Me complace verle —dijo—. ¿Qué noticias hay?

Le conté la verdad sobre Stone.

—Eso explica muchas cosas —observó—. Debió de documentarse antes de venir a este pueblo, pero cometió algunos errores y Protheroe quizá se dio cuenta de ellos. Recuerde la discusión que tuvieron. ¿Qué piensa usted de la muchacha? ¿Será su cómplice?

—No hay una opinión firme a ese respecto —repuse—. Por mi parte, creo que ella nada tiene que ver con el asunto. La considero muy tonta.

—Yo no diría eso. Miss Cram es muy inteligente. Es un

ejemplar muy saludable, que dará muy poco trabajo a los miembros de mi profesión.

Le expliqué que estaba preocupado por Hawes y que me gustaría que se tomara un descanso fuera del pueblo.

Algo cambió en Haydock cuando pronuncié estas palabras.

Su contestación no fue del todo sincera.

—Sí —repuso lentamente—. Supongo que eso sería lo mejor. Pobre hombre.

—Creí que no le era muy simpático.

—Y no me lo es, pero siento lástima por mucha gente que no me cae en gracia. —Tras una larga pausa añadió—: Incluso me siento apenado por Protheroe. Nadie le quiso jamás. Estaba demasiado poseído de su propia rectitud y excesivamente pagado de sí mismo. No es una mezcla muy agradable. Siempre fue así, incluso cuando era joven.

—Ignoraba que le hubiera conocido usted en su juventud.

—¡Oh, sí! Cuando él vivía en Westmorland yo tenía mi consultorio en una población vecina. Hace de eso casi veinte años.

Suspiré. Veinte años atrás Griselda sólo tenía cinco. El tiempo es algo extraño...

—¿Es esto cuanto ha venido a decirme, Clement?

Le miré asombrado. Haydock me contemplaba fijamente.

—Hay algo más, ¿no es cierto? —dijo.

Asentí.

A mi llegada estaba indeciso en cuanto a hablar francamente, pero en aquel momento decidí hacerlo. Siento verdadero aprecio por Haydock; es una magnífica persona, en todos los sentidos. Pensé que quizá me fuera de alguna utilidad hablar con él.

Le conté mis entrevistas con Miss Hartnell y Miss Wetherby. Permaneció en silencio durante un rato después de que hube hablado.

—Es cierto, Clement —dijo finalmente—. He tratado

por todos los medios a mi alcance de proteger a Miss Lestrange de cualquier molestia. En realidad, es una vieja amiga mía, pero no es ésta la única razón. El certificado médico que se presentó no es algo sin fundamento, como todo el mundo cree. —Hizo una pausa y luego prosiguió gravemente—: Quede esto entre usted y yo, Clement. Miss Lestrange no tiene salvación.

—¿Cómo dice usted?

—Se está muriendo. Le doy un mes de vida como máximo. ¿Comprende usted ahora por qué le evité las molestias e inconvenientes de un interrogatorio? —Permaneció un instante en silencio—. Cuando aquella noche caminó por este sendero venía aquí, a esta casa.

—No lo había usted mencionado con anterioridad.

—Quería evitar que se hablara de ello. Todo el mundo sabe que no tengo consulta de seis a siete. Pero puede usted aceptar mi palabra de que ella se encontraba aquí.

—Pero no estaba en la casa cuando mandé a Mary a buscarle; quiero decir, cuando se encontró el cadáver en la vicaría.

—No. —Pareció perplejo—. Había salido... para acudir a una cita.

—¿Dónde era el encuentro? ¿En su casa, quizá?

—No lo sé, Clement. Palabra de honor que lo ignoro.

Le creí, pero...

—¿Y si se ahorca a un hombre inocente? —pregunté.

Meneó la cabeza.

—Nadie será ahorcado por el asesinato del coronel Protheroe; puede usted creerlo.

Pero era exactamente lo que yo no podía creer. Sin embargo, la certidumbre reflejada en aquella voz era muy grande.

—Nadie será ahorcado —repitió.

—Ese hombre, Archer...

Hizo un gesto de impaciencia.

—Carece del sentido común necesario para borrar las huellas dactilares de la pistola.

—Acaso tenga razón —dije vacilante.

Entonces recordé algo. Saqué del bolsillo el pequeño cristal pardusco que encontré en el bosque y le pregunté qué era.

—Parece ácido pícrico —dijo después de una breve vacilación—. ¿Dónde lo ha encontrado?

—Eso —repuse— es el secreto de Sherlock Holmes.

Sonrió.

—¿Qué es el ácido pícrico?

—Un explosivo.

—Sí, ya lo sé, ¿tiene algún otro uso?

Asintió.

—Se emplea en medicina, en forma de solución para quemaduras. Es algo maravilloso.

—Probablemente no signifique nada importante, pero lo encontré en un lugar extraño —dije.

—¿No quiere usted decirme dónde?

Me negué con tenacidad casi infantil.

Haydock tenía sus secretos; también yo los tendría. Me sentí algo disgustado con él por no haber confiado en mí plenamente.

Capítulo 26

Estaba de un extraño humor cuando subí al púlpito aquella noche.

La iglesia se hallaba desacostumbradamente llena. No podía creer que tanta gente se hubiese sentido atraída por la posibilidad de oír un sermón predicado por Hawes; suelen ser aburridos y dogmáticos. Si se hubiese corrido la voz de que yo iba a hacerlo en su lugar, tampoco habría sido suficiente motivo para ello, porque mis sermones son aburridos y escolásticos. Y tampoco, temo, puedo atribuir tal hecho a la devoción.

Aquellas personas, supuse, se habían reunido para ver quiénes acudirían y asimismo, posiblemente, para hacer después algunos comentarios a la puerta de la iglesia.

Haydock se encontraba allí, cosa poco frecuente, al igual que Lawrence Redding. Con gran sorpresa, vi junto a Lawrence el rostro demacrado de Hawes. Anne Protheroe también había venido, pero ella acostumbraba a acudir a los servicios vespertinos dominicales, aunque no esperaba verla aquel día. Me sorprendió mucho más comprobar la presencia de Lettice. El coronel Protheroe exigía que los miembros de su familia acudiesen sin falta a los servicios religiosos del domingo por la mañana, pero jamás había visto a Lettice en la iglesia a aquellas horas.

También Gladys Cram hizo acto de presencia, con su juventud resaltando escandalosamente contra el telón de fondo compuesto por murmurantes solteronas. Me pareció que una figura borrosa, que llegó con algún retraso, era Miss Lestrange.

No necesito decir que Miss Price Ridley, Miss Hartnell, Miss Wetherby y Miss Marple estaban presentes. Casi todo el pueblo se había dado cita en la iglesia. No recuerdo haber visto jamás a tanta gente en un servicio religioso.

La muchedumbre produce curiosos fenómenos. Había una atmósfera magnética aquella noche, y la primera persona en sentirla fui yo.

Acostumbro a preparar mis sermones con anticipación. Lo hago poniendo en ello gran cuidado y los repaso detalladamente, pero nadie observa sus deficiencias mejor que yo mismo.

Aquella noche me vi obligado a predicar *ex tempore*. Cuando posé la mirada en aquel mar de cabezas, una súbita locura se apoderó de mi mente. Dejé de ser un ministro del Señor y me convertí en actor. Tenía un auditorio ante mí y quería conmoverlo. Además, sentía el poder de hacerlo.

No me siento orgulloso de lo que hice aquella noche. Me porté como un exaltado y delirante evangelista.

Pronuncié lentamente el tema de mi sermón.

—«No he venido a hablar de los justos, sino a llamar a los pecadores al arrepentimiento.»

Lo repetí dos veces y oí mi propia voz, resonante y llamativa, en nada parecida a la de Leonard Clement.

Vi la mirada de sorpresa de Griselda y el asombro retratado en la cara de Dennis, sentado a su lado.

Contuve la respiración durante un instante y luego empecé a hablar.

Mis oyentes se encontraban en un estado de gran emoción que les predisponía a la influencia de mis palabras. Exhorté a los pecadores al arrepentimiento y una y otra vez movía mi mano acusadora, reiterando la frase:

—Te hablo a ti.

Y cada vez que lo hacía, de distintas partes de la iglesia se elevaban suspiros de sorpresa.

Puse término a mi sermón con aquellas hermosas y espeluznantes palabras de la Biblia: «Esta noche tu alma puede ser llamada...».

Cuando regresé a la vicaría volví a ser el de siempre. Griselda estaba bastante pálida.

—Has estado terrible esta noche, Len —dijo, cogiéndome del brazo—. No me ha gustado. Jamás habías predicado así.

—No creo que vuelvas a oírme palabras parecidas —exclamé, dejándome caer pesadamente en el sofá.

Estaba cansado.

—¿Qué te ha impulsado a hacerlo?

—Una súbita locura se ha apoderado de mí.

—¡Oh! ¿No era algo especial?

—¿Qué quieres decir con «algo especial»?

—Me pregunto... Tienes reacciones muy extrañas, Len. Algunas veces creo no conocerte.

Cenamos comida fría aquella noche, pues Mary estaba ausente.

—Hay una nota para ti en el recibidor —dijo Griselda—. ¿Quieres ir a buscarla, Dennis?

Éste, que había permanecido en silencio, obedeció.

La tomé de sus manos y gruñí. En la parte superior izquierda aparecían las siguientes palabras: «En mano. Urgente».

—Debe de ser de Miss Marple —observé.

Mi suposición era exacta.

Querido Mr. Clement:

Me gustaría mucho hablar un rato con usted acerca de un par de cosas que me han sucedido. Creo que todos debemos cooperar en la solución de este desgraciado misterio. Si me lo permite, iré a su casa alrededor de las nueve y media y llamaré a la cristalera de su gabinete. Acaso la querida Griselda quiera tener la amabilidad de venir a mi casa y hacer compañía a mi sobrino. Dennis será asimismo bien recibido si quiere acompañarla. Si no recibo noticias suyas en sentido contrario, esperaré la llegada de su esposa y sobrino y le visitaré a la hora dicha.

Atentamente suya,

JANE MARPLE

Entregué la nota a Griselda.

—Claro que iremos —dijo alegremente—. Una copita o dos de licor casero es lo que uno necesita los domingos por la noche.

Dennis no pareció tan contento ante aquella perspectiva.

—Está bien para vosotros dos —dijo, dirigiéndose a su tía—. Podéis hablar de arte y libros. Yo siempre me siento un tonto, sentado, escuchándoos.

—Así te colocas en el lugar que te corresponde —repuso Griselda con serenidad—. De todos modos, no creo que Mr. Raymond West sea tan inteligente como pretende.

—Muy pocos de nosotros lo somos —dije convencido.

Me pregunté de qué querría hablarme Miss Marple. La consideraba la más inteligente de todas las señoras de mi congregación. No sólo ve y oye prácticamente todo cuanto sucede, sino que saca de ello asombrosas y exactas deducciones.

Si alguna vez quisiera emprender la carrera del crimen, me sentiría más temeroso de Miss Marple que de la ley.

Griselda y Dennis salieron poco después de las nueve. Mientras esperaba la llegada de Miss Marple, me entretuve preparando una lista de los hechos relacionados con el asesinato, colocándolos, en la medida de lo posible, por orden cronológico. No soy una persona muy detallista, pero sí muy metódica en mis cosas.

A las nueve y media en punto oí una llamada en la cristalera y me levanté para abrir a Miss Marple.

Llevaba la cabeza y los hombros cubiertos con un bonito chal, y parecía más vieja y frágil de lo habitual. Llegó llena de halagadoras observaciones.

—Es usted muy amable al permitirme venir..., y la querida Griselda... Raymond la admira mucho... ¿Quiere que me siente aquí? ¿No lo estoy haciendo en su silla? ¡Oh, gracias! No, no necesito taburete para los pies.

Coloqué su chal en una silla y volví a sentarme.

—Supongo que debe de preguntarse por qué me muestro tan interesada en estas cosas. Acaso crea que es algo muy poco femenino. No, por favor. Me gustaría explicárselo.

Hizo una ligera pausa. El rubor asomó a sus mejillas.

—Cuando una persona vive sola, como yo, en este rincón del mundo —empezó a decir— debe procurarse alguna distracción. Se puede hacer calceta, ayudar a las muchachas de la sección femenina de los exploradores o dibujar, pero mi predilección es, y ha sido siempre, la naturaleza humana. ¡Es tan variada y fascinante! Desde luego, en un pequeño pueblo, sin nada para distraerse, uno tiene oportunidad de adquirir grandes conocimientos de aquello que estudia. Empieza por clasificar a la gente, como si se tratara de pájaros o flores. Algunas veces se cometen errores, pero son menores a medida que transcurre el tiempo. Y entonces uno se prueba a sí mismo. Toma un pequeño problema como, por ejemplo, aquel caso del cesto de camarones que constituyó un misterio sin importancia pero absolutamente incomprensible a menos que se encuentre la solución adecuada. O el caso de las pastillas para la tos y del paraguas de la esposa del carnicero, este último de una rara significación a menos que se suponga que el verdulero no se comportaba con la debida decencia con la esposa del carnicero, como así era en realidad. Es fascinante aplicar las teorías propias y averiguar que uno ha acertado.

—Y usted acostumbra a estar en lo cierto —dije sonriendo.

—Lo cual temo que me haya hecho algo vanidosa —confesó Miss Marple—. Pero siempre me he preguntado si sería capaz de descifrar un misterio verdaderamente importante. Lógicamente, no debería ser más difícil que cuando se trata de algo insignificante. Al fin y al cabo, un modelo reducido de torpedo no deja de ser un torpedo.

—Quiere usted decir que todo es cuestión de relatividad, ¿no es cierto? —dije lentamente—. Por lógica habría de serlo, pero ignoro si en realidad lo es.

—Supongo que debe de ser igual —observó Miss Marple—. Los factores, como los llamábamos en la escuela, son idénticos. Existe el dinero, y la mutua atracción entre personas de... ejem... distinto sexo, y la locura. Mucha gente está algo loca. En realidad, todos lo estamos si se nos estudia cuidadosamente. La gente normal a veces hace cosas asombrosas, mientras que los anormales, por el contrario, actúan en algunas ocasiones de una forma completamente lógica. En realidad, todo se reduce a comparar a la gente con otras personas que se haya conocido. Se asombraría al comprobar los pocos tipos de gente que existen.

—Me asusta usted —dije—. Me parece encontrarme bajo la lente de un microscopio.

—Naturalmente, no osaría hablar así con el coronel Melchett. Es muy autocrático, ¿verdad? O con el inspector Slack, que es exactamente como la dependienta de la zapatería que quiere venderle a uno zapatos de piel de becerro porque los tiene de nuestra talla, y no toma en consideración que lo que uno quiere, en realidad, son zapatos de ante. —Era una magnífica descripción de Slack. Continuó—: Pero estoy segura de que usted, Mr. Clement, sabe tanto acerca del asesinato como el propio inspector. Así que he pensado que si pudiéramos trabajar juntos...

—Supongo que todos, en el fondo de nuestros corazones, nos creemos unos Sherlock Holmes —repuse.

Entonces le hablé de las tres llamadas que había recibido aquella tarde, del descubrimiento hecho por Anne del cuadro acuchillado, de la actitud de Miss Cram en la comisaría de policía y del dictamen de Haydock sobre el cristal que me había encontrado en el bosque.

—Puesto que lo encontré yo mismo —dije—, me gustaría que tuviera alguna importancia, pero probablemente nada tendrá que ver con el caso.

—He estado leyendo multitud de novelas estadounidenses de detectives en la biblioteca pública, esperando encontrar en ellas algo que pudiera ayudarme —manifestó Miss Marple.

—¿Ha leído en ellas algo acerca del ácido pícrico?

—Me temo que no. Recuerdo haber leído, hace mucho tiempo, una novela en la que un hombre había sido envenenado con ácido pícrico que le fue frotado por el cuerpo en forma de ungüento.

—Pero como nadie ha sido envenenado aquí, ésta no parece ser la cuestión —observé.

Entonces cogí la lista que había preparado y se la alcancé.

—He tratado de recapitular los hechos del caso de la forma más clara y detallada que me ha sido posible —dije.

RELACIÓN DE LOS HECHOS

Jueves, día 21

12.30 —El coronel Protheroe cambia la hora de la cita, de las seis a las seis y cuarto. Probablemente oído por medio pueblo.

12.45 —Pistola vista en su sitio por última vez. (Esto es dudoso, pues Miss Archer había dicho previamente que no podía recordarlo con exactitud.)
5.30 (aprox.) —El coronel y su esposa salen de Old Hall en dirección al pueblo, en coche.
5.30 —Falsa llamada telefónica hecha desde el pabellón norte de Old Hall.
6.15 (o uno o dos minutos antes) —El coronel Protheroe llega a la vicaría. Mary le hace pasar al gabinete.
6.20 —Mistress Protheroe viene por el sendero de atrás y cruza el jardín hasta la cristalera del gabinete.
6.29 —Llamada hecha desde la casa de Lawrence Redding a Miss Price Ridley (según la central).
6.30 a 6.35 —Se oye el disparo. (Aceptando como correcta la hora de la llamada telefónica.) Las declaraciones de Lawrence Redding, Anne Protheroe y el doctor Stone parecen indicar una hora más temprana, pero Miss P.R. probablemente está en lo cierto.
6.45 —Lawrence Redding llega a la vicaría y encuentra el cadáver.
6.48 —Encuentro a Lawrence Redding.
6.49 —Hallo el cadáver.
6.55 —Haydock examina el cadáver.

Nota. Miss Cram y Miss Lestrange son las únicas personas que no tienen coartada alguna entre las 6.30 y las 6.35. Miss Cram dice que se encontraba en la excavación de la tumba, pero nadie lo confirma. Parece razonable, sin embargo, no considerarla sospechosa, pues nada indica que tenga relación con el caso. Miss Lestrange salió de la casa del doctor Haydock algo después de las seis para acudir a una cita. ¿Adónde fue y con quién estaba citada? No es probable que fuera con el coronel Protheroe, pues éste tenía ya un compromiso conmigo. Es cierto que Miss Lestrange se encontraba cerca del lugar de autos a la hora en que se cometió el asesinato, pero parece dudoso que tuviera motivo al-

guno para quitarle la vida al coronel. Su muerte en nada le beneficiaba, y no puedo aceptar la teoría del inspector de que se trataba de un caso de chantaje. Miss Lestrange no es de esa clase de mujeres. También parece improbable que pudiera hacerse con la pistola de Lawrence Redding.

—Muy claro —dijo Miss Marple, asintiendo en señal de aprobación—. Todo está muy claro. Los caballeros siempre preparan sus notas con cuidadoso detalle.

—¿Está usted de acuerdo con lo que he escrito? —pregunté.

—¡Oh, sí! Lo ha incluido usted todo.

Entonces hice la pregunta que desde el principio deseaba hacerle.

—¿De quién sospecha usted, Miss Marple? —dije—. En cierta ocasión dijo que había siete sospechosos.

—Sí, hay muchos sospechosos —repuso con aire ausente—. Supongo que cada uno de nosotros ha hecho su propia lista.

No me preguntó de quién sospechaba yo.

—La cuestión estriba —prosiguió— en que se debe encontrar una explicación para cada cosa, y esta explicación debe ser totalmente satisfactoria. Si se tiene una teoría en la que encajan todos los hechos, entonces debe de ser correcta, pero eso es muy difícil. Si no fuera por esa nota... En fin, ya veremos.

—¿La nota? —dije sorprendido.

—Sí. Recuerde que se lo dije. No ha dejado de preocuparme un solo momento. Hay en ello algo que no encaja.

—Pero eso ya parece haber sido explicado —repliqué—. Fue escrita a las seis y treinta y cinco, y otra mano, la del asesino, añadió «6.20», lo que nos causó gran confusión. Creo que eso ya está claramente establecido.

—Aun así hay algo que no está bien —insistió Miss Marple.

—Pero ¿por qué?

—Escúcheme usted. —Miss Marple se inclinó hacia mí—. Como le dije, Mistress Protheroe pasó junto a mi jardín, fue hacia la cristalera del gabinete, miró adentro y no vio al coronel Protheroe.

—Porque estaba sentado en el escritorio, escribiendo —dije.

—Y esto es lo que no encaja, lo que está mal. Eran en ese momento las seis y veinte. Estamos todos de acuerdo en que muy probablemente no se dispuso a escribir que no podía esperar más tiempo hasta después de las seis y media. ¿Por qué, entonces, estaba sentado al escritorio en aquel momento?

—No había pensado en ello —dije lentamente.

—Vamos a examinarlo juntos, Mr. Clement. Mistress Protheroe fue hasta la cristalera y creyó que la habitación estaba vacía. Debió de pensarlo así, pues de lo contrario no se hubiera dirigido al estudio para encontrarse con Mr. Redding. Habría sido algo arriesgado hacerlo. Si ella creyó que no había nadie en el gabinete, probablemente se debió a que reinaba en él un silencio absoluto. Y esto nos ofrece tres alternativas, ¿no cree usted?

—¿Quiere usted decir...?

—La primera sería que el coronel Protheroe estuviera ya muerto, aunque no creo que ello fuera así en realidad. Sólo hacía unos cinco minutos que él se encontraba allí, y además ella y yo hubiéramos oído el disparo; volvemos a tropezar con la hipótesis de que estaba sentado en el escritorio. La segunda es, naturalmente, que estaba escribiendo una nota que, por supuesto, debía de ser completamente distinta de la que se encontró. No podía ser una en que dijese que no le era posible seguir esperando. Y la tercera...

—¿Sí?

—Que Mistress Protheroe tenga razón y que no hubiese nadie en la habitación.

—¿Quiere usted decir que el coronel salió y regresó más tarde?

—Sí.

—Pero ¿por qué habría hecho eso?

Miss Marple hizo un gesto de incomprensión.

—Esto nos obligaría a examinar el caso desde un punto de vista totalmente distinto —dije.

—Uno se ve obligado a hacer eso en muchas ocasiones. ¿No es usted de mi parecer?

No contesté. Sopesaba cuidadosamente las tres alternativas sugeridas por Miss Marple.

La anciana señorita se levantó, suspirando levemente.

—Debo regresar. Me place mucho haber sostenido esta charla, aunque no hemos avanzado demasiado, ¿verdad?

—En realidad —repuse mientras le alargaba el chal—, este caso me parece un rompecabezas incomprensible.

—Yo no diría esto. Creo, por el contrario, que existe una hipótesis en la que encaja casi todo. Esto, por supuesto, en el caso de que se admita una coincidencia, y creo que puede hacerse con cierta seguridad. Aunque no creo que haya más de una.

—¿Lo cree usted de verdad? Quiero decir, lo de la hipótesis.

—Debo admitir que hay una pequeña grieta en ella, algo que no puedo explicarme. Si esa nota hubiese tratado de algo distinto...

Suspiró y meneó la cabeza. Se dirigió hacia la cristalera y con gesto distraído levantó la mano y tocó la planta que estaba colocada en un tiesto encima de una peana.

—Querido Mr. Clement, creo que debería usted regarla más a menudo. Necesita mucha agua. Su criada tendría que hacerlo cada día. Supongo que es ella quien se encarga de estas cosas.

—Más o menos como los demás —repuse.

—Está algo verde todavía —sugirió Miss Marple.

—Sí —convine—. Y Griselda se niega tercamente a que madure. Cree que sólo una cocinera totalmente indeseable podrá quedarse con nosotros. Sin embargo, la propia Mary se despidió hace unos días.

—Creí que les quería mucho a ustedes.

—No me he dado cuenta —dije—. En realidad, fue Lettice Protheroe quien la molestó. Mary regresó bastante alterada de la investigación y cuando llegó se encontró aquí a Lettice y tuvieron algunas palabras.

—¡Oh! —exclamó Miss Marple.

Se disponía a salir, pero se detuvo súbitamente. Diversas expresiones surgieron en su rostro.

—¡Oh, por Dios! —dijo para sí misma—. He sido verdaderamente tonta. ¡Conque era eso!

—¿Cómo dice usted?

Me miró con aspecto preocupado.

—Nada. Se me acaba de ocurrir una idea. Debo ir a casa y meditar el caso con sumo cuidado. Creo que he sido increíblemente tonta.

—Me cuesta mucho creer eso de usted —repuse galantemente.

La acompañé hasta la verja del jardín.

—¿Puede usted decirme cuál es la idea que acaba de ocurrírsele? —pregunté.

—Preferiría no hacerlo por el momento. Existe una posibilidad de que esté equivocada, aunque no lo creo. Ya hemos llegado. Muchas gracias por acompañarme, pero no debe molestarse más.

—¿Sigue siendo la nota un escollo? —pregunté mientras cerraba el portillo de su verja.

Me miró distraída.

—¿La nota? La que se encontró no era la auténtica. Jamás creí que lo fuera. Buenas noches, Mr. Clement.

Se dirigió rápidamente hacia la casa; yo la miré alejarse... No sabía qué pensar.

Capítulo 27

Griselda y Dennis no habían regresado aún. Pensé entonces que lo más natural hubiera sido ir con Miss Marple a su casa a buscarlos, pero tanto ella como yo estábamos tan preocupados por el misterio que habíamos olvidado cuanto en el mundo existía.

Estaba de pie en el recibidor pensando si debía ir a buscarlos cuando sonó el timbre de la puerta.

Me dirigí hacia ella y vi una carta en el buzón. Creyendo que el objeto de la llamada había sido atraer mi atención sobre ella, la saqué sin abrir la puerta.

El timbre volvió a sonar y antes de abrir me guardé la carta en el bolsillo.

Era el coronel Melchett.

—Hola, Clement. Me iba ya a casa en el coche cuando de pronto he pensado que quizá quisiera usted invitarme a una copa.

—Encantado —contesté—. Vamos al gabinete.

Se quitó el abrigo de cuero y me siguió. Cogí la botella de whisky, un sifón y dos vasos. Melchett estaba de pie ante el hogar, con las piernas abiertas, acariciándose el recortado bigote.

—Tengo que comunicarle algo, Clement. Es lo más asombroso que jamás haya oído, pero lo dejaremos para más tarde. ¿Cómo van las cosas por aquí? ¿Hay más señoras que tengan alguna pista nueva?

—No se portan del todo mal —repuse—. Una de ellas cree que quizá haya solucionado el caso.

—Debe de tratarse de nuestra amiga Miss Marple, ¿no es así?

—En efecto.

—Las mujeres como ella siempre creen saberlo todo —dijo el coronel Melchett.

Tomó apreciativamente un sorbo de un whisky con soda.

—Quizá cometa una indiscreción —dije—, pero supongo que alguien ha interrogado al muchacho de la pescadería. Quiero decir, si el asesino salió por la puerta principal, existe la posibilidad de que él lo viera.

—Slack le ha interrogado, desde luego —repuso Melchett—, pero el muchacho no vio a nadie. No me extraña. El asesino intentaría no llamar la atención. Hay muchos sitios donde esconderse por aquí. Antes de salir a la carretera debió de cerciorarse de que nadie le veía. El muchacho tenía que venir aquí, a la vicaría, y luego ir a la casa de Haydock y a la de Miss Price Ridley. Habría sido muy fácil esquivarle.

—Sí, supongo que sí.

—Por otra parte —prosiguió Melchett—, si ese pillo de Archer cometió el asesinato y el joven Fred Jackson le vio por los alrededores, dudo mucho de que este último nos hubiese comunicado este detalle. Archer es primo suyo.

—¿Sospecha realmente de Archer?

—No olvide que Protheroe le había metido en la cárcel más de una vez y que entre ellos existía una gran animosidad. Protheroe no acostumbraba a perdonar.

—No —dije—. Era un hombre implacable.

—Vive y deja vivir, es lo que yo digo —observó Melchett—. Desde luego, la ley es la ley, pero a veces es conveniente conceder al acusado el beneficio de la duda. Y Protheroe no lo hizo nunca.

—Se vanagloriaba de ello —recordé.

Se produjo una pausa y después pregunté:

—¿Cuál es esa noticia que ha prometido darme?

—¿Recuerda la nota inacabada que Protheroe estaba escribiendo? —repuso.

—Sí.

—Se la entregamos a un experto para que dictaminara si la hora fue añadida por una mano distinta. Desde luego, le facilitamos muestras de la escritura del coronel. ¿Sabe usted cuál ha sido su dictamen? Esa carta no ha sido escrita por Protheroe.

—¿Quiere decir que se trata de una falsificación?

—Sí. Creen que la hora fue escrita por otra mano, aunque no están muy seguros de ello. La tinta del encabezamiento es distinta, pero la carta en sí es una falsificación. No fue escrita por Protheroe.

—¿Está seguro el perito?

—Tan seguro como se puede estar en un caso parecido. Ya sabe usted lo que son los expertos.

—Es sorprendente —dije.

Entonces me vino algo a la memoria.

—Recuerdo que cuando la encontramos Mistress Protheroe dijo que la letra no se parecía a la de su marido, pero no presté atención a sus palabras.

—¿Cómo dice?

—Supuse que se trataba de una de las tontas observaciones que a veces hacen las señoras. Si algo parecía seguro era que Protheroe había escrito la nota.

Nos miramos en silencio.

—Es curioso —dije después, muy despacio—. Miss Marple me ha dicho esta misma noche que la nota estaba mal, que no encajaba.

—Pero ella sólo podría saber más del caso si hubiese cometido el asesinato.

En aquel momento sonó el timbre del teléfono. Sonaba insistentemente y parecía tener un siniestro significado.

Tomé el auricular.

—Aquí la vicaría —dije—. ¿Quién llama?

Una voz extraña e histérica llegó hasta mi oído a través del hilo.

—Quiero confesar —decía—. Dios mío, quiero confesar.

—¡Hola!—dije—. ¡Hola! Se ha cortado la comunicación. ¿Qué número ha llamado?

Una voz lánguida repuso que lo ignoraba, añadiendo que sentía que me hubiese molestado.

Colgué y me volví hacia Melchett.

—En una ocasión dijo que se volvería loco si alguien más se acusara del crimen —observé.

—¿Por qué dice esto?

—Quien ha llamado decía que quería confesar... Y la central ha cortado la comunicación.

Melchett se levantó y descolgó el auricular.

—Yo les hablaré.

—Quizá a usted le hagan caso —dije—. Yo voy a salir. Me parece haber reconocido la voz.

Capítulo 28

Me apresuré por la calle del pueblo. Eran las once, y a esa hora, un domingo por la noche, St.Mary Mead parece muerto. Sin embargo, vi luz en una ventana de un primer piso y, suponiendo que Hawes estaría aún levantado, me detuve y llamé a la puerta.

Después de lo que pareció un tiempo interminable, Miss Sadler, la patrona de Hawes, descorrió ruidosamente dos cerrojos, quitó la cadena, dio la vuelta a la llave y me miró con expresión de sospecha.

—¡Es el vicario! —exclamó.

—Buenas noches —dije—. Quiero ver a Mr. Hawes. Hay luz en su ventana, por lo que debe de estar todavía levantado.

—Quizá sí. No lo he visto desde que le he subido la cena. Ha pasado una noche tranquila. Nadie ha venido a verle y no ha salido.

Asentí y me dirigí rápidamente hacia las escaleras. Hawes tiene un dormitorio y un saloncito en el primer piso.

El coadjutor estaba dormido, echado en un sillón. Mi entrada no le despertó. Tenía al lado una caja vacía de pastillas y un vaso medio lleno de agua.

En el suelo, junto al pie izquierdo, había una nota de papel arrugada con algo escrito en ella. La recogí y la alisé.

Empezaba: «Mi querido Clement».

La leí, lancé una exclamación y la guardé en el bolsillo. Entonces me incliné sobre Hawes y le examiné cuidadosamente.

Después descolgué el teléfono que estaba junto a él y llamé a la vicaría. Melchett aún debía de estar tratando de localizar la llamada, pues la central me dijo que el número comunicaba. Les pedí que me llamaran cuando se desocupara y colgué.

Llevé la mano al bolsillo para examinar una vez más el papel que había recogido del suelo y con él saqué la nota que habá encontrado en el buzón de la vicaría y que aún no había abierto.

Su aspecto me resultó terriblemente conocido. La escritura era igual a la del anónimo recibido aquella tarde.

La leí una o dos veces sin acabar de comprender su significado.

Empezaba a leerla por tercera vez cuando sonó el teléfono.

Como en sueños, levanté del soporte el auricular y hablé.

—Diga.

—Oigo.

—¿Es usted, Melchett?

—Sí. ¿Dónde está? He localizado la llamada. El número es...

—Ya conozco el número.

—¡Magnífico! ¿Me habla usted desde él?

—Sí.

—¿Qué hay de esa confesión?

—Ya la tengo.

—¿Quiere usted decir que tiene al asesino?

Tuve entonces la mayor tentación de mi vida. Miré a Hawes, la nota arrugada y la carta anónima. También posé la mirada en la caja vacía de pastillas. Recordé una conversación casual.

Hice un esfuerzo.

—Yo... no lo sé —dije—. Será mejor que venga usted enseguida.

Y le di la dirección.

Después tomé asiento en la silla, frente a Hawes, y medité. Tenía dos minutos para ello. Transcurrido aquel tiempo, llegaría Melchett.

Leí el anónimo por tercera vez.

Entonces cerré los ojos y pensé.

Capítulo 29

Ignoro cuánto tiempo permanecí sentado. Supongo que, en realidad, sólo fueron unos minutos. Sin embargo, pareció haber transcurrido una eternidad cuando oí abrirse la puerta y, volviendo la cabeza, vi que Melchett entraba en la habitación.

Miró a Hawes dormido en el sillón y se volvió hacia mí, inquiriendo con vivo interés:

—¿Qué es esto, Clement? ¿Qué significa?

De las dos cartas que tenía en la mano elegí una y se la entregué. La leyó en voz alta:

Mi querido Clement:

Lo que tengo que decirle es bastante desagradable. Después de todo prefiero escribirlo. Podemos hablar de ello en otro momento. Se refiere a las recientes desapariciones de dinero. Siento tener que decirle que estoy completamente seguro de conocer la identidad del culpable. Por doloroso que sea para mí tener que acusar a un pastor de nuestra iglesia, no tengo más remedio que hacerlo. Debe hacerse un escarmiento y

Me miró interrogativamente. En aquel punto la escritura se convertía en un garabato indescifrable, originado por la llegada de la muerte, que paralizó la mano que escribía.

Melchett respiró profundamente y miró a Hawes.

—¡Conque ésa es la solución! El único hombre en quien jamás pensamos. El remordimiento le ha obligado a confesar.

—Su comportamiento era bastante raro estos días —admití. Súbitamente Melchett se dirigió hacia el durmiente con una aguda exclamación. Le cogió de los hombros y lo sacudió, primero con suavidad y después con violencia.

—¡No está dormido! ¿Qué significa esto?

Sus ojos se posaron en la caja de pastillas vacía. La cogió en sus manos.

—¿Ha...?

—Creo que sí —dije—. El otro día me las mostró y me dijo que se le había advertido de que tuviese cuidado de no tomar una dosis excesiva. Es su manera de huir, pobre diablo. Quizá sea el mejor camino. No somos nosotros quienes debemos juzgarle.

Pero Melchett era, ante todo, el jefe de policía del condado. Los argumentos convincentes para mí no causaron mella en él. Había apresado a un asesino y debía procurar que fuese ahorcado.

Cogió el teléfono. Pidió el número de Haydock. Durante el minuto que siguió permaneció con la oreja pegada al auricular y el ojo puesto en Hawes.

—¡Hola, hola! ¿Es la casa del doctor Haydock? Dígale que vaya enseguida al domicilio de Mr. Hawes, en la calle principal. Es urgente... ¿Qué...? ¿Qué número es, pues? Oh, lo siento.

Colgó con irritación.

—¡Número equivocado, número equivocado! Y la vida de un hombre depende de ello. ¡Oiga! Me ha dado un número equivocado. Sí. No pierda el tiempo. Deme el tres, nueve... nueve, y no siete.

La espera fue más corta esta vez.

—¡Hola! ¿Es usted, Haydock? Habla Melchett. Venga enseguida al número diecinueve de la calle principal.

Hawes ha tomado una sobredosis de algo. Dese prisa, parece cuestión de vida o muerte.

Colgó y dio unos pasos por la habitación, impaciente.

—No puedo imaginar por qué no ha llamado usted enseguida al doctor, Clement. ¿Su inteligencia estaba dormida?

Afortunadamente, a Melchett jamás se le ocurre que uno pueda tener ideas distintas a las suyas. No le contesté y él prosiguió:

—¿Dónde ha encontrado usted esta carta?

—Arrugada en el suelo, cerca de su mano, de la que debe de haber caído.

—Es extraordinario. Esa vieja solterona tenía razón al creer que la nota que encontramos no era la auténtica. ¡Sabe Dios cómo se le habrá ocurrido! Pero qué tonto fue este individuo al no destruirla. Es curioso que conservara la peor prueba que puede existir contra él.

—La naturaleza humana está llena de extraños contrasentidos.

—Si no fuera así, dudo que jamás apresáramos a algún asesino. Tarde o temprano cometen alguna estupidez. Tiene usted muy mal aspecto, Clement. Supongo que éste debe de ser el golpe más fuerte que jamás haya sufrido.

—Lo es. Como le dije, Hawes se ha comportado de forma rara en estos últimos tiempos, pero jamás hubiese imaginado...

—¿Quién lo hubiera creído? Parece que llega un coche. —Se dirigió a la ventana y apartó los visillos—. Sí, es Haydock.

Un instante después el médico entraba en la habitación. Melchett le explicó la situación brevemente. Haydock enarcó las cejas, asintió y se dirigió al paciente. Le tomó el pulso, levantó uno de sus párpados y le examinó con atención la pupila del ojo. Entonces se volvió hacia Melchett.

—¿Quiere salvarle para llevarle a la horca? —preguntó—. Ya está casi muerto. Dudo que pueda reanimarle.

—Haga cuanto sea posible.

—Bien.

Buscó en el maletín que había traído consigo y sacó una jeringuilla hipodérmica con la que inyectó algo en el brazo de Hawes. A continuación, pausadamente, se puso en pie.

—Lo mejor es llevarle al hospital de Much Benham. Ayúdenme a bajarle hasta el coche.

Lo bajamos entre los tres. Mientras tomaba asiento detrás del volante, Haydock le habló a Melchett.

—No podrá colgarle —dijo.

—¿Cree que no recobrará el sentido?

—No lo sé, pero no es eso a lo que me refiero. Quiero decir que aunque se salve no irá al patíbulo. Ese hombre no era responsable de sus acciones. Yo declararé en tal sentido.

—¿Qué habrá querido decir con eso? —me preguntó Melchett mientras volvíamos a subir las escaleras.

Le expliqué que Hawes había padecido encefalitis letárgica.

—¿La enfermedad del sueño? Hoy día se encuentra alguna razón para justificar toda mala acción, ¿no lo cree usted así?

—La ciencia nos está enseñando muchas cosas.

—¡Al diablo la ciencia! Oh, perdón, Clement, pero toda esa palabrería me molesta en extremo. Bien, supongo que deberíamos dar un vistazo por aquí.

Pero en aquel momento se produjo la más inesperada irrupción. Se abrió la puerta y Miss Marple entró en la habitación.

—Siento muchísimo molestar, lo siento mucho. Buenas noches, coronel Melchett. Como digo, siento molestarlos, pero cuando he sabido que Mr. Hawes estaba enfermo he creído que mi deber era venir, por si podía ser de alguna utilidad.

Hizo una pausa. El coronel Melchett la estaba mirando con el disgusto pintado en el rostro.

—Es usted muy amable, Miss Marple —dijo secamente—, pero no debería haberse molestado. A propósito, ¿cómo se ha enterado de la enfermedad?

Era la pregunta que yo mismo estaba deseando hacer.

—El teléfono —explicó Miss Marple—. Tienen muy poco cuidado y suelen equivocarse de número. Usted ha hablado conmigo creyendo que era el doctor Haydock. Mi número es el tres siete.

—¡Conque ha sido eso! —exclamé.

Siempre existe una explicación para la omnisciencia de Miss Marple.

—Por tanto —prosiguió—, he venido para prestar ayuda.

—Es usted muy amable —repitió Melchett, más secamente esta vez—. Nada puede hacerse. Haydock le ha llevado al hospital.

—¿Al hospital? ¡Oh, me siento aliviada! Me complace mucho oírle decir esto. Estará a salvo allí. Cuando dice que «nada puede hacerse» supongo que no se refería a que no tiene salvación, ¿verdad?

—Es muy difícil que salga con vida.

La mirada de Miss Marple se dirigió a las pastillas.

—¿Ha tomado acaso una dosis excesiva?

Creo que Melchett no estaba dispuesto a complacer la curiosidad de Miss Marple. Quizá en otras circunstancias yo hubiera sido de la misma opinión, pero la discusión del caso con ella era demasiado reciente como para pensar de aquella manera, aunque debo admitir que su rápida aparición me molestó ligeramente.

—Eche una ojeada a esto —dije entregándole la nota inconclusa de Protheroe.

La cogió y la leyó sin aparentar sorpresa alguna.

—Supongo que ya habrá usted deducido algo por el estilo, ¿no es verdad?

—Sí, sí, ciertamente. ¿Puedo preguntarle, Mr. Clement, qué le ha hecho venir aquí esta noche? Es algo que me intriga. Usted y el coronel Melchett... No es lo que había esperado.

Le hablé de la llamada telefónica y de que me había parecido reconocer la voz inconfundible de Hawes. Miss Marple asintió.

—Muy interesante y providencial, si puedo emplear esta palabra. Sí, la llamada le ha traído aquí en el momento preciso.

—¿En el momento preciso para qué? —pregunté amargamente.

Miss Marple pareció sorprendida.

—Para salvar la vida de Mr. Hawes, desde luego.

—¿No cree usted que sería preferible que Hawes no se salvara? Mejor para él y para todos. Ahora sabemos la verdad y...

Callé, pues Miss Marple estaba moviendo la cabeza con tanta vehemencia que me impulsó a no seguir hablando.

—Desde luego —dijo—. Desde luego. Eso es lo que él quiere hacerles pensar: que saben ustedes la verdad y que es preferible no seguir removiendo el asunto. ¡Oh, sí! Todo encaja: la carta, la dosis excesiva de pastillas, el estado mental del pobre Mr. Hawes y su confesión. Todo encaja... Pero no es así.

La miramos asombrados.

—Por eso me alegra saber que Mr. Hawes está a salvo en el hospital, donde nadie puede hacerle daño alguno. Si recobra la salud les contará la verdad.

—¿La verdad?

—Sí: que jamás tocó un cabello del coronel Protheroe.

—Pero la llamada telefónica —dije—, la carta, la sobredosis. Todo está tan claro y...

—Esto es lo que él quiere que ustedes crean. ¡Oh, es

muy inteligente! Fue muy ingenioso conservar la carta y hacer uso de ella de esta manera...

—¿A quién se refiere cuando dice «él»? —pregunté.

—Al asesino —dijo Miss Marple. Y muy quedamente añadió—: A Mr. Lawrence Redding...

Capítulo 30

La miramos con asombro. Creo realmente que durante un instante creímos que su cabeza no funcionaba bien, tan carente de sentido parecía la acusación.

El coronel Melchett fue el primero en hablar; lo hizo amablemente y con suave tolerancia.

—Eso es absurdo, Miss Marple —dijo—. El joven Redding está libre de toda sospecha.

—Por supuesto —contestó Miss Marple—. Él mismo se encargó de que así fuera.

—Al contrario —repuso el coronel Melchett secamente—, hizo cuanto pudo para ser acusado del asesinato.

—Sí —afirmó Miss Marple—. Nos engañó a todos con su proceder. Incluso a mí. Recuerde, Mr. Clement, que me quedé muy sorprendida al saber que Mr. Redding había confesado ser el autor del crimen. Desbarató todas mis suposiciones y me obligó a creerle inocente, cuando hasta aquel momento le suponía culpable.

—Entonces, ¿era de Lawrence Redding de quien usted sospechaba?

—Ya sé que en las novelas el culpable es siempre la persona que menos parece serlo, pero he observado que esto no suele ser así en la vida real. Por grande que haya sido siempre la simpatía que he sentido por Mistress Protheroe, no pude evitar llegar a la conclusión de que estaba completamente bajo la influencia de Mr. Redding y que haría cualquier cosa que él le pidiera; y él, desde luego, no es de los que huyen con una mujer sin dinero. Desde su punto de vista, era necesario que el coronel Protheroe fuera eliminado y lo eliminó. Ese joven tiene encanto, pero no sentido moral.

El coronel Melchett ya no pudo contenerse por más tiempo.

—¡Tonterías y nada más que tonterías! Redding ha justificado satisfactoriamente dónde estuvo hasta las siete menos cuarto y Haydock afirma que Protheroe no pudo haber muerto entonces. Supongo que no creerá saber de esto más que los propios médicos. ¿O acaso sugiere que Haydock miente, sabe Dios por qué?

—Creo que la declaración del doctor Haydock es totalmente verídica. Es una persona de bien. Desde luego, quien mató al coronel Protheroe fue Mistress Protheroe y no Mr. Redding.

La volvimos a mirar con increíble asombro. Miss Marple se arregló el sombrerito de encaje, echó atrás el chal que le cubría los hombros y empezó a hablar suavemente, haciendo las más asombrosas manifestaciones en el tono más natural del mundo.

—No he creído que fuera mi deber hasta este momento. Las creencias que uno pueda tener, aunque sean tan arraigadas y fuertes que equivalgan al conocimiento directo, no son pruebas definitivas. Y a menos que uno tenga una explicación en la que encajen todos los hechos, como le decía esta misma noche al querido Mr. Clement, no podemos aceptarla con verdadera convicción. La explicación que me daba a mí misma no era completa; le faltaba algo. Pero cuando salí del gabinete de Mr. Clement observé la planta en el tiesto junto a la cristalera y entonces todo se aclaró como por encanto.

—Está loca, rematadamente loca —murmuró Melchett a mi oído.

Pero Miss Marple nos miraba con serenidad y prosiguió hablando con su suave voz.

—Me dolió mucho, porque ambos me eran muy simpáticos. Pero ya saben ustedes cómo es la naturaleza humana. Cuando primero él y después ella confesaron de aquella absurda forma me sentí muy aliviada. Había estado equivocada. Entonces empecé a pensar en otras personas que tuvieran un motivo para desear la desaparición del coronel Protheroe.

—¡Los siete sospechosos! —murmuré.

Me sonrió.

—Sí, los siete sospechosos. En primer lugar, Archer; no me parecía muy probable, pero animado con algunos vasos de whisky podía haber hecho cualquier cosa. Y después Mary, su cocinera. Ha estado saliendo mucho tiempo con Archer y su carácter es algo temperamental. Tenía motivo y oportunidad. ¡Estaba sola en la casa! La anciana Miss Archer pudo muy fácilmente haber cogido la pistola de casa de Mr. Redding y entregársela a él o a ella. Tampoco podía descartar a Lettice, con su deseo de dinero y libertad para hacer lo que quisiera. He conocido muchos casos en los cuales las muchachas más hermosas y etéreas han demostrado no poseer el menor escrúpulo moral, aunque, naturalmente, los caballeros jamás quieren pensar esto de tan gráciles señoritas.

Lancé una profunda exclamación.

—También estaba la raqueta de tenis —dijo Miss Marple—. Sí, la que Clara, la doncella de Miss Price Ridley, vio en el suelo, junto a la verja de la vicaría. Parecía como si Mr. Dennis hubiese regresado del partido de tenis antes de lo que dijo después. Los muchachos de dieciséis años son muy susceptibles y están faltos de equilibrio mental. Sin tener motivo aparente alguno, pudo haberlo hecho, bien por usted o por Lettice. Era una posibilidad. Y también el pobre Mr. Hawes y usted, no los dos a la vez, sino alternativamente, como dicen los abogados.

—¿Yo? —exclamé inmediatamente en el colmo del asombro.

—Sí. Debo pedirle perdón por mis sospechas, pero no debemos olvidar las desapariciones de dinero. El culpable debía ser usted o Mr. Hawes, y Miss Price Ridley ha insinuado por todas partes que usted era el autor de los desfalcos, principalmente por su fuerte oposición a que se llevara a cabo una investigación. Desde luego, personalmente siempre creí que se trataba del pobre Mr. Hawes, que me recordaba mucho al desgraciado organista de quien le he hablado en alguna ocasión. Pero, de todas maneras, no podía estar completamente segura...

—Siendo la naturaleza humana como es —dije, completando su frase.

—Exactamente. Y también estaba, por supuesto, la querida Griselda.

—Pero Mistress Clement quedaba descartada del todo —interrumpió entonces Melchett—. Ella regresó en el tren de las seis y cincuenta.

—Esto es lo que ella le dijo —repuso Miss Marple—. Uno nunca debe guiarse por lo que la gente dice. El tren de las seis y cincuenta llegó con media hora de retraso aquel día. Pero a las siete y cuarto yo la vi con mis propios ojos dirigirse hacia Old Hall. Por tanto, debió de regresar en un tren anterior. La vieron, pero seguramente usted lo sabe.

Me miró inquisitivamente.

Algo magnético en su mirada me obligó a tenderle la última carta anónima, la que había abierto poco tiempo antes. Decía claramente que Griselda había sido vista saliendo de la casa de Lawrence Redding por la ventana posterior a las seis y veinte del día fatal.

En ningún momento mencioné la terrible sospecha que me había asaltado. La había visto como en una pesadilla; una vieja intriga entre Lawrence y Griselda, cómo había llegado a oídos de Protheroe y ante su decisión de comunicarme los hechos Griselda había robado la pistola para silenciarlo. No era sino una pesadilla, pero en un punto determinado tuvo un terrible aspecto de realidad.

Ignoro si Miss Marple sospechaba algo por el estilo. Probablemente sí. Pocas cosas le pasan inadvertidas.

Me devolvió la nota con un movimiento de cabeza.

—Todo el mundo lo sabía —dijo— y daba lugar a sospechas, especialmente cuando Miss Archer juró que la pistola estaba en la casa cuando ella había salido de la misma al mediodía.

Hizo una ligera pausa y después prosiguió:

—Pero me estoy alejando mucho de la cuestión. Lo que quiero hacer, porque me considero obligada a ello, es darles mi propia explicación del misterio. Si no la creen, me quedará la satisfacción del deber cumplido. Quizá mi deseo de estar completamente segura le cueste la vida al pobre Mr. Hawes.

Hizo otra pausa, y cuando volvió a hablar su voz tenía un tono distinto.

—He aquí la explicación de los hechos. El jueves por la tarde el crimen ya estaba planeado en los más mínimos detalles. Lawrence Redding pasó primero por la vicaría, pues sabía que el vicario estaba ausente. Llevaba la pistola que escondió en el tiesto junto a la cristalera. Cuando el vicario regresó, Redding explicó su presencia allí diciendo que quería comunicarle su decisión de marcharse del pueblo. A las cinco y media, Lawrence Redding telefoneó desde el pabellón norte al vicario con voz de mujer. Recuerden que es un buen actor aficionado.

»Mistress Protheroe y su esposo acababan de salir hacia el pueblo. Y cosa curiosa, aunque nadie parece haberle prestado atención alguna: Mistress Protheroe no llevaba bolso. Es algo verdaderamente extraño en una señora. Un momento antes de las seis y veinte pasó por delante de mi jardín y se detuvo a hablar conmigo, como para darme la oportunidad de comprobar que no llevaba arma alguna consigo y que su estado era del todo normal. Tuvieron en cuenta que yo suelo fijarme mucho en todo. Se dirigió hacia la casa y desapareció tras la esquina, en dirección a la ventana del gabinete. El pobre coronel estaba sentado ante el escritorio, escribiéndole la nota al vicario. Como todos sabemos, era bastante sordo. Ella sacó la pistola del tiesto, se dirigió a él y le disparó un tiro en la cabeza; arrojó la pistola al suelo, salió rápidamente y se dirigió al estudio cruzando el jardín. Uno casi juraría que no tuvo tiempo de hacerlo.

—Pero ¿y el disparo? —objetó Melchett—. ¿No oyó usted un disparo?

—Creo que existe un invento conocido con el nombre de silenciador Maxim. Conozco su existencia por haber leído acerca de él en las novelas policíacas. Me pregunto si el estornudo que la doncella Clara oyó no fue en realidad el disparo. Pero no importa. Mistress Protheroe se reunió en el estudio con Mr. Redding. Salieron juntos, y siendo la naturaleza humana como es, temo que tenían la certeza de que no me marcharía de mi jardín hasta que ellos abandonaran el estudio.

Jamás me fue Miss Marple tan simpática como en aquel momento, con su humorístico reconocimiento de su propia debilidad.

—Cuando salieron, su actitud era alegre y normal. Y ahí es donde cometieron un error, porque si verdaderamente se hubieran despedido, como aseguraron más tarde, su aspecto habría sido muy distinto. Pero ése no fue su punto débil. Tuvieron gran cuidado en procurarse una coartada que cubriera los diez minutos siguientes. Finalmente, Mr. Redding se dirigió a la vicaría y salió de allí lo más tarde que pudo. Probablemente vio al vicario en el sendero y calculó el tiempo al segundo. Recogió la pistola con el silenciador y dejó la nota falsificada, con la hora escrita aparentemente por una mano distinta. Cuando la falsificación se descubriese, tendría el aspecto de un grosero intento de complicar a Anne Protheroe.

»Pero cuando dejó la carta vio que el coronel estaba escribiendo, algo del todo inesperado. Como es un hombre muy inteligente, comprendió que aquella nota quizá pudiera serle útil y la cogió. Cambió la hora en el reloj para hacerla coincidir con la indicada en la carta, sabiendo que aquel reloj estaba siempre un cuarto de hora adelantado, ello también con la aparente intención de implicar a Mistress Protheroe. Entonces salió y se encontró con el vicario junto a la verja del jardín, y fingió sentirse sumamente alarmado y asustado. Como digo, es muy inteligente. ¿Qué trataría de hacer un verdadero criminal? Portarse con naturalidad, desde luego. Y esto es precisamente lo que Redding no hizo. Se desprendió del silenciador y se dirigió a la comisaría con la pistola, se acusó ridículamente y fue creído por todo el mundo.

Había algo fascinante en la versión del caso dada por Miss Marple. Hablaba con tal seguridad que Melchett y yo sentimos que el asesinato no pudo ser cometido de otra forma.

—¿Y el verdadero disparo oído en el bosque? —pregunté—. ¿Se trata de la coincidencia a la que usted se ha referido esta noche?

—¡Oh, no! Eso no fue una coincidencia, ni mucho menos. Era absolutamente necesario que se oyera un disparo, pues de lo contrario las sospechas contra Mistress Protheroe podrían haber adquirido demasiado cuerpo. No acabo de comprender cómo lo logró Mr. Redding, pero sí sé que el ácido pícrico estalla si se deja caer algo pesado encima. Recuerde, querido vicario, que encontró a Mr. Redding llevando una gruesa piedra precisamente en el lugar del bosque en que usted halló ese cristal más tarde. Los caballeros saben hacer las cosas tan bien... La piedra suspendida sobre el ácido y una espoleta retardada... Algo que tardara unos veinte minutos en arder, para que la explosión se produjera hacia las seis y media, cuando él y Mistress Protheroe hubieran salido del estudio y se encontraran a la vista de todo el mundo. Fue una idea muy ingeniosa, porque después no quedaría más indicio que la piedra, que estaba tratando de eliminar cuando usted se encontró con él poco antes.

—Creo que tiene usted razón —dije, recordando la sorpresa que experimentó Redding cuando me encontró aquel día.

Todo ello había parecido del todo natural, pero en aquel momento...

Miss Marple parecía leer mis pensamientos, pues asintió sagazmente.

—Sí —dijo—, pudo haber sido una sorpresa muy desagradable para él, pero salió muy bien del paso diciendo que la traía para mi jardín japonés. Sólo que —Miss Marple habló con gran énfasis— no era la clase de piedra que se emplea en los jardines japoneses. Este detalle me puso sobre la verdadera pista.

Durante todo el tiempo, el coronel Melchett permaneció en silencio, fascinado. Carraspeó un par de veces, se sonó y exclamó:

—¡Por todos los diablos! ¡Por todos los diablos del mundo!

No dijo nada más. Creo que, al igual que yo, se sentía impresionado por la aplastante lógica de las conclusiones de Miss Marple, pero no estaba, por el momento, dispuesto a admitirlo. En lugar de ello, alargó la mano y cogió la arrugada carta.

—¡Muy bien! Pero ¿cómo explica usted la llamada de Hawes y su confesión? —preguntó.

—Todo esto fue algo providencial, debido, sin duda, al sermón del vicario. Su sermón ha sido verdaderamente admirable, querido Mr. Clement. Debe de haber impresionado en grado sumo a Mr. Hawes. No ha podido contenerse más tiempo y ha decidido confesar acerca de la apropiación de fondos de la iglesia.

—¿Cómo?

—Sí, y esto, por designio de la providencia, es lo que le ha salvado la vida. Porque espero y confío en que se salve. El doctor Haydock es muy buen médico. En mi opinión, Mr. Redding conservó la carta, algo muy peligroso, desde luego, aunque supongo que debió de esconderla en lugar seguro. Esperó hasta descubrir a quién se refería, no tardó en averiguar que se trataba de Mr. Hawes y pasó largo rato con él. Sospecho que fue entonces cuando cambió una pastilla de la caja de Mr. Hawes. Este pobre señor ha debido de tomársela inocentemente. Después de su muerte se hubiesen examinado sus pertenencias y se habría hallado la carta, por lo que todo el mundo habría creído que él fue el asesino del coronel Protheroe y que después se quitó la vida por remordimiento. Imagino que Mr. Hawes ha debido de encontrar la carta esta noche después de haber tomado la pastilla fatal. Dado su desordenado estado mental, ha debido de creer que se trataba de algo sobrenatural, como consecuencia del sermón del vicario, y se ha sentido impelido a confesar.

—¡Palabra de honor! —exclamó Melchett—. ¡Es la cosa más extraordinaria que he oído jamás! Pero no creo ni una sola palabra de ello.

Melchett jamás había manifestado algo con tan poca convicción. Así debió de parecerle a él mismo, porque continuó diciendo:

—¿Puede usted explicar la otra llamada, la que se hizo desde la casa de Mr. Redding a Miss Price Ridley?

—¡Ah! —exclamó Miss Marple—. Esto es lo que yo llamo coincidencia. La querida Griselda hizo esa llamada. Creo que ella y Dennis la hicieron juntos. Habían oído los rumores que Miss Price Ridley estaba esparciendo acerca del vicario e idearon este más bien infantil sistema de obligarla a callar. Lo curioso es que la llamada coincidió con el disparo en el bosque, haciendo creer que ambas cosas guardaban relación entre sí.

Súbitamente recordé que cuantos hablaban del disparo decían que el sonido era extraño y diferente al de un disparo normal. Tenían razón. Sin embargo, era difícil explicar en qué consistía la diferencia.

El coronel Melchett se aclaró la garganta.

—Su solución del caso es muy plausible, Miss Marple —dijo—, pero permítame decirle que no hay nada que pueda probarla.

—Lo sé —admitió Miss Marple—, pero usted cree que es cierta, ¿no es verdad, coronel?

Se produjo una pausa.

—Sí, lo creo —dijo Melchett, casi con repugnancia—. Es la única manera en que pudo suceder. Pero no tenemos prueba alguna.

Miss Marple carraspeó.

—Por esto he pensado que, dadas las circunstancias...

—Sí...

—Quizá lo conveniente fuera preparar una pequeña trampa.

Capítulo 31

El coronel Melchett y yo la miramos sorprendidos.

—¿Una trampa? ¿De qué clase?

Miss Marple se mostraba algo esquiva, pero se comprendía que tenía un plan cuidadosamente ideado. Dirigiéndose a Melchett, sugirió:

—Alguien telefonea a Redding y le avisa.

El coronel Melchett sonrió.

—«¡Se ha descubierto todo! ¡Huya!» Esto es muy viejo, Miss Marple, aunque no negaré que sigue teniendo éxito. Pero creo que Redding es demasiado listo para dejarse coger de esta manera.

—Tendría que ser algo concreto, desde luego —murmuró Miss Marple—. Yo sugeriría que el aviso le llegara de quien se sepa que posee puntos de vista algo fuera de lo corriente en estos asuntos. La conversación con el doctor Haydock llevaría a algunos a creer que acaso él considere el asesinato desde un ángulo especial. Si él insinuara que alguien, Mistress Slader o alguno de sus hijos, observó el cambio de las pastillas, esto no significaría nada para Redding si es inocente, pero si no lo es...

—¿Qué?

—Puede que cometa alguna tontería.

—Y se ponga en nuestras manos. Es posible, Miss Marple. Su idea es muy ingeniosa. ¿Se prestará Haydock a ello? Como usted dice, sus puntos de vista...

Miss Marple le interrumpió con aire decidido.

—¡Eso es simple teoría! La práctica es siempre muy distinta, ¿no cree usted? Pero mire: aquí lo tiene. Se lo podemos preguntar ahora mismo.

Me pareció que Haydock se sorprendió al ver a Miss Marple con nosotros. Tenía aspecto cansado.

—Ha sido un caso difícil —dijo—. Pero se salvará. He cumplido con mi obligación al reanimarlo, pero me hubiera alegrado haber fracasado.

—Acaso piense usted de distinto modo cuando oiga lo que tenemos que comunicarle —observó Melchett.

Breve y sucintamente, Melchett le expuso la teoría de Miss Marple acerca del asesinato y finalizó el relato con su sugerencia.

Entonces pudimos ver lo que Miss Marple llamaba diferencia entre la teoría y la práctica.

Los puntos de vista de Haydock parecieron sufrir una transformación radical. Demostró querer ver a Redding en manos del verdugo. No fue tanto el asesinato de Protheroe como el intento contra el pobre Hawes lo que, en mi opinión, provocó hasta tal punto su ira.

—¡Ese condenado pillo! —exclamó Haydock—. Hacer esto al pobre Hawes. Tiene madre y hermana, y el estigma de ser la madre y hermana de un asesino les hubiera manchado de por vida. ¡Pobres mujeres! ¡Es el gesto más cobarde y ruin que conozco!

Hizo una pausa para recobrar el aliento.

—Si lo que me han relatado es verdad —prosiguió—, cuenten conmigo para cualquier cosa. Ese individuo no merece vivir. ¡Pobre Hawes, es el ser más indefenso que conozco!

Estaba ultimando los detalles con Melchett cuando Miss Marple se levantó para marcharse. Yo insistí en acompañarla.

—Es usted muy amable, Mr. Clement —dijo Miss Marple mientras caminábamos por la calle desierta—. Ya han dado las doce. Espero que Raymond se haya acostado.

—Debería haberla acompañado —dije.

—No le he dicho adónde me dirigía —repuso.

Sonreí al recordar el sutil análisis que Raymond West había hecho del caso.

—Si su teoría resulta ser cierta, lo que no dudo ni por un solo momento —dije—, se habrá apuntado usted un buen tanto ante su sobrino.

Miss Marple sonrió indulgente.

—Recuerdo lo que decía mi tía abuela Fanny. Yo tenía dieciséis años entonces y pensé que sus palabras eran muy tontas.

—¿Sí? —dije animándola.

—Acostumbraba a decir: «La gente joven cree que los viejos son tontos, pero los viejos saben que los jóvenes lo son».

Capítulo 32

Poco más queda por decir. El plan de Miss Marple se llevó a cabo con pleno éxito. Lawrence Redding no era inocente y la insinuación del cambio de pastillas, hecha por un testigo le llevó a hacer «algo tonto». Tal es el poder de una conciencia culpable.

Se encontraba, naturalmente, en una situación difícil. Imagino que su primer impulso debió de ser la huida, pero tenía un cómplice. No podía partir sin hablar con ella y no osó esperar a la mañana siguiente. Por tanto, aquella noche fue a Old Hall, seguido por dos de los más sagaces hombres del coronel Melchett. Tiró unos guijarros a la ventana de Anne Protheroe, la despertó y un urgente susurro la hizo bajar para hablar con él. Sin duda se creyeron más seguros fuera de la casa que dentro, temiendo que Lettice se despertara. Los dos agentes de policía pudieron oír toda su conversación, con lo que se disipó cualquier duda que hubiese podido existir. Miss Marple acertó en todas sus hipótesis.

El juicio de Lawrence Redding y Anne Protheroe es de conocimiento público y no me propongo hablar de él. Sólo mencionaré que el inspector Slack fue felicitado por haber llevado a los criminales ante la justicia, debido a su celo e inteligencia. Por supuesto, nada se dijo de la parte que Miss Marple tuvo en el caso. Ella se hubiera sentido horrorizada ante la publicidad que tal cosa le habría acarreado.

Lettice vino a visitarme poco antes de que empezara el juicio. Entró por la cristalera de mi gabinete con su acostumbrado aire de vaguedad. Me dijo que siempre había estado convencida de la culpabilidad de su madrastra. La pérdida de la boina amarilla no fue sino una excusa para registrar el gabinete. Esperaba encontrar algo que hubiese pasado inadvertido a la policía.

—Ellos no la odiaban como yo —dijo con voz soñadora—. Y el odio hace las cosas más fáciles.

Se sintió angustiada ante el fracaso de su búsqueda y entonces, deliberadamente, dejó caer el pendiente de Anne junto al escritorio.

—¿Qué importancia podía tener que yo hiciese algo así si sabía que ella lo había hecho? Era necesario que fuera juzgada. Ella le había matado.

Suspiré. Existen siempre cosas que Lettice no ve. En algunos aspectos, es moralmente ciega.

—¿Qué va a hacer usted, Lettice? —pregunté.

—Cuando todo haya pasado me iré al extranjero. —Vaciló un instante y prosiguió—: Con mi madre.

La miré, francamente sorprendido.

Ella asintió.

—¿No se lo ha imaginado usted? Miss Lestrange es mi madre. Se está muriendo. Quería verme y vino aquí con un nombre falso. El doctor Haydock la ayudó. Es un viejo amigo suyo. Estuvo enamorado de ella en su tiempo. Es fácil darse cuenta. Creo que, en cierto modo, todavía lo está. Ha hecho cuanto ha podido por ayudarla. Cuando mi madre vino se cambió el nombre para evitar las desagradables murmuraciones de la gente. Fue a visitar a mi padre aquella noche y le comunicó que se estaba muriendo y que quería verme. Mi padre fue una bestia. Dijo que ella había renunciado a todo derecho sobre mí y que yo la creía muerta. ¡Como si yo me hubiese tragado esa historia! Los hombres como mi padre no ven más allá de sus narices.

»Pero mamá no es de la clase de mujeres que se rinden fácilmente. Por desgracia vio a mi padre primero, pero cuando él la trató con tanta brutalidad me mandó una nota. Yo me las compuse para retirarme temprano del partido de tenis y encontrarme con ella en el sendero a las seis y cuarto. Estuvimos juntas apenas unos momentos y convinimos otro encuentro. Nos separamos antes de que se sospechara que ella había asesinado a mi padre. Después de todo, estaba muy resentida con él. Por ello destruí a cuchilladas aquel retrato en el ático. Temía que la policía registrara la casa, lo encontrase y la reconociera. También el doctor Haydock llegó a creer que mi madre había cometido el crimen. Mi madre es una persona algo extraña a veces. No le preocupan las consecuencias. Si se traza un plan, lo sigue.

Hizo una pausa.

—Es extraño. Ella y yo tenemos mucho en común. Mi padre y yo, en cambio, éramos como dos extraños. Pero mamá... De todas formas, iré a su lado y permaneceré con ella hasta que..., hasta el fin.

Se levantó y me tendió la mano.

—Que Dios las bendiga a ambas —dije—. Espero que algún día sea usted verdaderamente feliz, Lettice.

—En ello confío —repuso, intentando reír—. No lo he sido hasta ahora. ¡Oh! No importa. Adiós, Mr. Clement. Ha sido usted siempre terriblemente bueno conmigo, usted y Griselda.

¡Griselda!

Por ella, la carta anónima me causó un terrible desconcierto y dolor. Cuando se lo conté, primero se rio y luego me sermoneó.

—Sin embargo —añadió—, en el futuro seré más prudente y temerosa de Dios.

Me miró con la risa bailándole en los ojos.

—Un cambio está naciendo en mí —prosiguió—. También nace en ti, pero en tu caso será rejuvenecedor. Por lo demás así lo espero. No podrás seguir diciéndome que soy una niña cuando tengamos una propia. He decidido, Len, que ahora que voy a ser «una verdadera esposa y madre», como dicen en las novelas, deberé convertirme también en una buena ama de casa. He adquirido dos libros sobre la dirección del hogar y uno sobre el amor maternal. Son muy divertidos, especialmente el que habla de la forma de criar a los niños.

—¿No has comprado también uno acerca de cómo debe tratarse al esposo? —pregunté con súbita aprensión mientras la atraía hacia mí.

—No lo necesito —repuso—. Soy una buena esposa y te quiero mucho. ¿Qué más puedes desear?

—Nada —dije.

—¿No podrías decir, aunque fuera por una sola vez, que me amas una barbaridad?

—Griselda —repuse—. ¡Te adoro! ¡Te idolatro! Estoy locamente enamorado de ti.

Mi esposa dejó escapar un profundo suspiro de satisfacción.

Después se separó de mí súbitamente.

—Ahí viene Miss Marple. ¡No permitas que sospeche! No quiero que todo el mundo empiece a ofrecerme cojines y recomendarme que me siente cómodamente. Dile que he ido al campo de golf. Esto la despistará. Además, debo ir, pues dejé mi jersey amarillo allí.

Miss Marple se acercó a la puerta, se detuvo y preguntó por Griselda.

—Ha ido al campo de golf —respondí.

—No es muy prudente que haga eso —dijo.

Y entonces, como corresponde a una solterona agradable, a la vieja usanza, se sonrojó.

Para cubrir la momentánea confusión, hablamos apresuradamente del caso Protheroe y del «doctor Stone», que resultó ser un conocido ladrón que empleaba diversos nombres. Miss Cram fue declarada libre de toda complicidad. Finalmente admitió haber llevado la maleta al bosque, pero lo hizo con absoluta buena fe: el doctor Stone le había dicho que temía la rivalidad de otros arqueólogos, que no vacilarían en llegar al robo con tal de poder desacreditar sus teorías. Aparentemente ella creyó sus palabras, a pesar de su poca lógica. Según se dice en el pueblo, en la actualidad hay un caballero de cierta edad que quizá necesite una secretaria.

Mientras hablábamos, me pregunté cómo se las habría compuesto Miss Marple para descubrir nuestro secreto. Ella misma, de forma muy discreta, me facilitó una pista.

—Espero que la querida Griselda se cuide —murmuró después de una pausa—. Ayer estuve en la librería de Much Benham...

¡Pobre Griselda! El libro sobre el amor maternal la traicionó.

—Me pregunto si sería usted desenmascarada alguna vez, en el caso de que cometiera un asesinato, Miss Marple —dije.

—¡Qué horrible idea! —exclamó—. Ruego a Dios que jamás pueda hacer algo tan terrible.

—Pero siendo la naturaleza humana como es... —murmuré.

Miss Marple acusó el golpe con una agradable risa.

—¡Qué malo es, Mr. Clement! Pero, desde luego, está usted bromeando.

Se detuvo junto a la ventana.

—Salude a la querida Griselda y dígale que cualquier pequeño secreto suyo nunca será revelado por mí.

Realmente, Miss Marple es una persona muy simpática.

Descubre los clásicos de Agatha Christie

www.coleccionagathachristie.com

Y los casos más nuevos de Hércules Poirot escritos por Sophie Hannah

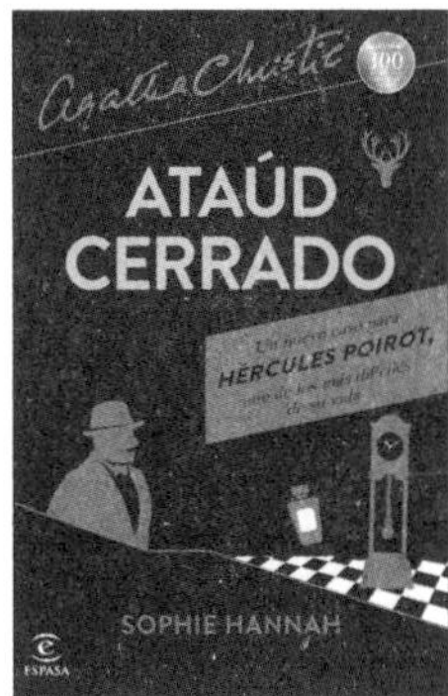

www.coleccionagathachristie.com